聽！說！

校園生活日語會話

聞こう！キャンパス会話
話そう！キャンパスライフ

佐藤圭司　編著
黃國彥　中譯

附mp3 CD

鴻儒堂出版社發行

前　言

　　以台灣的大學為舞台，從「有日本人來我們學校耶」開始，由專攻日語的台灣大學生林同學，與從日本的大學前來留學的辻同學兩人，帶領各位學習者進入本書的校園生活日語劇場。為了讓學習者能將其中日語會話的表現方式銘記在心，背景設定了與現實中相近的校園場面，讓學習者由反覆聽取兩人的會話中，也能輕鬆愉快地在日常生活中應用。

　　本書是以提高聽解能力及會話能力為目標，為了適用於大學及高中，或是其他學校等的課堂上、個人學習上，將曾於《階梯日本語雜誌（ステップ日本語）》中連載的「日語會話快樂學」這一單元作了若干改編集結出版。

　　為了這次單行本的出版，插圖請來了在日本活躍的漫畫家——細川佳代小姐，生動地描繪出林同學與辻同學的形象。希望可以由插圖中，讓各位在學習日語之餘得到一些樂趣。

　　最後，於本書出版之際，鴻儒堂的黃成業董事長及黃國彥總編輯，給予了許多指導與建議，特此鳴謝。

2011年　佐藤圭司

はじめに

　「私の学校に日本人が来たよ！！」で始まる、台湾の大学で日本語を専攻する林さんと、日本の大学から留学に来た辻さんのストーリー。台湾の大学を舞台にした二人の会話を何度も聞き返し、そしてその表現を身につけてほしいと願い、実際にありそうなリアルな場面を考えて設定し、楽しく展開する会話に仕上げられたと思っています。

　かつて『日本語ジャーナル』（現『ステップ日本語』）において連載された「楽しく学ぶ日本語の話し方」が林さんと辻さんの会話の舞台でした。大学や高校、あるいはその他の学校などの授業で、または個人学習でも、聴解力と会話力のアップを目指して使えるよう、一部改編し、出版する運びとなりました。

　イラストは、今回の出版に際し、日本で活躍する漫画家の細川佳代さんに、イメージどおりの林さんと辻さんを描いていただきました。皆さんの日本語学習をイラストから楽しくサポートしてくれています。

　最後に、連載及び出版の機会をお与えいただきました黄成業董事長と黄国彦編集長に感謝の意を表したいと思います。

2011年　佐藤圭司

4

本書的構成與使用方法

● 構成

O 課前問題

I 請聽完CD會話後回答

II 請聽CD填入空格

III 重要文法表現

IV 造句練習

（附錄） 1・名詞解釋

2・問題解答・本文中文翻譯

3・重要表現索引

● 使用方法

　　本書適用於「聽力」、「會話」方面的課程，同樣可以用在中到上級程度的日語總合課程上。依照學習者的程度及使用方法，一課的學習大約需要2～4小時。在一學期18週、一學年36週的課程上，進度大約是每週一課，當然花更長時間紮實學習也沒有問題。

「O　課前問題」：同學之間或是教師與學生們，在正式進入課程之前，先就本課的主題做討論，逐漸進入可以聽取會話的狀態。

「I　請聽完CD會話後回答」：在翻開課文之前，先聽一次CD並做筆記，了解大概的內容。不看課文，在聽兩次CD之後應該就可以大致掌握本課的要旨。

「II　請聽CD填入空格」：邊聽CD收錄的會話內容邊將空格中的語句填入。首先先完整地將全課的會話文聽過一遍之後，再做逐句確認等，練習方式請按照程度不同適當調整。確認完成後可以讓二位同學為一組模擬課文對話或是指定某部份背誦等，作各種變化練習。

「III　重要文法表現」：這部份所特別解說的文法部份，程度橫跨了新日本語能力試驗N3（準二級）～N1（一級），其中N2（二級）程度的文法幾乎完整收羅在內。

「IV　造句練習」：①～③的練習，主要是讓學習者參考林同學與辻同學的會話文，以及「III　重要文法表現」中的例文，作簡短的造句會話練習。④的模擬練習中，可作為自由會話時間，或是讓同學擬定二人間的會話，在課堂上發表。另外也可以當成家庭作業。

　　希望大家能使用這本書，在輕鬆愉快的氣氛中，快樂地學習日文。

本書の構成と使い方

● 構成

0　ウォーミングアップ

Ⅰ　会話を聞いて、答えよう

Ⅱ　会話を聞いて、言葉を入れよう

Ⅲ　重要表現を学ぼう

Ⅳ　会話文のように練習しよう

（巻末付録）1．語句の説明

　　　　　　2．問題解答・本文中国語訳

　　　　　　3．重要表現索引

● 使い方

　「聴解」、「会話」の講義に適した教科書になっていますが、中級から上級レベルの総合的なクラスでも使用できると思います。学習者のレベルや使い方によって、1課を2時間〜4時間で進められます。1学期18週、年間36週のクラスなら、1週1課でちょうどいいでしょうし、もちろんその倍ぐらいの時間をかけてゆっくり進めていくのもいいと思います。

　「0　ウォーミングアップ」では、学習者同士、あるいは教師と学習者がその課の話題について話しながら、会話を聞く準備態勢を整えます。

　「Ⅰ　会話を聞いて、答えよう」は、会話文のページを開く前に一度CDを聞きながら、大体の内容を理解し、メモするページです。会話文を見ないで2回ぐらいCDを聞いてみれば、大まかな内容はつかめると思います。

　「Ⅱ　会話を聞いて、言葉を入れよう」は、会話を聞きながら、使われている語句を記入していく練習です。最初は通して会話を聞き、次に止めながら語句を確認していくなど、練習方法はレベルに合わせて工夫できます。確認後に、二人ペアとなり役になりきって会話文を読んでみたり、ある部分を指定して暗記するなど練習のバリエーションも色々考えられます。

　「Ⅲ　重要表現を学ぼう」で扱っている文法事項は、新日本語能力検定試験のN3〜N2〜N1レベルにわたり、N2レベルの文法はほぼ網羅できていると思っています。

　「Ⅳ　会話文のように練習しよう」の1〜3の練習は、林さんと辻さんの会話文「Ⅲ　重要表現を学ぼう」の例文などを参考に、短い会話を作ってみる練習です。4のロールプレイは、自由に話す時間としてもよし、二人で会話を作り、覚えて、皆の前で発表してもよし。楽しく講義が進められればと思います。また、宿題にすることも可能です。

　とにかくこの本を使い、楽しい講義が展開し、楽しく日本語を学ぶ機会となることを心から願っています。

目　　録

私の学校に日本人が来たよ！！
有日本人來我們學校耶！

● 課前問題

大学に初めて来た時の第一印象は？

_____

_____

● 請聽完CD會話後回答

問1　誰が誰にキャンパスを案内しましたか。

_____が_____に

問2　どういう順番で案内しましたか。

_____→_____→_____→_____→_____

問3　案内をしてもらって、色々と褒めています。どう褒めているでしょうか。

_____校舎_____ロビー　教室も_____

学生の_____　　わあ、本当に_____

問4　教室は何階から何階までですか。PCルームは何階ですか。

_____

問5　どんな校則がありますか。

_____

問6　パソコンはいつ使えますか。

_____

問7　屋上から何が見えますか。

_____

●請聽CD填入空格

日本の某大学で中国語を専攻する辻さんは台湾の大学に半年の予定で研修に来ました。研修初日の今日は林さんが大学内を案内することになりました。

CD01-2 （校舎の前で）

林：こんにちは。林①＿＿＿＿＿＿＿＿＿＿。よろしくお願いします。

辻：辻です。初めまして。

林：今日は私がキャンパスを②＿＿＿＿＿＿＿＿＿＿。

辻：よろしくお願いします。

林：じゃ、まず、正面の校舎から。

辻：はい。立派な校舎ですね。

林：ええ。去年③＿＿＿＿＿＿＿＿＿。

　　1階はロビーと事務所です。

辻：広いロビーですね。自動販売機もあるし。

林：休み時間は人で④＿＿＿＿＿＿＿＿＿＿よ。

　　さあ、階段はこっちです。2階に上がりましょう。2階から7階までは主に教室です。

CD01-3 （2階廊下で）

辻：教室もきれいですね。

林：新しいですからね。でも、⑤＿＿＿＿＿＿＿＿＿、教室内は飲食禁止なんです。

辻：どうりで、きれいだと思った。学生のマナーもいいんですね。

林：いえ、まあまあですよ。

　　それから、各階にPCルームがあります。

辻：えっ、各階に？さすがですね。インターネットもできますか。

林：もちろんです。空いてさえいれば、⑥＿＿＿＿＿＿＿＿＿よ。じゃ、屋上に上がってみましょう。眺めがいいですよ。

CD01-4 （屋上で）

辻：わあ、本当にいい眺め。

林：天気のいい日には、海が見えることもあるんですよ。

辻：へえ。沖縄も見えたりして。

林：まさか！？それに、⑦＿＿＿＿＿＿＿＿＿よ。

辻：ははは、冗談です。

林：びっくりしました。まじめな顔で言うから。

　　さあ、次は隣の図書館を案内します。

辻：はい。

●会話のココに注意

　案内してもらっている辻さんは幾度となく褒め言葉を使っています。（数えてみて。）相手の良い点を見つけることは会話を気持ちよく進めるコツでもあります。

●重要文法表現

①～させていただきます

解説：使役の「させる」に授受表現「てもらう」の謙譲語「ていただく」が付いた表現。自ら進んでこの行為をするという意味で、この行為をすることが光栄だという含みを持つ。

例文：

①では、その件について私の方から詳しく説明させていただきます。

②只今から新郎新婦の馴れ初めを紹介させていただきます。

②どうりで～

解説：漢字は「道理」。なるほど、そういう訳があったのかと納得、得心した気持ちを表す。文末に「と思った・はずだ・わけだ」などの表現が続くことが多い。

例文：

①あなたと彼女が双子？どうりで似ていると思った。

②卓球歴15年ですか？どうりで上手なはずですよ。

③さすが～

解説：もともとたいしたものだと思っていた事物などに対して、改めて良さを再確認したときに使う。会話文では、「校舎が新しくて設備が整っている」ことを再確認した辻さんが「さすがですね。」と感心している。

例文：

①さすが五輪代表選手の演技です。ひときわ華麗です。

---

①～させていただきます

解説：這個表達方式是使役的「させる」加上授受表現「てもらう」的謙讓語「ていただく」。表示是自己主動要做這件事，帶有很榮幸來做這件事的意思。

例句：

①那麼，這件事就由我來詳細說明。

②接下來由我來介紹新郎新娘相識的經過。

②どうりで～

解說：漢字寫成「道理」。表示「原來如此」、「原來有這層原因啊」等同意、瞭解的意思。句尾常會接「と思った／はずだ／わけだ」。

例句：

①你跟她是雙胞胎？難怪我覺得好像。

②你打桌球15年了？難怪這麼厲害。

③さすが～

解說：用來表示原本就覺得某事物很了不起，現在又再次見識到其優點。在會話文中，辻同學再次見識到「校舍新穎、設備齊全」，所以很佩服：「果然就是不一樣」。

例句：

①不愧是奧運代表的表演，真是精彩絕倫。

②他的表演真是光彩奪目，果然不同凡響。

②彼の演技は華麗ですね。**さすが**です。

④〜さえ〜ば

解説：条件形「ば」を使った一種の条件文で、「さえ」の前に置かれる条件だけで十分だ、問題ないという意味。「さえ」には名詞あるいは動詞のます形かて形から接続される。

例文：

①金**さえ**あれ**ば**、何でも出来る。

②列に並び**さえ**すれ**ば**、参加賞がもらえます。

⑤〜たりして

解説：そんなことはないだろうと思いながら、でももしかしたらそうなるかもしれないと、少しおどけて話す時に使われる会話表現。

例文：

①きのうの試験、0点だっ**たりして**。

②その夢が正夢になっ**たりして**。

⑥まさか

解説：そんなことはあり得ない、不可能だと、強く否定する気持ちを表す。文末には「ないだろう」など、否定表現を伴う。

例文：

①こんなにいい天気なのだから、**まさか**雨は降らないでしょう。

②え、彼が受験に失敗した？**まさか**！？

④〜さえ〜ば

解說：這是一種使用條件形「ば」的條件句，意思是說只要符合「さえ」前面的條件就足夠、沒問題了。「さえ」的前面接名詞或動詞的ます形、て形。

例句：

①只要有錢，什麼都能做。

②只要排隊，就可以領到參加獎。

⑤〜たりして

解說：這是一種會話表達方式，用在半開玩笑說話時。指應該不會有這種事，但搞不好也有可能。

例句：

①昨天的考試搞不好會考0分。

②那個夢搞不好會應驗。

⑥まさか

解說：表示強烈否定的感覺，認為這種事是不可能的、不會發生。句尾會用「ないだろう」之類的否定表現。

例句：

①天氣這麼好，不可能會下雨吧。

②什麼？他沒考上？不會吧！？

●造句練習

①Ａ：今日は私が＿＿＿＿＿＿＿＿＿＿＿＿＿＿＿＿＿＿＿＿＿させていただきます。

　　Ｂ：よろしくお願いします。

②Ａ：＿＿＿＿＿＿＿＿＿＿＿＿＿＿＿＿＿＿＿＿＿＿＿＿＿んです。

　　Ｂ：どうりで＿＿＿＿＿＿＿＿＿＿＿＿＿＿＿＿＿＿＿＿＿。

③Ａ：＿＿＿＿＿＿＿＿＿＿＿＿＿＿＿＿＿＿＿たりして。

　　Ｂ：まさか！？

④あなたの大学のキャンパスを友達に案内する会話を作ってみよう。

➡＿＿＿＿＿＿＿＿＿＿＿＿＿＿＿＿＿＿＿＿＿＿＿＿＿＿＿＿＿＿

＿＿＿＿＿＿＿＿＿＿＿＿＿＿＿＿＿＿＿＿＿＿＿＿＿＿＿＿＿＿＿＿

＿＿＿＿＿＿＿＿＿＿＿＿＿＿＿＿＿＿＿＿＿＿＿＿＿＿＿＿＿＿＿＿

＿＿＿＿＿＿＿＿＿＿＿＿＿＿＿＿＿＿＿＿＿＿＿＿＿＿＿＿＿＿＿＿

＿＿＿＿＿＿＿＿＿＿＿＿＿＿＿＿＿＿＿＿＿＿＿＿＿＿＿＿＿＿＿＿

＿＿＿＿＿＿＿＿＿＿＿＿＿＿＿＿＿＿＿＿＿＿＿＿＿＿＿＿＿＿＿＿

＿＿＿＿＿＿＿＿＿＿＿＿＿＿＿＿＿＿＿＿＿＿＿＿＿＿＿＿＿＿＿＿

＿＿＿＿＿＿＿＿＿＿＿＿＿＿＿＿＿＿＿＿＿＿＿＿＿＿＿＿＿＿＿＿

＿＿＿＿＿＿＿＿＿＿＿＿＿＿＿＿＿＿＿＿＿＿＿＿＿＿＿＿＿＿＿＿

＿＿＿＿＿＿＿＿＿＿＿＿＿＿＿＿＿＿＿＿＿＿＿＿＿＿＿＿＿＿＿＿

第2課

一緒に食事します
一起吃飯

●課前問題

いつも昼ご飯はどこで、誰と、何を？

_____

_____

●請聽完CD會話後回答

問1　どういう順番で移動しましたか。

_____→_____→_____

問2　辻さんはどうして恥ずかしいと思いましたか。

_____

問3　では、どうしてそうなってしまったのでしょう？

_____

問4　今日はどこで昼ごはんを食べますか。

_____学食_____OR_____学外の店_____

問5　この2つを比べると、どうでしょうか？

_____

問6　辻さんの苦手な食べ物は何ですか。

_____

問7　結局二人は何を食べることにしましたか。

_____

15

●請聽CD填入空格

台湾の大学に半年の予定で研修に来た辻さん。お昼はたいてい林さんと一緒に食事します。

CD02-2（教室を出て、食堂に向かう）

林：じゃ、お昼ごはんに行きましょうか。

辻：はい、行きましょう。さっき、①＿＿＿＿＿＿＿＿＿にお腹が鳴ったの聞こえました？

林：あ、あれ、辻さんだったんですか。だれだろうって思ってたんですよ。

辻：恥ずかしい……。今朝、寝坊して、②＿＿＿＿＿＿＿＿＿だったもんだから……。

林：そうですか。じゃ、たくさん食べなきゃ、何かボリュームあるものでも。

CD02-3（食堂前で）

辻：③＿＿＿＿＿＿＿＿＿は活気がありますよね、お昼時は。圧倒されそうです。

林：人に酔いそうになりますよね。そうだ。たまには④＿＿＿＿＿＿＿＿＿の店に行ってみませんか。

辻：⑤＿＿＿＿＿＿＿＿＿って、校門前の通りに並んでる所ですか。

林：ええ。⑥＿＿＿＿＿＿＿＿＿に比べると、ちょっと割高ですけど、味の方はいけると思いますよ。どうですか。

辻：いいですね。行ってみましょうか。

CD02-4（校門前の通りで）

林：さあ、どこに入りましょうか。

辻：店がたくさんあって、迷っちゃいますね。

林：どの店もまあまあおいしいですけどね。ところで、辻さん、⑦＿＿＿＿＿＿＿＿＿はないんですか、苦手なものとか。

辻：ええ、特にないですね。何でもおいしく食べられるかなあ……。て言うか、まだ台湾の食べ物そんなに食べてないから、よく分からないですけど。

林：そうですよね。まだ来て１か月も⑧_____ですからね。あ、あれ、どうですか。牛肉麺。

辻：牛肉麺？

林：ええ。牛肉がたっぷり入ったラーメン。台湾の⑨_____の代表選手とも言えるかな。

辻：何かボリュームありそうですね。

林：ええ、お腹いっぱいになると思います。

辻：じゃ、これ食べたら、午後はお腹鳴らないですね。ははは。

林：ははは。大丈夫ですよ、きっと。でも、今度は⑩_____にも注意して。ははは。

●会話のココに注意

　誘ったり、何かを提案したり、勧めたりする表現。(〜ませんか、どうですか、等)その中にも、相手の意見を尊重することが大切ですね。一方的に自分の意見を押し付けてしまうと、言葉のキャッチボールになりませんよ。(林さんは工夫していますね。)

●重要文法表現

①～もんだから

解説：「ものだから」のくだけた言い方。「こうなってしまったのは、～のせいだ」のように、理由を述べる表現。言い訳をするときなども使われる。

例文：

①夕べは一睡もしなかった**もんだから**、居眠りをしてしまった。

②遅れてごめん。雨で、タクシーがなかなかつかまらなかった**もんだから**。

②～でも

解説：「Xでも」で、「Xかほかの何か」というように例を一つ挙げる表現。（例①）会話文中の「何かボリュームあるものでも」のように、前に疑問詞がある場合は「ボリュームがあるものの範囲内の何か」という意味になる。（例②）。

例文：

①その辺で、お茶**でも**飲みませんか。

②子供の誕生日には、何か勉強に役立つもの**でも**買ってやりたい。

③～って

解説：相手の言葉を繰り返し、問い直したり、説明したりするときに使う会話表現。

例文：

①（相手：会場は円山です。）えっ、円山**って**、どこにあるんですか。

②（相手：加藤が手伝ってくれたんだ。）加藤**って**、やっぱり優しいな。

①～もんだから

解說：這是「ものだから」的口語說法。就跟「變成這樣都是～害的」一樣，用來陳述理由。也會用來表示辯解。

例句：

①昨天晚上根本沒闔眼，所以才會打瞌睡。

②抱歉遲到了。下雨天一直叫不到計程車。

②～でも

解說：這是像「X或其他什麼」一樣，用「Xでも」來舉例的表達方式。（例①）如果像會話文中「何かボリュームあるものでも」一樣，前面有疑問詞的話，就是指「在有份量的東西中選某一種」。（例②）

例句：

①要不要在這附近喝個茶或什麼的？

②孩子生日時，想買點什麼有助於課業的東西送他。

③～って

解說：這是用來重複對方的話、重新發問、說明時的會話說法。

例句：

①（對方：會場是在圓山。）啊？圓山？在哪裡？

②（對方：是加藤幫忙的。）加藤果然是個好人。

④〜かなあ（かな）

解説：独り言の文末に付き、疑問、願望、迷いなどを表す。会話では、「てくれる」や「てくれない」を伴って、相手に婉曲に依頼する場合に使われることもある。

例文：

①自分一人だけで、日本へ旅行に行ける**かなあ**。（疑問）

②悪いけど、この部屋を掃除してくれる**かなあ**。（依頼）

⑤〜て言うか

解説：ここ数年前から、特に若い年齢層を中心に目立ってよく使われている表現。「と言うより、こう言ったほうが適当だ」のように前の語句を打ち消したり、言い直したりする時に使う。或いは、それまで話題になっていた内容に関連して何かを話し出す時に、前置きのように使われることもある。

例文：

①最近暖かくなってきたなあ〜。**て言うか**、暑いぐらいだなあ。

②（相手：テスト、悪かったよ。）**て言うか**、授業、サボりすぎだよ。

●縮約形

主にインフォーマルな場面で使われる話し言葉で、もとの形よりも短くなることが多い。会話文で使われた縮約形は以下の通り。

「のです」→「んです」／「ていた」→「てた」／「なければ」→「なきゃ」／「でいる」→「でる」／「てしまいます」→「ちゃいます」／「ていない」→「てない」

---

④〜かなあ（かな）

解説：自言自語時加在句尾，表示疑問、願望、不確定等。會話中有時會加在「てくれる」或「てくれない」之後，用來表示委婉的要求。

例句：

①我能自己一個人到日本旅行嗎？（疑問）

②不好意思，可以幫我打掃這個房間嗎？（請託）

⑤〜て言うか

解說：這是幾年前開始出現，特別是年輕人常用的一種表達方式。用來表示像「與其那麼說，不如這麼說比較恰當」來否定前面的句子，或是用來改口說話時。也可以當作像發語詞一樣，用來提出跟前述話題內容相關的某事。

例句：

①最近開始變暖了…。或者應該說是變熱了吧。

②（對方：考試考壞了。）應該說是蹺課蹺太兇了吧。

●簡縮形

主要用於非正式場合，通常會比原本的形式短。會話文中用到的簡縮形如原文所示。

●造句練習

①A：あー、来た、来た。遅かったですね。

　B：お待たせして、すみませんでした。

　　　_____もんだから。

②A：ちょっと疲れましたね。

　B：そうですね。_____でも_____ませんか。

③A：たまには_____へ行ってみませんか。

　B：_____って、_____所ですか。

④学食などで何を食べるか友達と相談する会話を作ってみよう。

　➡_____

　_____

　_____

　_____

　_____

　_____

　_____

　_____

　_____

　_____

　_____

医務室へ
前往醫務室

●課前問題

最近、医務室や病院へ行きましたか？どんな症状で？

_____

_____

●請聽完CD會話後回答

問1　どういう順番で移動しましたか。

_____→_____→_____

問2　辻さんの症状は？

1)　_____

2)　_____

問3　辻さんが医務室に行きたくない理由は？

1)　_____とか_____とか_____なんです。

2)　_____なんて、まだできないし。

問4　林さんは何と言って、辻さんを説得しましたか？

1)　_____てあげますから。

2)　_____たら困りますよ。

問5　辻さんのどんな言葉が大げさなのでしょう？

1)　_____

2)　_____

● 請聽CD填入空格

台湾の大学で研修中の辻さん。今日は体調が悪そうです。林さんは医務室に行くことを勧めますが……。

CD03-2 （休み時間、教室で）

林：あれ、どうしたんですか？① ＿＿＿＿＿＿＿＿＿＿が悪いですよ。

辻：ちょっとお腹が痛いんです。

林：② ＿＿＿＿＿＿＿＿＿＿かな？何か悪いものでも食べました？

辻：うーん、それはないと思いますけど。でも、夕べはお腹が痛くて、3回もトイレに起きたんですよ。

林：えっ？3回も？それはかわいそうに。お腹を壊したんですね。

辻：ええ。それに、今朝から少し③ ＿＿＿＿＿＿＿＿＿＿もするんです。

林：そうですか。ひどそうですね。これは医務室へ行った方がよさそうですね。

辻：えっ？私、病院とか医者とか、そういうの、④ ＿＿＿＿＿＿＿＿＿＿なんですよ。

林：大丈夫ですよ。学内の医務室ですから。ちょっと⑤ ＿＿＿＿＿＿＿＿＿＿を話す程度ですよ。

辻：でも、中国語で⑥ ＿＿＿＿＿＿＿＿＿＿を話すなんて、まだできないし……。

林：心配しないで。私が付いて行って、⑦ ＿＿＿＿＿＿＿＿＿＿てあげますから。

辻：そうですか。何か気が進まないなあ……。

林：だめですよ。⑧ ＿＿＿＿＿＿＿＿＿＿、悪い病気だったら困りますよ。

辻：脅かさないで下さいよ。ただの⑨ ＿＿＿＿＿＿＿＿＿＿ですよ。

林：鳥インフルエンザとか……。

辻：また、脅かして。分かりましたよ。行きますよ。どこですか、医務室。

CD03-3 （診察後（しんさつご）、医務室前（いむしつまえ）で）

辻（つじ）：ありがとうございました。やっぱり診（み）てもらって、安心（あんしん）しました。

林（りん）：よかったですね、⑩＿＿＿＿＿＿＿＿＿で。

辻（つじ）：ええ。もらった薬（くすり）を飲（の）んで、部屋（へや）で休（やす）みます。

林（りん）：無理（むり）をしない方（ほう）がいいですね。

辻（つじ）：はい。本当（ほんとう）に、林（りん）さんは⑪＿＿＿＿＿＿＿＿＿です！ウルウル。

林（りん）：大（おお）げさですよ。それより、痛（いた）みが治（おさ）まらなかったら、今度（こんど）は病院（びょういん）ですよ。

辻（つじ）：ええっ？そんな。清水（きよみず）の舞台（ぶたい）から飛（と）び降（お）りるつもりで、医務室（いむしつ）行（い）ったのに……。

林（りん）：ははは。やっぱり大（おお）げさすぎですよ、辻（つじ）さんは。⑫＿＿＿＿＿＿＿＿、お大事（だいじ）に。

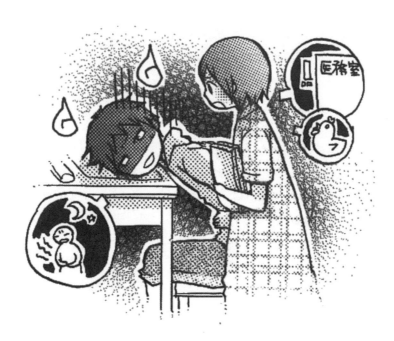

●会話（かいわ）のココに注意（ちゅうい）

相手（あいて）が具合悪（ぐあいわる）そうにしていたら、まず「どうしたんですか？」と声（こえ）をかけてみましょう。そして、別（わか）れ際（ぎわ）に「お大事（だいじ）に。」の一言（ひとこと）を忘（わす）れずに。簡単（かんたん）な言葉（ことば）ですが、自分（じぶん）が体調（たいちょう）を崩（くず）した時（とき）にそう言（い）ってもらうと、やはり嬉（うれ）しいし、安心感（あんしんかん）も覚（おぼ）えます。自然（しぜん）に口（くち）に出（で）るようになりたいですね。

●重要文法表現

①～がする

解説：「吐き気」、「寒気」に続き、「そんな感じがする」という意味を表す。他にも、「味」、「におい」、「音」などにも付いて、知覚を表す。

例文：

①熱が出てきたのか、今朝から寒気がするんです。

②晩ご飯ができたのかな。いいにおいがしてきた。

②～なんて

解説：「くだけた口語表現で、「など」の変化した形。謙遜する気持ち、軽視する気持ち、意外だと驚く気持ちなどを表す。

例文：

①日本語でスピーチするなんて、私にはまだまだです。

②あのけちな上司がお中元を送ってくるなんて、思ってもいなかった。

③ただの～

解説：特に取り立てて言うことが何もないということ。後に「に過ぎない」を伴うことがある。動詞の場合、「ただ～（Vた形）だけだ」のように、た形から「だけ」に接続されて使われる。

例文：

①ただの筋肉痛に過ぎませんから、大丈夫です。

②夏休み中は、ただ家でレポートを書いていただけですよ。

④やっぱり～

解説：「やはり」の口語表現。くだけて「やっぱし」「やっぱ」になることもある。使われる意味は、期待通りだ、予想通りだという気持ち、或いは、以前と同じだということを表す。会話文では、辻さんが林さんに勧められるまま医務室へ行ったが、期待通

---

①～がする

解説：接在「噁心」「發冷」之後，表示「有這種感覺」。另外也可接在「口味」「氣味」「聲響」之後，表示種種知覺。

例句：

①也許是發燒了吧，我一早就覺得有點發冷。

②是晚餐煮好了嗎？我聞到很香的味道。

②～なんて

解說：這是非正式的口語表現，從「など」變化而來。用來表示謙遜或輕視、吃驚等感覺。

例句：

①用日語演講什麼的，我還早得很呢。

②從來沒想到那個小氣上司居然會寄中元禮物來。

③ただの～

解說：這指沒有什麼特別值得一提的。後面有時會接「に過ぎない」。動詞則會像「ただ～（Vた形）だけだ」一樣，在た形後面接「だけ」。

例句：

①只不過是肌肉痠痛罷了，沒事。

②暑假我只有待在家裡寫報告而已。

④やっぱり～

解說：這是「やはり」的口語表現。有時也會說得較不正式，變成「やっぱし」「やっぱ」。表示如願以償或不出所料的感覺，也可以指跟以前一樣。在會話中，辻同學在林同學的遊說下去了醫務室，如願以償地有了好結果，所以表示

りに良い結果を得られて良かったと話している。

例文：

①優勝候補と言われていたあの高校が、**やはり**決勝に残った。

②毎週来るけど、**やっぱり**ここのラーメンはおいしい。

⑤ウルウル

解説：基本的に状態を表す表現で、水が満ち足りている様子を言う。感情を表す表現としても使え、「(目が)ウルウルする」だと目に水分が満ちている、つまり、涙ぐむ様子を言う。書き言葉、チャットなどで多く使い、マンガ、アニメが好きな人が会話で使う。

例文：

①唇が**ウルウル**になるリップ新発売。

②あの映画は何回見ても**ウルウル**してしまう。

⑥清水の舞台から飛び降りるつもりで～

解説：意を決して、思い切ったことをやってみるということを、高いがけのようになっている京都の清水寺の本堂から飛び降りることにたとえる比喩表現。

例文：

①**清水の舞台から飛び降りる**つもりで、彼女に告白しよう。

②前回の選挙に出馬したのは、**清水の舞台から飛び降りる**ようだった。

⑦とにかく～

解説：それまでに話題になっていたことを一旦止めて、それに優先して話したいことを述べたり、優先するべき行為を相手に促したりする時に用いられる。

例文：

①堅苦しい挨拶は**とにかく**、座って話しましょう。

②おいしいかどうか分かりませんが、**とにかく**食べてみてください。

慶幸。

例句：

①大家都說最具冠軍相的那所高中，果然打進了決賽。

②我每個禮拜都來，還是這裡的拉麵好吃。

⑤ウルウル

解說：基本上是表示狀態的用法，指水滿出來的樣子。也可以用來作為表達情感的表達方式，「（眼睛）濕潤」是指眼睛充滿水分的樣子。大多用於書面語或聊天室聊天等，喜歡漫畫或動畫的人會在說話時使用。

例句：

①讓嘴唇水嫩水嫩的唇膏新上市。

②那部電影不管看幾次都會讓人熱淚盈眶。

⑥清水の舞台から飛び降りるつもりで～

解說：這是一種比喻表現，把不顧一切、決意去做某事，比喻為從懸崖峭壁般的京都清水寺主殿跳下來。

例句：

①我孤注一擲，向她告白吧。

②我上次出馬競選，可真是破釜沉舟。

⑦とにかく～

解說：用於暫時中斷先前談的事，說出想先說的話，或是催促對方去做應先做的事。

例句：

①先別管這些客套話了，坐下來談吧。

②不知道好不好吃，總之請吃吃看。

●造句練習

①A：＿＿＿＿＿＿＿＿＿＿＿＿＿＿＿＿＿＿＿＿なんて私にはまだできません。

　B：心配しないで。＿＿＿＿＿＿＿＿＿＿＿＿＿＿＿＿てあげますよ。

②A：＿＿＿＿＿＿＿＿＿＿＿＿＿＿＿＿＿＿＿＿＿＿＿＿＿＿。

　B：脅かさないで下さいよ。ただの＿＿＿＿＿＿＿＿＿＿＿＿ですよ。

③A：＿＿＿＿＿＿＿＿＿＿＿＿＿＿＿＿＿＿＿＿てくれてありがとう。

　　　＿＿＿＿＿＿＿＿＿＿＿＿＿＿＿さんは命の恩人です！ウルウル。

　B：大げさですよ、＿＿＿＿＿＿＿＿さんは。とにかく＿＿＿＿＿＿。

④友達のいろいろな症状を聞いて、何かアドバイスしてあげる会話を作ってみよう。

➡＿＿＿＿＿＿＿＿＿＿＿＿＿＿＿＿＿＿＿＿＿＿＿＿＿＿＿＿＿＿＿

＿＿＿＿＿＿＿＿＿＿＿＿＿＿＿＿＿＿＿＿＿＿＿＿＿＿＿＿＿＿＿＿＿

＿＿＿＿＿＿＿＿＿＿＿＿＿＿＿＿＿＿＿＿＿＿＿＿＿＿＿＿＿＿＿＿＿

＿＿＿＿＿＿＿＿＿＿＿＿＿＿＿＿＿＿＿＿＿＿＿＿＿＿＿＿＿＿＿＿＿

＿＿＿＿＿＿＿＿＿＿＿＿＿＿＿＿＿＿＿＿＿＿＿＿＿＿＿＿＿＿＿＿＿

＿＿＿＿＿＿＿＿＿＿＿＿＿＿＿＿＿＿＿＿＿＿＿＿＿＿＿＿＿＿＿＿＿

＿＿＿＿＿＿＿＿＿＿＿＿＿＿＿＿＿＿＿＿＿＿＿＿＿＿＿＿＿＿＿＿＿

＿＿＿＿＿＿＿＿＿＿＿＿＿＿＿＿＿＿＿＿＿＿＿＿＿＿＿＿＿＿＿＿＿

＿＿＿＿＿＿＿＿＿＿＿＿＿＿＿＿＿＿＿＿＿＿＿＿＿＿＿＿＿＿＿＿＿

＿＿＿＿＿＿＿＿＿＿＿＿＿＿＿＿＿＿＿＿＿＿＿＿＿＿＿＿＿＿＿＿＿

＿＿＿＿＿＿＿＿＿＿＿＿＿＿＿＿＿＿＿＿＿＿＿＿＿＿＿＿＿＿＿＿＿

台湾語の授業
台語課

●課前問題

よく台湾語を話しますか？誰と？どこで？

_____

_____

●請聴完CD會話後回答

問1　辻さんはどういう順番で移動しましたか。

_____→_____→_____

問2　辻さんはバスに乗ってどこへ行きますか。

_____

問3　林さんはどうしてびっくりしましたか。

_____

問4　辻さんはどうやって学校を見つけましたか。

_____

問5　辻さんが台湾語を習っている理由は？

_____

問6　辻さんは日本で誰に台湾語を習っていましたか。

_____

問7　辻さんの台湾語はどうですか？

_____

●請聴CD填入空格

台湾語の学校に通い始めた辻さん。バス停で偶然林さんに会いました。

CD04-2 （放課後、大学前のバス停で）

林：あれ、お出かけですか？①＿＿＿＿＿＿＿＿＿住まいの辻さんに②＿＿＿＿＿＿＿＿＿で

　　会うなんて、初めてですね。

辻：そうですね。初めてですね、ここで会うのは。でも、時々一人で③＿＿＿＿＿＿＿＿＿

　　んですよ、バスに乗って。

林：そうなんですか。で、今日はどちらへ？

辻：実は、④＿＿＿＿＿＿＿＿＿市内の学校で台湾語の授業を受けてるんです。

林：ええっ？ ほんとに？それは驚き！

辻：そんなにびっくりしなくても。声、⑤＿＿＿＿＿＿＿＿＿ですよ。周りの人に見られて

　　ますよ。

林：あ、すみません。本当にびっくりしたんで、⑥＿＿＿＿＿＿＿＿＿声も大きくなってし

　　まって。でも、台湾語を教える学校、どうやって見つけたんですか？

辻：去年研修に来ていた先輩が教えてくれたんですよ、メールで。

林：あ、そうだったんですか。あ、バスが来ましたよ。乗りましょう。

辻：はい。

28

CD04-3（バスの中_{なか}で）

辻_{つじ}：それにしても、⑦＿＿＿＿＿＿＿＿＿ね。まさに満員_{まんいん}バス。

林_{りん}：仕方_{しかた}ないですよ、⑧＿＿＿＿＿＿＿＿は。それはそうと、何_{なん}でまた台湾語_{たいわんご}を習_{なら}おうと思_{おも}ったんですか？

辻_{つじ}：⑨＿＿＿＿＿＿＿＿＿台湾_{たいわん}に来_きたんだから、学内_{がくない}の研修_{けんしゅう}だけじゃもったいないなと思_{おも}って。

林_{りん}：なるほど。

辻_{つじ}：それに、日本_{にほん}でもちょっと習_{なら}ってたんですよ。

林_{りん}：えっ？どこで？

辻_{つじ}：大学_{だいがく}の選択科目_{せんたくかもく}で。⑩＿＿＿＿＿＿＿＿＿でいらしてるここの先生_{せんせい}が担当_{たんとう}してるんですよ。知_しりませんでした？

林_{りん}：ええ、全然_{ぜんぜん}。ていうか、交換教授_{こうかんきょうじゅ}の先生_{せんせい}、台湾語_{たいわんご}うまく教_{おし}えられるのかなあ？

辻_{つじ}：もちろんでしょう？台湾人_{たいわんじん}なんだから。

林_{りん}：いえ。⑪＿＿＿＿＿＿＿＿＿使_{つか}っているからと言_いって、そう簡単_{かんたん}に教_{おし}えられるものじゃないですよ。

辻_{つじ}：そう言_いわれれば、そうですね。私_{わたし}も日本語_{にほんご}教_{おし}えてと頼_{たの}まれたら困_{こま}るな、きっと。

林_{りん}：でしょう？そういうものですよ。じゃ、私_{わたし}、先_{さき}に降_おりますね、⑫＿＿＿＿＿＿＿＿＿ので。台湾語_{たいわんご}、頑張_{がんば}ってください。

辻_{つじ}：多謝多謝（ドウシャドウシャ）。

林_{りん}：うまい、うまい。

●会話_{かいわ}のココに注意_{ちゅうい}

日本人_{にほんじん}は話_{はなし}をする時_{とき}、周_{まわ}りをよく気_きにします（辻_{つじ}さんのように）。そこが公衆_{こうしゅう}の場_ば、例_{たと}えば、バスや電車_{でんしゃ}の車内_{しゃない}、バス停_{てい}などなら、声_{こえ}のトーンを少_{すこ}し下_さげて話_{はな}すのが普通_{ふつう}です。日本人_{にほんじん}と会話_{かいわ}をする時_{とき}は、その点_{てん}にも注意_{ちゅうい}しましょう。

●重要文法表現

①つい～

解説：してはいけないと思っている事を、無意識にしてしまう、または我慢できずにしてしまうという意味。会話文のように、「てしまう」を伴うことが多い。

例文：

①別に用事もないのに、**つい**コンビニに入ってしまいます。

②まじめな話をしていたのに、**つい**思い出し笑いをしてしまった。

②まさに～

解説：漢字は「正に」。「これこそ本当に」、「間違いなく確かに」という意味を表す。

例文：

①**まさに**スコール。バケツの水をひっくり返したような雨ですね。

②花見に来たのに、花も見ないで食べるだけ、**まさに**「花より団子」です。

③それはそうと～

解説：話題を変える時に使われる前置きの言葉。今の話題を打ち切って、思い出した事を話し始めたり、少し前に話していた話題に話を戻したりする場合などがある。会話文は後者の例。

例文：

①えっ？日本へ行ってきたの？**それはそうと**、夏休みの宿題、やった？

②(相手：おいしいね。)うん、本当に。**それはそうと**、さっきはゴメン。

①つい～

解說：指在無意中或忍不住做了自覺不該做的事。常會像會話文中一樣，加上「てしまう」。

例句：

①沒什麼事要辦，可是還是不由得走進便利商店。

②在談正事時，不小心想起一件事，自己笑了起來。

②まさに～

解說：漢字寫成「正に」。指「這才真正是」「確實無誤」的意思。

例句：

①這真是暴風雨。雨就像傾盆而下一樣。

②來賞花，結果不看花只有吃東西，真是「捨『花』取『食』」。

③それはそうと～

解說：用來改變話題時的開場白。可用於打斷目前的話題，開始說自己想到的事，或是回到先前談過的話題。會話文屬於後者。

例句：

①哦？你有去日本？先不管這個，暑假作業你做了嗎？

②(對方：好好吃哦。)嗯，真的耶。對了，剛才對不起哦。

④せっかく～

解説：せっかくの後には、少ないチャンスを得て実現した(する)事、努力や苦労をして実現した(する)事などが続き、それを有効に使いたいという気持ち(せっかく～だから、～)や、有効に使えなくて残念だと思う気持ち(せっかく～けれど、～)を表す。漢字を書く場合は「折角」。

例文：

①せっかく休みを取ったのだから、静かな所でのんびり過ごしたい。

②せっかく日本語を専攻したんだけど、日本語を使える職が見つからなくて。

⑤からと言って＋否定表現

解説：「ものではない」、「とは限らない」、「のはよくない」などの否定表現が後に続き、前件の理由だけで判断できない(するべきではない)ということを表す。

例文：

①たくさん食べるからと言って、必ず太るとは限らない。

②よく効くからと言って、薬を飲みすぎるのはよくないことです。

●倒置法

強調したいことを先に言ったり、後から何かを付け加えたりすることによって、普通の語順とは逆になること。会話文に見られる倒置法は、「初めてですね、ここで会うのは。」／「市内へ行くんですよ、バスに乗って。」／「先輩が教えてくれたんですよ、メールで。」／「仕方ないですよ、下校時間は。」／「もちろんでしょう？台湾人なんだから。」／「頼まれたら困るな、きっと。」／「先に降りますね、乗り換えるので。」など。

---

④せっかく～

解說：「せっかく」後面會接難得有機會實現的事，或是經過一番努力或辛苦才(會)實現的事，表示希望能有效利用(難得～所以要～)，或是因無法有效利用而遺憾(難得～可是～)。寫成漢字是「折角」。

例句：

①難得有休假，所以想到安靜的地方悠閒地渡假。

②好不容易主修日語，卻找不到能用到日語的工作。

⑤からと言って＋否定表現

解說：後接「不是」「未必」「不妥」等否定表現，表示無法(不應)僅由前述理由來判斷。

例句：

①不一定說吃多就會發胖。

②不要因為藥有效就吃過量。

●倒置法

先說要強調的事，之後再加上其他說明，用這種方式將平常的詞序倒過來。會話文中出現的倒置法有：「真的是第一次耶，在這裡碰到。」／「我會到市區，搭公車去。」／「學長跟我說的，用電子郵件」／「沒辦法，放學時間嘛。」／「一定的吧？台灣人嘛。」「要是叫我教我也會很頭大，一定的。」「我先下車了，還要轉車。」

●造句練習

①A：ちょっと、＿＿＿＿＿＿＿＿＿＿＿＿＿さん、周りの人に見られてますよ。

　B：あ、すみません。＿＿＿＿＿＿＿＿＿＿＿＿＿＿＿＿＿＿んで、

　　　つい＿＿＿＿＿＿＿＿＿＿＿＿＿＿＿＿＿＿＿＿てしまって……。

②A：何で＿＿＿＿＿＿＿＿＿＿＿＿＿＿＿＿＿＿と思ったんですか。

　B：せっかく＿＿＿＿＿＿＿＿＿から、＿＿＿＿＿＿＿＿＿と思って。

③A：＿＿＿＿＿＿＿＿からと言って、＿＿＿＿＿＿＿ものじゃないですよ。

　B：そう言われればそうですね。

④友達とお互いに日本語を習っている理由を話す会話を作ってみよう。

➡＿＿＿＿＿＿＿＿＿＿＿＿＿＿＿＿＿＿＿＿＿＿＿＿＿＿＿＿＿＿＿＿＿

＿＿＿＿＿＿＿＿＿＿＿＿＿＿＿＿＿＿＿＿＿＿＿＿＿＿＿＿＿＿＿＿＿＿＿

＿＿＿＿＿＿＿＿＿＿＿＿＿＿＿＿＿＿＿＿＿＿＿＿＿＿＿＿＿＿＿＿＿＿＿

＿＿＿＿＿＿＿＿＿＿＿＿＿＿＿＿＿＿＿＿＿＿＿＿＿＿＿＿＿＿＿＿＿＿＿

＿＿＿＿＿＿＿＿＿＿＿＿＿＿＿＿＿＿＿＿＿＿＿＿＿＿＿＿＿＿＿＿＿＿＿

＿＿＿＿＿＿＿＿＿＿＿＿＿＿＿＿＿＿＿＿＿＿＿＿＿＿＿＿＿＿＿＿＿＿＿

＿＿＿＿＿＿＿＿＿＿＿＿＿＿＿＿＿＿＿＿＿＿＿＿＿＿＿＿＿＿＿＿＿＿＿

＿＿＿＿＿＿＿＿＿＿＿＿＿＿＿＿＿＿＿＿＿＿＿＿＿＿＿＿＿＿＿＿＿＿＿

＿＿＿＿＿＿＿＿＿＿＿＿＿＿＿＿＿＿＿＿＿＿＿＿＿＿＿＿＿＿＿＿＿＿＿

＿＿＿＿＿＿＿＿＿＿＿＿＿＿＿＿＿＿＿＿＿＿＿＿＿＿＿＿＿＿＿＿＿＿＿

＿＿＿＿＿＿＿＿＿＿＿＿＿＿＿＿＿＿＿＿＿＿＿＿＿＿＿＿＿＿＿＿＿＿＿

相談事
商量

●課前問題

生活で何か困っていること、悩んでいることは？寮の生活とか？

_____

_____

●請聴完CD會話後回答

問1　二人はどこで話していますか。その店の様子は？

_____

問2　季節はいつごろでしょうか？

_____

問3　辻さんの相談事とは？

ＣＤの_____

ＣＤを聞く時間が_____

音楽のジャンルが_____

先輩がギターを_____

ライブのチケットを_____

問4　林さんはどうしてあげますか。

_____

問5　辻さんは嬉しくなって、最後に何と言いましたか。

_____

● 請聽CD填入空格

ある休日、大学生の林さんは短期留学で台湾に来ている辻さんに呼び出されました。何でも相談事があるそうです。

CD05-2（休日、大学近くの喫茶店で）

林：感じのいい①＿＿＿＿＿＿＿＿＿＿＿ですね。

辻：店内も明るいし、おしゃれな店でしょ？

林：よく②＿＿＿＿＿＿＿＿＿＿＿もきいてるし。

辻：それが一番ですよね。寮の部屋は③＿＿＿＿＿＿＿＿＿＿＿があるだけだから、超暑くて……。

林：台湾はまだまだ④＿＿＿＿＿＿＿＿＿＿＿が続きますよ。それはそうと、相談って何ですか？

辻：実は、寮の⑤＿＿＿＿＿＿＿＿＿＿＿の事なんです。

林：確か、先輩と同室でしたよね。

辻：ええ。あの先輩が大の音楽好きで。

林：あ、CDの⑥＿＿＿＿＿＿＿＿＿＿＿が大きいとか？

辻：ええ。それが、昼間だけじゃなく、夜寝る時もなんですよ。しかも、ジャンルが⑦＿＿＿＿＿＿＿＿＿＿＿とか⑧＿＿＿＿＿＿＿＿＿＿＿とかだから、頭にズンズン響く感じで。

林：それはひどいですね。

辻：そうでしょう？⑨＿＿＿＿＿＿＿＿＿＿＿でも、ズンチャカズンチャカ、ずっと鳴ってるみたいで。

林：それはゆっくり寝られないでしょうね。

辻：それだけじゃないんです。先輩、自分でも⑩＿＿＿＿＿＿＿＿＿＿＿やってて、部屋で練習してるんです

34

よ。もともとロック系は好きじゃないから、私には⑪＿＿＿＿＿＿＿＿＿＿にしか聞こえ

なくて。

林：CDとギター……。⑫＿＿＿＿＿＿＿＿＿＿ですか……。同情します。

辻：おまけに……。

林：まだあるんですか？

辻：ええ。自分たちの⑬＿＿＿＿＿＿＿＿＿＿が⑭＿＿＿＿＿＿＿＿＿＿やるからって、チケット

を買わされたんです。

林：えっ？それはちょっと行き過ぎですね。私が一言、言ってあげますよ。

辻：お願いできますか？

林：ええ、もちろん。私が言ってもきかなかったら、⑮＿＿＿＿＿＿＿＿＿＿の先生に話して

みましょう。

辻：ありがとうございます。助かります。

林：大船に乗ったつもりで、安心していてください。

辻：はい。やっぱり林さんは⑯＿＿＿＿＿＿＿＿＿＿です。また、コーヒー、おごりますね。

●会話のココに注意

辻さんが先輩のことを相談していますが、最後まで言い終わっていない文がいくつかあり

ますね。会話では、このように途中で文がストップし後を省略することが多々(話しにく

い内容なら特に)ありますが、林さんのようにすぐに反応できれば会話はスムーズに進ん

でいきます。

●重要文法表現

①超～

解說：形容詞に付き、「とても・たいへん・すごく」等と同じように使われる。近年、台湾でもこの用法が借用され、中国語での会話に氾濫しているようだが、日本語では、若者、特に女性の使用率が高い。フォーマルな場面では使えない。

例文：

①どこで買ったの、これ？超可愛い！

②えっ？この曲、知らないの？超有名な歌手の歌だよ。

②確か～

解說：「記憶に間違いなければ」「記憶によれば」という意味。後に「～はずだ」が続くか、または会話文のように「～でした(ました)よね」と続き、相手に自分の記憶を確認したりするときに使われる。

例文：

①彼は確かまだ就職先が決まっていないはずですよ。

②次の会議は確か来週の金曜だったよね？

③大の～好き

解說：間に名詞が入り、「とても好きだ・大好きだ」という意味になる。「好き」が「嫌い」になると、「大嫌いだ」という意味。また、慣用的に「大の仲良し」（とても仲が良い）という使い方もある。

例文：

①私、大の魚好きで、三食魚料理っていう日もあるぐらいなんです。

②子供の時に一度犬に咬まれてから、大の犬嫌いになったんです。

①超～

解說：接在形容詞前，跟「とても・たいへん・すごく」的用法一樣。這幾年台灣也借用了這種說法，在中文的會話裡似乎相當氾濫，不過日語還是以年輕人，特別是女生的使用頻率較高。不能用在正式場合。

例句：

①這哪裡買的？超可愛！

②什麼？你不知道這首歌？這是超級名歌手的歌耶。

②確か～

解說：意指「如果我沒記錯的話」「依我的記憶」。後面接「～はずだ」，或是像會話文一樣接「～でした（ました）よね」，用來跟對方確認自己的記憶內容。

例句：

①我記得他應該還沒找到工作。

②我記得下次開會是下星期五是吧？

③大の～好き

解說：中間加入名詞，指「非常喜歡・最喜歡」。如果把「好き」改成「嫌い」，那就是「最討厭」的意思。另外還有像「感情超好」這樣的習慣用法。

例句：

①我超喜歡魚，有時候甚至一天三餐都吃魚。

②我小時候被狗咬過，之後就變得超級討厭狗了。

④おまけに〜

解説：一つか若しくはいくつかの事(物)に、もう一つ同じような事(物)を付け加える時に使う接続詞。ちなみに「おまけ」だけだと、商品の景品や何かの付録の事をいう。

例文：

①ここは空気もきれいで、**おまけに**景色もすごくいいですね。

②味も悪いし、値段も高い。**おまけに**店員も不親切だから、客も少ない。

⑤〜される（使役受身）

解説：「買う」の使役形「買わせる」に受身形をプラスした「買わせられる」の変化した形。会話ではよく五段動詞の使役受身形「行かせられる・飲ませられる」等の「せら」の部分が「さ」に変わり、「行かされる・飲まされる」となる。本人は嫌なのに、無理に「行くこと・飲むこと」等を強いられるという意味。

例文：

①毎週、出張に**行かされて**、休む暇がありません。

②ゆうべは先輩にたくさん**飲まされて**、今もまだ頭が痛いんです。

⑥大船に乗ったよう

解説：信じきって安心する様子。

例文：

①あの選手が我がチームに入るなら、**大船に乗ったような**気分だ。

②カーナビが付いた車なら、**大船に乗ったような**ものだ。

＊カーナビ：カーナビゲーションの略

---

④おまけに〜

解説：接續詞，用來表示在一件或數件事(物)之上，再加上一件同樣的事(物)。如果只有「おまけ」，則是指商品的贈品或某種東西的付錄、副刊。

例句：

①這裡空氣好，而且風景又很漂亮。

②既難吃又貴。而且店員態度又不好，所以客人也很少。

⑤〜される（使役受身）

解説：後這是「買う」的使役形「買わせる」再加上被動形，變成「買わせられる」的變化形式。會話中常會把五段動詞的使役被動形，像「行かせられる・飲ませられる」的「せら」說成「さ」，成了「行かされる・飲まされる」。意思是指心不甘情不願地被逼著「去」、被逼著「喝」。

例句：

①每個禮拜都要被抓去出差，沒時間休息。

②昨天被學長灌一堆酒，到現在頭都還很痛。

⑥大船に乗ったよう

解説：形容完全信賴，很放心的樣子。

例句：

①如果那位選手要加入我們這隊，我們就會像吃了定心丸一樣。

②如果有衛星導航的車子就放心多了。

＊「カーナビ」是「カーナビゲーション」（衛星導航系統）的簡略詞

●造句練習

①A：相談事って何ですか。

　B：実は、＿＿＿＿＿＿＿＿＿＿＿＿＿＿＿＿＿＿＿＿＿＿＿の事なんです。

　A：確か、＿＿＿＿＿＿＿＿＿＿＿＿＿＿＿＿＿＿＿＿＿＿＿でしたよね。

②A：＿＿＿＿＿＿＿＿＿＿＿＿＿＿＿＿＿＿＿＿＿＿＿＿＿んです。

　　おまけに、＿＿＿＿＿＿＿＿＿＿＿＿＿＿＿＿＿＿＿＿＿。

　B：＿＿＿＿＿＿＿＿＿＿＿＿＿と＿＿＿＿＿＿＿＿＿＿＿……

　　ダブルパンチですか……。同情します。

③A：私が＿＿＿＿＿＿＿＿＿＿＿＿＿＿＿＿＿＿＿てあげますよ。

　B：ありがとうございます。助かります。

④友達に今困っていることを相談し、相談されたほうは相手を慰めたり、アドバイスしたりする会話を作ってみよう。

➡＿＿＿＿＿＿＿＿＿＿＿＿＿＿＿＿＿＿＿＿＿＿＿＿＿＿＿＿＿＿＿

＿＿＿＿＿＿＿＿＿＿＿＿＿＿＿＿＿＿＿＿＿＿＿＿＿＿＿＿＿＿＿＿

＿＿＿＿＿＿＿＿＿＿＿＿＿＿＿＿＿＿＿＿＿＿＿＿＿＿＿＿＿＿＿＿

＿＿＿＿＿＿＿＿＿＿＿＿＿＿＿＿＿＿＿＿＿＿＿＿＿＿＿＿＿＿＿＿

＿＿＿＿＿＿＿＿＿＿＿＿＿＿＿＿＿＿＿＿＿＿＿＿＿＿＿＿＿＿＿＿

＿＿＿＿＿＿＿＿＿＿＿＿＿＿＿＿＿＿＿＿＿＿＿＿＿＿＿＿＿＿＿＿

＿＿＿＿＿＿＿＿＿＿＿＿＿＿＿＿＿＿＿＿＿＿＿＿＿＿＿＿＿＿＿＿

＿＿＿＿＿＿＿＿＿＿＿＿＿＿＿＿＿＿＿＿＿＿＿＿＿＿＿＿＿＿＿＿

クッキング
烹飪

●課前問題

好きな料理は何ですか？料理ができますか？得意な料理は？

_____

_____

●請聽完CD會話後回答

問1　誰が誰を訪問しましたか？

_____

問2　何のために訪問したのでしょうか？

_____

問3　辻さんはどうしてケーキを買いましたか？

_____

問4　お好み焼きに必要な調味料は？

_____と_____と_____と_____

問5　林さんは何回お好み焼きを食べたことがありますか？

_____回（_____年前に）

問6　二人で作ったお好み焼きはどうでしたか？

_____

問7　林さんは玄関で辻さんを見送る時、何と言いましたか？

_____

●請聽CD填入空格

> ある休日、林さんは、日本からの留学生辻さんに日本料理を教えてもらうことになりました。

CD06-2 （林さんの家、玄関口で）

辻：お邪魔します。

林：どうぞ。お上がりください。この①＿＿＿＿＿＿＿＿をどうぞ。

辻：はい、ありがとうございます。これ、どうぞ。②＿＿＿＿＿＿＿＿買ってきました。

林：そんな、気を遣わなくてもいいのに。

辻：ここの③＿＿＿＿＿＿＿、おいしいって聞いたから……。それに、私も食べたくて。

林：そうですか。じゃ、食後の④＿＿＿＿＿＿＿に一緒に食べましょうか。どうぞ、こちらへ。⑤＿＿＿＿＿＿＿はこっちです。

CD06-3 （台所で）

林：材料は揃っていますよ。お好み焼きって、思ったより色々な材料がいるんですね。

辻：ええ。⑥＿＿＿＿＿＿＿だけでも、ソース、マヨネーズ、かつおぶし、青のりが要りますから。それより、すみません。全部林さんに買ってもらっちゃって。

林：いいんですよ。作り方を教えてもらえるとは思ってもいなかったから。私、旅行に行った時に大阪で食べて以来、あの味が忘れられなくて……。

辻：大阪のは⑦＿＿＿＿＿＿＿で格別ですから、病み付きになるのも無理もないでしょう。

林：病み付きとは言えないでしょう。あれ以来、一度も食べていないんですから。今日が二度目。⑧＿＿＿＿＿＿＿です。

辻：そうだったんですか。じゃ、作り方を覚えたら、時々自分で作って食べられますね。

林：それこそ、病み付きになるかも……。

CD06-4（食卓で）

林：ああ、おいしかった。

辻：どうでした、味の方は？3年前に食べたお好み焼きと同じでした？

林：うん、あの味を⑨＿＿＿＿＿＿＿＿。本当においしかったです。

辻：そんなに難しくないから、一人でも作れそうでしょ？

林：ええ、メモもとったし、⑩＿＿＿＿＿＿＿＿です。今度、家族に作ってあげようと思います。

辻：それはいいですね。じゃ、⑪＿＿＿＿＿＿＿＿失礼します。

林：えっ？⑫＿＿＿＿＿＿＿＿ゆっくりしていってくださいよ。

辻：ありがとうございます。でも、ちょっと用事もありますから。

林：そうですか。じゃ、また⑬＿＿＿＿＿＿＿＿ね。

辻：はい、きっと。今度は林さんに台湾の料理、教えてもらおうかな……。

林：いいですよ。そうしましょう。

CD06-5（玄関口で）

林：じゃ、⑭＿＿＿＿＿＿＿＿。

辻：はい。どうもありがとう。
　　お邪魔しました。

●会話のココに注意

　人の家を訪問する時、または逆に客を迎える時の挨拶や慣用表現に注意してみましょう（「お邪魔します」「お上がりください」等）。また、手土産を渡す時、受け取る時の言い回しも覚えておくといいでしょう（「気を遣わなくてもいいのに」「私も食べたくて」等）。そして最後に、客を見送る時の言葉、暇乞いの表現をマスターすれば、もう問題なしですね（「気をつけて」「お邪魔しました」等）。

●重要文法表現

①〜とは思ってもいなかった

解説：「まったく予想していなかった」という意味。或いは、「少しは予想していたが、程度が予想以上だ」という意味を表す。多分に驚きの気持ちが含まれるが、前に「まさか」が付け加えられると、更にその気持ちが強調される。

例文：

①電車の中であの憧れの俳優に会えるとは思ってもいませんでした。

②彼の奥さんが若いとは聞いていたが、まさか10代だとは思ってもいなかった。

②〜て以来

解説：「ある時点から今までずっと」という意味。ある時点にある動作が行われてから今までということであれば、その「動詞のて形＋以来」となるが、その外に「名詞＋以来」という用法もある。

例文：

①2年前にバイクで転んで以来、一度もバイクには乗っていないんです。

②彼女は小学校入学以来、毎日欠かさず日記をつけているらしい。

③〜のも無理もない

解説：そうなるのは当然のことだという気持ちを表す。前か後にその理由が述べられる場合が多い。

例文：

①夕べは夜中の2時まで勉強してたんだから、朝起きられないのも無理もない。

①〜とは思ってもいなかった

解說：「完全沒有預料到」的意思。或是表示「有預料到一點點，但是程度遠超過原本預料」。含有相當驚訝的語氣，若是在前面加上「まさか」，則更強調驚訝的程度。

例句：

①完全沒有想到可以在電車上遇到我很崇拜的那個演員。

②聽說他的太太很年輕，但萬萬沒想到居然是10幾歲的人。

②〜て以来

解說：「從某個時間點到現在都一直」的意思。某個時間點作了某個動作後一直到現在，就可以用「動詞て形＋以來」來表達。另外也有「名詞＋以來」的用法。

例句：

①兩年前騎摩托車跌倒以來，就一次都沒有再騎過了。

②她從唸小學以來，似乎每天一定寫日記。

③〜のも無理もない

解說：表示會變成那樣是理所當然的語氣。多在之前或之後說明其理由。

例句：

①因為昨晚唸書唸到深夜兩點，早上當然起不來。

②當然會感冒囉，明明下雨還在河裡游泳。

②風邪をひく**のも無理もない**ですよ、雨が降って
　る**のに**川で泳いでたん**だから**。

④〜ぶり

解説：長い期間を経て、再びする(した)ことを表
　す。ぶりの前には普通、時間を表す言葉が入る
　が、「久しぶり」などは例外。

例文：

①（相手：久しぶり！）ほんとに。卒業以来だか
　ら、６年**ぶり**だね。

②長かった入院生活も終わり、明日は５か月**ぶり**
　に家に帰れる。

⑤バッチリ

解説：よい結果が得られた時、または事がうまく
　進んだ時などに使われる。何の問題もなし、す
　べてＯＫという意味。

例文：

①舞台の準備は**バッチリ**だ。あとは本番を待つだ
　けだ。

②みんな、お疲れ様！今までの練習の成果が出
　て、今日は**バッチリ**でしたよ。

●「お好み焼き」とは？

小麦粉、卵、キャベツなどで種を作り、それに
豚肉、えび、いか、チーズなどのいずれか、
もしくは全部を入れて(ミックス)、鉄板で焼く
大阪の代表的な食べ物。広島風は、それにそば
が入って更にボリュームＵＰ。焼きあがった
ら、ソース、マヨネーズ、かつおぶし、青のり
で味付けをする。

④〜ぶり

解說：表示經過長時間後，再一次做
某件事。「ぶり」的前面通常都會
加入表示時間的語詞，但「久しぶ
り」之類是例外。

例句：

①「對方：好久不見！」「真的是。
從畢業以來到現在，所以是六年不
見囉。」

②結束長期的住院生活，隔了五個月
後明天可以回家了。

⑤バッチリ

解說：得到好的結果，或是事情進展
的很順利時使用。什麼問題也沒
有，完全OK的意思。

例句：

①舞台的準備完全沒問題。接下來只
等著正式演出。

②大家辛苦了！練習至今有了成果，
今天真是太完美了。

●「大阪燒」是？

以麵粉、蛋、高麗菜等等做材料，
再加上豬肉、蝦子、花枝、起司的
其中幾種，或是全部(混合)，用鐵
板煎煮而成的大阪代表食物。廣島
風味則是再加入麵條讓份量倍增。
煎好之後，再以醬汁、美乃滋、柴
魚片、青海苔調味。

●造句練習

①A：お邪魔します。はい、これ。＿＿＿＿＿＿＿＿＿＿＿＿＿＿＿＿買って来ました。

　B：そんな、気を遣わなくてもいいのに。

　A：＿＿＿＿＿＿＿＿＿＿＿＿＿＿＿＿＿＿＿＿＿＿＿＿＿＿＿＿から。

②A：私、＿＿＿＿＿＿＿時に＿＿＿＿＿＿＿＿で＿＿＿＿＿＿＿て以来、

　　　＿＿＿＿＿＿＿＿＿＿＿＿＿＿＿＿＿＿が忘れられなくて……。

　B：＿＿＿＿＿＿＿＿＿＿＿＿＿は＿＿＿＿＿＿＿＿＿＿＿＿＿から、

　　　病み付きになるのも無理もないでしょう。

③A：そんなに難しくないから、一人でも＿＿＿＿＿＿＿＿＿＿＿そうでしょ？

　B：ええ、バッチリです。今度＿＿＿＿＿＿＿＿＿＿＿＿＿＿＿＿＿＿。

④友達に自分の得意な料理の作り方を教えて、一緒に作って食べてみる会話を作って

　みよう。

➡＿＿＿＿＿＿＿＿＿＿＿＿＿＿＿＿＿＿＿＿＿＿＿＿＿＿＿＿＿＿＿＿＿

　＿＿＿＿＿＿＿＿＿＿＿＿＿＿＿＿＿＿＿＿＿＿＿＿＿＿＿＿＿＿＿＿＿

　＿＿＿＿＿＿＿＿＿＿＿＿＿＿＿＿＿＿＿＿＿＿＿＿＿＿＿＿＿＿＿＿＿

　＿＿＿＿＿＿＿＿＿＿＿＿＿＿＿＿＿＿＿＿＿＿＿＿＿＿＿＿＿＿＿＿＿

　＿＿＿＿＿＿＿＿＿＿＿＿＿＿＿＿＿＿＿＿＿＿＿＿＿＿＿＿＿＿＿＿＿

　＿＿＿＿＿＿＿＿＿＿＿＿＿＿＿＿＿＿＿＿＿＿＿＿＿＿＿＿＿＿＿＿＿

　＿＿＿＿＿＿＿＿＿＿＿＿＿＿＿＿＿＿＿＿＿＿＿＿＿＿＿＿＿＿＿＿＿

　＿＿＿＿＿＿＿＿＿＿＿＿＿＿＿＿＿＿＿＿＿＿＿＿＿＿＿＿＿＿＿＿＿

　＿＿＿＿＿＿＿＿＿＿＿＿＿＿＿＿＿＿＿＿＿＿＿＿＿＿＿＿＿＿＿＿＿

スピーチコンテスト
演講比賽

●課前問題

もしスピーチコンテストに出^でるなら、どんなテーマで？

_____

_____

●請聽完CD會話後回答

問1　まず林^{りん}さんは辻^{つじ}さんに何^{なに}を聞^ききましたか？

_____

問2　林^{りん}さんは辻^{つじ}さんに何^{なに}を頼^{たの}みましたか？

_____

問3　辻^{つじ}さんはスピーチを聞^きいてどう褒^ほめましたか？

すごい、もう完璧^{かんぺき}に_____

_____と_____がすごくいい

_____は間違^{まちが}いなかった

_____も問題^{もんだい}ない

問4　辻^{つじ}さんがアドバイスした点^{てん}は？

_____方^{ほう}がもっとよくなる

_____もいいかもしれない

問5　どうして辻^{つじ}さんはスピーチのことに詳^{くわ}しいのでしょう？

_____

●請聽CD填入空格

> スピーチコンテストに出ることになった林さん。コンテストの前に、留学生の辻さんにスピーチを聞いてもらって、アドバイスをしてもらうようにお願いしました。

CD07-2 （放課後、教室で）

林：辻さん、今から、ちょっと時間ありませんか？

辻：ええ、ありますよ。何か？

林：実は、今度スピーチコンテストに出ることになったんですよ。

辻：えっ？来月行われる、あの①＿＿＿＿＿＿＿＿＿＿のことですか？

林：辻さん、どうして知ってるんですか？

辻：事務所の掲示板に②＿＿＿＿＿＿＿＿＿が貼ってあるじゃないですか。

林：ああ、そうでしたね。一度、辻さんに聞いてもらって、③＿＿＿＿＿＿＿＿＿してもらおうかと思ったんですけど……。

辻：ええ、いいですよ、④＿＿＿＿＿＿＿＿＿。アドバイスはできるかどうか分かりませんけど。

林：ありがとうございます。じゃ、さっそく始めますね。この辺に座ってもらえますか。

辻：はい。何か⑤＿＿＿＿＿＿＿＿みたいですね。

CD07-3 （スピーチを聞いた後で）

辻：すごい、すごい。もう⑥＿＿＿＿＿＿＿＿＿に覚えていますね。

林：ありがとうございます。⑦＿＿＿＿＿＿＿＿＿は得意な方なんです。で、どうでした？

辻：うん、タイトルと内容がすごくいいですね。⑧＿＿＿＿＿＿＿＿＿しました。

林：また、大げさですね。

辻：いえ、本当ですよ。普通の人が気がつかないような⑨＿＿＿＿＿＿＿＿＿だから、審査員も評価してくれるはずですよ。

林：そうだと嬉しいですね。⑩＿＿＿＿＿＿＿＿＿はどうですか？

辻：そうですね。⑪＿＿＿＿＿＿＿＿＿は間違いなかったし、発音も問題ないでしょうね。

ただ、少し棒読みになってしまうところがあるから、慌てないでゆっくり⑫＿＿＿＿＿

＿＿＿＿＿を込めて話した方が、もっとよくなると思いますよ。

林：そうですね。そう言われれば、話しているうちに、段々速くなってしまうんですよね。

辻：一番大切なのは⑬＿＿＿＿＿＿＿＿＿ですから、自分の⑭＿＿＿＿＿＿＿＿＿に合わせて

手振りを付けるのもいいかもしれませんね。

林：なるほど。辻さんにアドバイスしてもらったおかげで、⑮＿＿＿＿＿＿＿＿＿が付いて

きた気がします。ありがとうございました。でも、辻さん、スピーチのこと、詳しいで

すね。

辻：実は、私も日本で中国語弁論大会に出たことがあるんですよ。残念ながら⑯＿＿＿＿＿

＿＿＿＿＿はできませんでしたけど。

林：どうりで。

辻：林さん、出るからには、⑰＿＿＿＿＿＿＿＿＿目指して頑張ってくだ

さい。

林：はい。出るからには、入賞目指します。

辻：入賞じゃなくて、優勝。目標

は高く持って。

林：優勝？は、はい。⑱＿＿＿＿＿

＿＿＿＿＿頑張ります。

●会話のココに注意

依頼の表現に注意してみましょう。林さんは三段階で依頼をしています。ステップ１で相手(辻さん)に時間があるかどうか尋ね、ステップ２で前置きのような形で事情説明をし(スピーチコンテストに出る～)、ステップ３で実際に依頼をしています。聞き手にとって、突然「～、お願いします」と言われるよりは気持ちがいいでしょう。依頼を受ける場合は、辻さんのように「喜んで」の一言を。お互い気持ちのいい会話になりますね。

●重要文法表現

①〜ことになる

解説：あることが決定した(する)ことを表す。「〜ことにする」が自分で決めた、決意した決定に対して、「〜ことになる」は自然にそうなった、なんらかの経緯があって決まったという意味を持つ。

例文：

①突然、中国へ転勤することになった。

②私達、結婚することになりました。

②〜じゃないか

解説：相手も知っているはずのことを確認する時に用いられる。「ではないか」のくだけた形だが、たいてい会話で使われるので、会話文の例のように「じゃないですか」や「じゃありませんか」となることが多い。「確認」の意味のほかにも「発見」や「非難」(例文②)を表す表現もある。

例文：

①(相手：眼鏡がないんだ。)さっき頭にかけたじゃありませんか。ほら、そこ。

②大事な会議なのに、遅れてきちゃだめじゃないですか。

③〜うちに

解説：「何かの状態が続いている間に」或いは「何かの動作が行われている間に」という時間を表す。後件は「その間に」なされる(なされた)事や変化する(した)事などが続く。

例文：

①冷めないうちに、どうぞ召し上がってください。

　(熱いうちに、どうぞ。)

②山登りをしているうちに、よく汗をかいたと思ったら、３キロも痩せていた。

①〜ことになる

解說：「表示某件事情已成定局。相對於「〜ことにする」是自己下定決心做的決定，「〜ことになる」有自然演變，由於某些原因而決定的意思。

例句：

①突然決定調職到中國大陸。

②我們決定要結婚。

②〜じゃないか

解說：用於確認對方應該也知道的事情。是「ではないか」比較不鄭重的形式，通常用於會話中，所以如同會話文中的例句所示，大多會變成「じゃないですか」或「じゃありませんか」。除了「確認」的意思外也有「發現」及「責備」（例句②）的表達方式。

例句：

①(對方：眼鏡不見了。)　剛剛不是還戴在頭上嗎？你看，在那邊。

②明明是重要的會議，不是不應該遲到嗎？

③〜うちに

解說：表示「某種狀態持續之間」或是「某種動作進行之間」之類的時間。接於其後的是在「這段時間」內所做的事或產生變化的事。

例句：

①趁著還沒涼，請慢用 (趁熱請慢用)。

②爬山的當中，一直流汗，居然瘦了三公斤。

④〜おかげで

解説：他人や他から受けた恩恵によって良い結果が得られた場合に用いられる。逆に悪い結果となった場合は「おかげ」の代わりに「せい」が使われる。「お蔭様で。」は相手に安否などを尋ねられた時に使う慣用的表現。

例文：

① スポーツ万能の彼が入ってくれたおかげで、優勝することができました。

② この二日間、まとまった雨が降ってくれたおかげで、水不足も解消された。

⑤〜ながら

解説：初級段階で習う「歌いながら踊る」のような動作の同時進行の用法とは違い、逆接の意味で使われる。「けれども」や「が」に置き換え可能。また、この用法は「ながらも」の形をとることもある。

例文：

① 医者嫌いの父は、重い病気にかかりながらも、結局病院へ行かなかった。

② 小学生ながら、彼の料理の腕前には驚かされる。

⑥〜からには

解説：「Xをする(した)という状況では、当然Yをする」という意味。「Yをするのは当たり前だ」という気持ちを含む。類似表現に「〜以上は」がある。

例文：

① 注文したからには、残さず全部食べるべきです。

② 結婚するからには、子供を作って子育てもしたい。

④〜おかげで

解説：用於藉由他人或其他事物的恩惠獲得好結果的情況。相反的，造成壞結果時，則用「せい」取代「おかげ」。「お蔭様で。」則是對方詢問是否平安時的慣用回答方式。

例句：

① 因為運動萬能的他進來，所以我們才能獲勝。

② 因為這兩天大量的下雨，解除了缺水的狀況。

⑤〜ながら

解説：與初級階段學習的「歌いながら踊る」表示動作同時進行的用法不同，當做逆接的意思使用。可與「けれども」及「が」等替換。這個用法也可以採取「ながらも」的形式。

例句：

① 討厭看醫生的父親，雖然生了重病，結果還是沒去醫院。

② 雖然是小學生，但是他烹飪的本事令人驚訝。

⑥〜からには

解説：「做了X的情況下、〜當然要做Y」的意思。含有「做Y是理所當然的」的語氣。類似表達方式還有「〜以上は」

例句：

① 既然都點了，就應該吃得一乾二淨。

② 既然要結婚，就也想要生育小孩。

●造句練習

①A：＿＿＿＿＿＿＿＿＿＿＿＿＿＿＿＿＿＿さん、どうして知ってるんですか？

　B：＿＿＿＿＿＿＿＿＿＿＿＿＿＿＿＿＿＿じゃないですか。

　A：ああ、そうでしたね。

②A：＿＿＿＿＿＿＿＿＿＿＿＿＿＿＿＿＿＿うちに、

　　＿＿＿＿＿＿＿＿＿＿＿＿＿＿＿＿てしまうんです。

　B：＿＿＿＿＿＿＿＿＿＿＿＿＿た方がいいと思いますよ。

③A：私も＿＿＿＿＿＿＿＿＿＿＿＿たことがあるんですけど、

　　残念ながら＿＿＿＿＿＿＿＿＿＿＿＿＿＿＿＿。

　B：そうですか。じゃ、私、＿＿＿＿＿＿＿＿＿＿＿からには、

　　＿＿＿＿＿＿＿＿＿＿＿＿＿＿目指します。

④友達にその場でできるような比較的簡単な依頼をして、それをしてもらってお礼を言う会話を作ってみよう。

➡＿＿＿＿＿＿＿＿＿＿＿＿＿＿＿＿＿＿＿＿＿＿＿＿

＿＿＿＿＿＿＿＿＿＿＿＿＿＿＿＿＿＿＿＿＿＿＿＿＿

＿＿＿＿＿＿＿＿＿＿＿＿＿＿＿＿＿＿＿＿＿＿＿＿＿

＿＿＿＿＿＿＿＿＿＿＿＿＿＿＿＿＿＿＿＿＿＿＿＿＿

＿＿＿＿＿＿＿＿＿＿＿＿＿＿＿＿＿＿＿＿＿＿＿＿＿

＿＿＿＿＿＿＿＿＿＿＿＿＿＿＿＿＿＿＿＿＿＿＿＿＿

＿＿＿＿＿＿＿＿＿＿＿＿＿＿＿＿＿＿＿＿＿＿＿＿＿

＿＿＿＿＿＿＿＿＿＿＿＿＿＿＿＿＿＿＿＿＿＿＿＿＿

＿＿＿＿＿＿＿＿＿＿＿＿＿＿＿＿＿＿＿＿＿＿＿＿＿

第8課

ハーリーズと韓流
哈日族與韓流

●課前問題
日本の文化で好きなもの、興味のあるものは？

_____

_____

●請聽完CD會話後回答

問1　二人はどう移動していきましたか？

_____→_____→_____

問2　J-POPの列にこんなCDも？

_____や_____も同じ列に入っている

問3　ハーリーズ（哈日族）とは？

日本の_____をはじめ、

_____や_____、

_____、_____などが好きな人

問4　日本で起きている似ている現象は？

女性達が_____の追っ掛けに走る

それも、_____が多い

問5　どうして辻さんは台湾語のCDを買いたいのでしょうか？

_____

51

●請聽CD填入空格

> 留学生の辻さんは買いたいCDがあるそうで、林さんに大きなＣＤショップに連れて来てもらいました。

CD08-2 （CDショップの店頭で）

林：辻さん、ここですよ。このCDショップです。

辻：大きいですね。人も多いし……。

林：ええ。辻さんがCDを買いたいって言うから、この店がいいだろうなあと思って。

辻：あれっ。日本の歌手の①＿＿＿＿＿＿＿＿＿＿も張ってありますよ、ほら。

林：そうですね。台湾でも人気のある歌手ですね。

辻：②＿＿＿＿＿＿＿＿＿＿があるってことは、CDも売ってるんでしょうね？

林：もちろんですよ。ただ、売れ行きが良すぎて、③＿＿＿＿＿＿＿＿＿＿場合がありますけどね。

辻：売っているどころか、④＿＿＿＿＿＿＿＿＿＿ほど人気があるということですか。

林：そういうことです。中に入ってみればよく分かりますよ、その人気ぶりが。

CD08-3 （CDショップ店内で）

林：こっち、こっち。J-POPコーナーは⑤＿＿＿＿＿＿＿＿＿＿です。

辻：あ、見えました、J-POPって。わあ、すごい量ですね、ほんとに。

林：この列は全部、J-POPですね。と言っても、演歌や⑥＿＿＿＿＿＿＿＿＿＿なんかも同じ列に入っていますけど。

辻：これだけ揃ってるとは思いもしませんでした。それに、結構買って

る人も多いし。

林：一度その歌手の⑦＿＿＿＿＿＿＿＿になると、買わずにはいられないようですね。ハーリーズ（哈日族）の一種ですよ。

辻：ハーリーズ？何ですか、それ？

林：あれ、辻さん、知りませんか？⑧＿＿＿＿＿＿＿＿を始め、マンガやアニメ、ゲーム、ファッションなど、日本の文化が大好きな人のことをそう呼ぶんですよ。

辻：ああ、聞いたことあります。実は、日本にも今似たような⑨＿＿＿＿＿＿＿＿が起きてるんですよ。

林：あ、知ってます。⑩＿＿＿＿＿＿＿＿のことでしょう？

辻：そうそう。私には不思議でならないんですが、韓国の俳優の追っ掛けに走る女性達。それも、⑪＿＿＿＿＿＿＿＿の方が多いから、驚きますよね。

林：あの⑫＿＿＿＿＿＿＿＿は台湾でも結構人気があるんですよ。

辻：えっ？台湾でも？言わせてもらえば、人気のわりに、⑬＿＿＿＿＿＿＿＿でもないんですよね。

林：辻さん、今日は珍しく辛口ですね。

辻：いえいえ。つい、⑭＿＿＿＿＿＿＿＿が出ちゃって。それより台湾語のCDはどこですか？

林：えっ？辻さん、日本語のじゃなくて、台湾語のCDを買うんですか？

辻：ええ。歌を聴きながら、台湾語の練習しようと思って。

林：⑮＿＿＿＿＿＿＿＿、練習にはなりますけど。中国語じゃなくて、台湾語？

辻：ええ、台湾語の。私も立派な「ハータイズ（哈台族）」かな！？

●会話のココに注意

若者言葉、つまり若者の間でなされる会話から生まれる新しい言葉、その回転(作り出されたり、使われなくなったり)のスピードには目を見張るものがありますが、その中から流行語というものが生まれることもしばしばあって、若者言葉に目をそむいてはいられません。会話文の中にもそれに属するものがあるのに注意しておきましょう。

●重要文法表現

①～どころか

解説：「Ｘどころかｙ」で、「Ｘはもちろんのこと、Ｙさえ……」という意味になる。後件は肯定の場合も否定の場合もある。

例文：

①冷房中の室内は涼しい**どころか**、風邪をひきそうなぐらいの所も多い。

②ジョギング**どころか**、歩くこともできなくなってしまいました。

②～ぶり

解説：「様子、状況」などの意味。動作性の名詞や動詞のます形から接続される。強調表現に「食べっぷり・飲みっぷり」がある。

例文：

①ご活躍**ぶり**は、いつもテレビで拝見しています。

②彼の落ち着き**ぶり**は自信に満ち溢れている。

③～ずにはいられない

解説：「そうしないではいられない」、「そうすることを我慢できない」、「どうしてもそうしてしまう」というような意味を表す。

例文：

①パソコンに向かうと、オンラインゲームをせず**にはいられない**。

②愛煙家と呼ばれる人は、食後にたばこを吸わず**にはいられない**らしい。

①～どころか

解説：採「Ｘどころかｙ」的句型，表示「Ｘ是理所當然的事情，甚至是Ｙ……」的意思。後面可以是肯定或是否定的情況。

例句：

①開冷氣的室內不只是涼，甚至很多地方好像冷到會令人感冒。

②別說是慢跑，連走路都沒辦法了。

②～ぶり

解説：「樣子、狀況」的意思。接於動作性的名詞及動詞的連用形之後。強調的說法是「食べっぷり（吃東西的樣子）・飲みっぷり（喝東西的樣子）」。

例句：

①經常在電視上看到您活躍的樣子。

②他沉著的樣子洋溢著自信。

③～ずにはいられない

解説：表示「不那樣做受不了」、「無法忍耐不那樣做」、「無論如何都要那麼做」的意思。

例句：

①一面對電腦，就無法不玩線上遊戲。

②被稱為愛吸煙的人，好像在飯後不抽菸就受不了。

④〜でならない

解説：非常に強い気持ちや感情を抑えることができないことを表す時に用いられる。前には感情を表す言葉(多くは形容詞)が置かれる。

例文：

①10年も飼っていた猫が死んで、寂しくてならない。

②年頃の娘を持つ父親は、娘のことが心配でならないようだ。

⑤〜わりに

解説：当然予想されることとは違っているという意味。「意外だ」または「変だ」という気持ちを伴う。

例文：

①彼女は年齢のわりに、若く見える。

②うちの息子はよく食べるわりに、体重が増えないんです。

●若者言葉・流行語

1 J-POP：Jポップとも。日本のポピュラーソングのことで、一つの音楽ジャンルにもなっている。

2 韓流：韓国大衆文化(映画、ドラマ、音楽など)の流行現象。「はんりゅう」と読む。

3 イケメン：「いけてる(＝かっこいい)」の略に「面」あるいは「men」をつけたもので、ハンサムな男性の意。

④〜でならない

解説：用於表達無法抑制很強烈的情緒及感情時使用。前面放置表達感情的語詞（大多是形容詞）。

例句：

①養了10年的貓死了，寂寞得不得了。

②有年輕女兒的父親，好像非常擔心女兒的事。

⑤〜わりに

解説：與原先預料的情況有所不同的意思。帶有「出乎意外」或是「奇怪」的語氣。

例句：

①比起她的年齡，她看起來很年輕。

②我兒子很會吃，但奇怪體重卻不會增加。

●年輕人用語・流行語

1 J-POP：也說成「Jポップ」。指日本的流行歌曲，已經變成一種音樂領域。

2 韓流：韓國大眾文化（電影、戲劇、音樂等）的流行現象。讀做「はんりゅう」。

3 イケメン：「いけてる（＝帥氣）」的省略加上「面」或是「men」構成的詞，指俊男。

●造句練習

①A：これだけ＿＿＿＿＿＿＿＿＿＿＿＿＿＿＿＿＿＿＿＿とは思いもしませんでした。

　　それに結構＿＿＿＿＿＿＿＿＿＿＿＿＿＿＿＿＿＿人も多いし。

　B：一度＿＿＿＿＿＿＿＿＿＿＿＿＿＿＿＿＿＿＿＿＿＿＿と、

　　＿＿＿＿＿＿＿＿＿＿＿＿＿＿＿＿＿＿＿＿ずにはいられないようですね。

②A：＿＿＿＿＿＿＿＿＿＿＿＿＿＿＿＿＿＿＿＿？何ですか、それ？

　B：あれ、＿＿＿＿＿＿＿＿＿＿＿＿＿＿＿＿＿＿さん、知りませんか？

　　＿＿＿＿＿＿＿＿＿＿＿＿＿＿＿＿＿＿のことをそう呼ぶんですよ。

③A：＿＿＿＿＿＿＿＿＿＿＿＿＿＿は＿＿＿＿＿＿＿＿＿＿＿＿＿わりに、

　　＿＿＿＿＿＿＿＿＿＿＿＿＿＿＿＿＿＿＿＿＿＿＿＿よね。

　B：そう言われればそうですね……。

④友達が何かを買いたい（どこかへ行きたい）と言うので、自分がよく行く所に連れて行ってそこを案内する会話を作ってみよう。

➡＿＿＿＿＿＿＿＿＿＿＿＿＿＿＿＿＿＿＿＿＿＿＿＿＿＿＿＿＿＿＿

＿＿＿＿＿＿＿＿＿＿＿＿＿＿＿＿＿＿＿＿＿＿＿＿＿＿＿＿＿＿＿＿

＿＿＿＿＿＿＿＿＿＿＿＿＿＿＿＿＿＿＿＿＿＿＿＿＿＿＿＿＿＿＿＿

＿＿＿＿＿＿＿＿＿＿＿＿＿＿＿＿＿＿＿＿＿＿＿＿＿＿＿＿＿＿＿＿

＿＿＿＿＿＿＿＿＿＿＿＿＿＿＿＿＿＿＿＿＿＿＿＿＿＿＿＿＿＿＿＿

＿＿＿＿＿＿＿＿＿＿＿＿＿＿＿＿＿＿＿＿＿＿＿＿＿＿＿＿＿＿＿＿

＿＿＿＿＿＿＿＿＿＿＿＿＿＿＿＿＿＿＿＿＿＿＿＿＿＿＿＿＿＿＿＿

サークルに入ろう
はい
参加社團吧！

●課前問題

今、何かクラブやサークルに入っていますか？人気のクラブは？

_____

_____

●請聽完CD會話後回答

問1　林さんはどうしてギター同好会に入ったのですか？

_____

問2　辻さんは日本でどんな部に入っていましたか？

_____

問3　辻さんはギターに興味がありますか？

_____

問4　辻さんはギターを弾いたことがありましたか？

_____

問5　林さんは辻さんをどう褒めましたか？

初心者にしては、_____ですよ

_____あるかもしれない

2、3か月もすれば_____できる

これをきっかけに_____とか

_____の道に進めるかもしれない！

●請聴CD填入空格

台湾の大学に留学に来た辻さんは前からサークルに入りたいと思っていました。今日は林さんが入ったギター同好会の練習の見学に行くことになりましたが……。

CD09-2 （朝、教室で）

辻：林さん、どうしたんですか、ギターなんか持って？

林：あ、これ？ギター同好会に入ったんですよ。

辻：へえ、同好会ですか。

林：ええ。前から誘われてて。実は、① _____からやってたんですよ。

辻：そうですか。私も何かサークルに入ってみようかな。

林：いいですね。そうだ。辻さん、② _____、今日うちの同好会、見学に来ませんか？

辻：えっ、いいですか？

林：もちろん。入る、入らないは③ _____、とりあえず見に来てくださいよ。

辻：はい。じゃ、ぜひ。

CD09-3 （放課後、ギター同好会練習場に向かう）

林：辻さん、日本では何かサークルとか、入ってなかったんですか？

辻：入ってましたよ。バレー部。バレリーナのバレーじゃなくて、④ _____のほう。

林：体育会系ですか。見えないですね。

辻：そうですか？これでもレギュラーで、⑤ _____にも出たんですよ。

林：それはすごいですね。で、ギターのほうは？

辻：⑥ _____ことはないんですけど、実は、触ったことさえないんですよ。

林：へえ。そうなんですか。じゃ、今日は全くの初体験ということですね。さあ、ここです、⑦ _____。どうぞ中へ。

辻：はい。お邪魔します。

CD09-4（練習場で、少し練習してみる）

辻：ふう、難しいですね。

林：ちょっと休憩しましょう、お茶でも飲んで。はい、どうぞ。

辻：ありがとうございます。

林：でも、辻さん、⑧＿＿＿＿＿＿＿にしては、上手なほうですよ。センスあるかも。

辻：本当ですか。あまりおだてないでくださいよ。

林：いえ、本心ですよ。2、3か月もすれば、きっと何曲か⑨＿＿＿＿＿＿＿できてる
　　と思います。

辻：いくらなんでも、それは褒め過ぎでしょう。正真正銘の⑩＿＿＿＿＿＿＿ですよ。

林：でも、これをきっかけに、⑪＿＿＿＿＿＿＿とか、⑫＿＿＿＿＿＿＿の道に進め
　　るかも……。

辻：ありえないですよ。でも、好きな曲が弾けるようになっ
　　たら楽しいだろうなって思います。

林：じゃ、その日を⑬＿＿＿＿＿＿＿、
　　頑張って練習しましょう！！

●**会話のココに注意**

　林さんの新入部員の勧誘方法はまさにお手本。「入る、入らないは別として」と前置きし
て、見学に誘う。見学者にはまず体験してもらい、そして褒めちぎる。知らないうちに入
部届に記入しちゃっているでしょう。部員勧誘以外の場面でも使えそうですよ。

●重要文法表現

①〜は別として

解説：「そのことは、まず問題にしないで」という意味。前に「〜かどうか」などが置かれる。また、後は「とりあえず」や「一応」などに続くことが多い。「〜は別にして」になることもある。

例文：

①参加するかどうかは別として、とりあえず説明会に行ってみよう。

②皆さん、勝ち負けは別にして、ベストを尽くしましょう。

②〜ないことはない

解説：二重否定の形を取り、「完全には否定しない、場合によってはする(ある)こともある」というような意味を表す。「〜ないこともない」とも。

例文：

①女友達がいないことはないんですが、恋愛対象と見てくれなくて……。

②出席するメンバーによっては、行かないこともないけど。

③〜さえ

解説：「Xさえ〜」の場合、Xも〜なのだから、それ以上(以下)の場合は当然〜だ、言うまでもないだろうということを意味する。Xの後に助詞が入れられる場合もある。特に、Xが主格なら「Xでさえ」となる。

例文：

①目玉焼きさえ作れない私が、茶碗蒸しなど作れるはずがありません。

①〜は別として

解説：「先別把那件事情當成問題」的意思。前面加上「〜かどうか」。另外，後面接「とりあえず」或「一応」之類的情形也很多。也可以說成「〜は別にして」。

例句：

①先別管參加與否，姑且先去說明會看看吧。

②各位，先別管勝負與否，讓我們盡全力吧。

②〜ないことはない

解說：採取雙重否定的形式，表示「不完全否定，視情況而定也有可能會做某件事」的意思。也說成「〜ないこともない」。

例句：

①也不是說沒有女性朋友，就是不把我當做戀愛對象……。

②視出席成員而定，也不是就一定不參加。

③〜さえ

解說：「Xさえ〜」表示的意思是：連X都〜，所以X以上(或X以下)的情況也是理所當然。特別是X當成主格時會變成「Xでさえ」。

例句：

①連荷包蛋都不會煎的我，當然不可能會做茶碗蒸。

②連小學生都會解答的問題，居然會

②小学生でさえ解ける問題なのに、大学生に解けない場合がある。

④〜にしては

解説：「予想とは違っている、期待どおりではない」という意味で、「意外だ、おかしい」というような含みを持つ。名詞だけでなく、動詞(常体)からも接続される。

例文：

①子供用のゲームにしては、ストーリーが複雑すぎる。

②大学の日本語学科を卒業したにしては、あまり上手とは言えません。

⑤いくらなんでも

解説：「色々な事情を考え合わせてみても、度を越している。常識の範囲外だ」ということを表し、後には「〜過ぎる」につながることが多い。

例文：

①罰としてグランド100周？いくらなんでも厳しすぎるんじゃない？

②婚約相手が30歳も年上だなんて、いくらなんでも離れすぎでしょう。

⑥〜をきっかけに

解説：「このことを契機に、手がかりに」或いは、「動機に、はずみに」という意味。

例文：

①尊敬するある人の言葉をきっかけに、留学を決意したんです。

②あるサイトを見たことをきっかけにして犯罪に走るケースが増加している。

有大學生不會解答。

④〜にしては

解説：「與預料不同，和期待有所出入」的意思，帶有「覺得意外或奇怪」的語氣。不只可接於名詞之後，也可接於動詞（常體）之後。

例句：

①就小朋友的遊戲而言，故事過於複雜。

②就大學日文系畢業而言，日文不算很好。

⑤いくらなんでも

解説：表示「即使考慮了各種情況，還是太過分，超出常識的範圍」。後面通常接「〜過ぎる」互相呼應。

例句：

①跑操場100圈當作懲罰？怎麼說都太嚴厲了不是嗎？

②訂婚對象的年紀大上30歲，怎麼說也差太多了吧。

⑥〜をきっかけに

解説：「以這件事作為契機、開端」或是「動機、緣故」的意思。

例句：

①我是因為尊敬的某個人所說的話，才決定要留學的。

②由於看到某個網站，結果開始作姦犯科的情形日益增加。

●造句練習

①A：_____。

　B：_____ないことはないんですけど、

　　実は、_____さえないんですよ。

②A：_____さん、

　　_____にしては、_____ですね。

　B：本当ですか！？初めて言われました。

③A：_____。

　B：いくらなんでも、それは褒めすぎでしょう。

　A：でも、これをきっかけに、_____かも。

④友達に何かを勧誘する会話（相手を褒める言葉を入れて）を作ってみよう。

➡_____

_____

_____

_____

_____

_____

_____

_____

_____

_____

_____

_____

前略　お母さん
前略　媽媽

●課前問題
最近手紙を書きましたか？メールはよく送りますか？誰に？

_____

_____

●請聽完CD會話後回答

問1　辻さんはラブレターを書いていましたか？

_____

問2　辻さんの手紙から分かることは？辻さんの両親は……

_____

問3　辻さんはどうしてよくお母さんにハガキを書くんですか？

_____

問4　「筆まめ」とは？

まめに_____人のこと

問5　「筆まめ」の反対は？

_____

問6　林さんがよくメールを使う理由は？

_____し_____し_____だから

問7　二人に共通する嬉しいことは何でしょう？

_____

●請聽CD填入空格

台湾留学中の辻さん、今日はコーヒーショップで手紙を書いていました。たまたまそこへ林さんも入ってきて……。

CD10-2 （土曜の午後、大学近くのコーヒーショップで。辻さんは母親に絵ハガキを書いている）

前略　お母さん、お元気ですか？
お父さんも一緒に台湾へ来られるとのこと、喜んでいます。
今まで夫婦で旅行したことなんて、なかったのでは……？
二人とも初めての海外だから、まずパスポートを取らなくちゃね。
詳しい日程が決まったら、知らせてください。楽しみにしてます。
そうそう、林さんに誘われて、最近、ギター同好会に入りました。
では、季節柄、風邪などに注意して。皆によろしく。　草々

CD10-3 （偶然、同じコーヒーショップに林さんが入ってくる）

林：あれ、辻さんじゃないですか。何、書いてるんですか？手紙？あ、①＿＿＿＿＿＿＿＿＿＿だ。

辻：そう、そう、②＿＿＿＿＿＿＿＿＿＿。って違いますよ。相手もいないのに……。

林：えーっ、ほんとかなあ？

辻：ほ・ん・と・う・です。母ですよ。実家の母に③＿＿＿＿＿＿＿＿＿、書いてたんです。

林：ああ、お母さんに。④＿＿＿＿＿＿＿＿＿ですね。

辻：いえ、実を言うと、書かざるをえないんですよ。

林：え？どういうことですか？

辻：私が⑤＿＿＿＿＿＿＿＿＿を送ると、それが届くや否や、⑥＿＿＿＿＿＿＿＿＿を書いて送ってくるんですよ。それから、1週間ぐらいすると、今度は「⑦＿＿＿＿＿＿＿＿＿が遅い」って催促の手紙が来て……。

林：なるほど。そりゃ、書かないわけにはいかないですね。

64

辻：でしょ？そんなに⑧＿＿＿＿＿＿＿＿＿なほうでもないのに。

林：⑨＿＿＿＿＿＿＿＿＿？

辻：ええ、まめに手紙を書いたりする人のこと。その反対は⑩＿＿＿＿＿＿＿＿＿って言うんですけどね。

林：じゃ、私は正真正銘の⑪＿＿＿＿＿＿＿＿＿です。ここ数年、手紙、書いた覚えがないですね。

辻：じゃ、⑫＿＿＿＿＿＿＿＿＿とか、⑬＿＿＿＿＿＿＿＿＿ですか？

林：そう。ほとんど、⑭＿＿＿＿＿＿＿＿＿ですね。速いし、お金もかからないし、やっぱり便利だから。

辻：私は結構アナログ人間なほうだから、⑮＿＿＿＿＿＿＿＿＿とか⑯＿＿＿＿＿＿＿＿＿も嫌いじゃないんですよ。

林：そう言えば、⑰＿＿＿＿＿＿＿＿＿もたくさん書いてましたね。

辻：ええ、一枚一枚心を込めて書くと、何かしら⑱＿＿＿＿＿＿＿＿＿が味わえるんですよね。あちこちから⑲＿＿＿＿＿＿＿＿＿が来ると、また嬉しいし。

林：うん、分かるような気がします。⑳＿＿＿＿＿＿＿＿＿の㉑＿＿＿＿＿＿＿＿＿が来た時も、やっぱり嬉しいですもん。

辻：㉒＿＿＿＿＿＿＿＿＿にしろ㉓＿＿＿＿＿＿＿＿＿＿＿＿＿＿＿にしろ、友人知人と連絡を取り合うのって大切なことですよね。

●会話のココに注意

会話を進めていると、相手が自分とは違う性格や違う考えを持っていると思うことがあるでしょう。しかし、はっきり直接的に反対意見を述べることはお勧めできません。相手を尊重しつつ、言葉を選ぶべきでしょう。「うん、分かるような気がします。」はとても良い言葉ですね。

●重要文法表現

①〜ざるをえない

解説：「そうするしか他に方法がない」という意味。

「そうはしたくないが、やむなくしなければならない」という含みを持つことが多い。動詞のない形から接続されるが、「する」は「せざるをえない」となる。

例文：

①彼女の手料理なんだから、まずくても残さず食べざるをえない。

②海の中に落としてしまったのなら、あきらめざるをえないでしょう。

②〜や否や

解説：「するかしないかのうちに」という意味を表し、前の動作が終わると、すぐに次の動作を始めるという場合に使われる。

例文：

①家に帰るや否や、かばんだけ置いて、また出かけていった。

②息子は風呂場に入るや否や、ドボンと湯船に跳び込みます。

③〜わけにはいかない

解説：「一般的に考えて、そうすることはできない、不可能だ」という意味を持つ。(会話文のように)否定形から接続されると、「そうしないですますことはできない、しなければならない」という意味になる。

例文：

①今日は車で来たので、お酒を飲むわけにはいかないんです。

②部長の勧めだから、この酒を飲まないわけにはいきませんね。

①〜ざるをえない

解説：「別無他法」的意思。大多含有「雖然不想這麼做，不得已必須這麼做」的語氣。接在動詞的未然形（ない形）後面、但接在「する」後面的話則變成「せざるをえない」。

例句：

①因為是女朋友親手做的料理，即使不好吃也不得不吃光。

②如果是掉到海裡，也只好放棄吧。

②〜や否や

解說：「說時遲那時快」的意思，用來描述前一個動作剛完成，就立刻接著做下一個動作的情況。

例句：

①一回到家，只丟下包包就又出門了。

②兒子一進浴室，就撲通地跳進浴缸。

③〜わけにはいかない

解說：「在一般考量下，不能那麼做或不可能」的意思。（像會話中的句子那樣）接於否定形之後時，變成「不這麼做不行、不得不這麼做」的意思。

例句：

①今天是開車來的，所以不能喝酒。

②因為經理一直勸酒，所以不得不把這杯酒喝掉。

④～を込めて

解説：ある種の心情をあるものに十分に含ませる、入れる、注ぐこと。「期待を込めて」、「愛を込めて」などプラスイメージのものだけでなく、「怒りを込めて」、「恨みを込めて」などマイナスイメージの例も見られる。

例文：

①感謝の気持ちを込めてお礼状を書きました。

②世界平和への願いを込めて、参加者全員で合唱した。

⑤～もん（もの）

解説：「もん」は「もの」のくだけた形で、理由を表す終助詞。いずれも親しい間柄で交わされる会話の表現。場合によっては、言い訳調子になったり、甘えた調子になったりもする。

例文：

①電車が止まったんだもん。30分の遅刻ぐらい許してよ。

②あなた。私、ダイヤの指輪がほしいの。結婚十年の記念だもの。

⑥～にしろ～にしろ

解説：同質の二つのもの、或いは全く逆の意味を表す二つのものごとを取り上げて、「いずれの場合でも」ということを意味する。「～にしても」「～にせよ」などと置き換え可能。

例文：

①電車にしろ、タクシーにしろ、今からじゃ間に合わないでしょう。

②会社を続けるにしろ、辞めるにしろ、自分で責任を持って決めなさい。

④～を込めて

解説：對於某物強烈的抱持、放入、注入某種心情。不只是正面的情緒如「滿懷期待」、「充滿愛心」，也可看見如「滿腔怒火」、「充滿恨意」等負面情緒的例句。

例句：

①懷抱著感謝的心情寫謝函。

②抱著祈求世界和平的心願，所有出席者齊聲合唱。

⑤～もん（もの）

解説：「もん」是「もの」的口語形，為表示理由的終助詞。兩者都是關係親密的人之間的會話表現。依情況不同，有時是辯解的語氣，有時是撒嬌的語氣。

例句：

①因為電車停駛了嘛。原諒我遲到30分鐘嘛。

②親愛的。我想要鑽石戒指。因為是結婚十週年記念嘛。

⑥～にしろ～にしろ

解説：舉出同性質的兩個東西，或是完全相反意思的兩個東西，意指「不管是哪個情況都…」的意思。也可以替換為「～にしても」或「～にせよ」等說法。

例句：

①不管是電車或是計程車，現在都來不及吧。

②不管是繼續待在公司或是辭職，都要自己負責做決定。

●造句練習

①A：＿＿＿＿＿＿＿＿＿＿＿＿＿＿＿＿＿＿＿＿＿＿＿＿＿＿＿＿＿＿＿、

　　＿＿＿＿＿＿＿＿＿＿＿＿＿＿や否や＿＿＿＿＿＿＿＿＿＿＿＿＿んですよ。

　　B：そりゃ＿＿＿＿＿＿＿＿＿＿＿＿＿＿＿（ない）わけにはいかないですね。

②A：＿＿＿＿＿＿＿＿＿＿＿＿＿＿＿＿＿＿と、満足感が味わえるんですよね。

　　＿＿＿＿＿＿＿＿＿＿＿＿＿＿＿＿＿＿＿＿＿＿と、また嬉しいし。

　　B：うん、分かるような気がします。

③A：＿＿＿＿＿＿＿＿＿＿＿＿＿にしろ＿＿＿＿＿＿＿＿＿＿＿にしろ、

　　＿＿＿＿＿＿＿＿＿＿＿＿＿＿＿＿＿＿＿って大切なことですよね。

　　B：ええ、やっぱり＿＿＿＿＿＿＿＿＿＿＿＿＿＿＿＿＿＿（です）もんね。

④友達と、手紙、、ハガキ、ラブレター、年賀状、メール、電話などを話題にした会
　話を作ってみよう。

➡＿＿＿＿＿＿＿＿＿＿＿＿＿＿＿＿＿＿＿＿＿＿＿＿＿＿＿＿＿＿＿＿＿＿＿＿

＿＿＿＿＿＿＿＿＿＿＿＿＿＿＿＿＿＿＿＿＿＿＿＿＿＿＿＿＿＿＿＿＿＿＿＿＿

＿＿＿＿＿＿＿＿＿＿＿＿＿＿＿＿＿＿＿＿＿＿＿＿＿＿＿＿＿＿＿＿＿＿＿＿＿

＿＿＿＿＿＿＿＿＿＿＿＿＿＿＿＿＿＿＿＿＿＿＿＿＿＿＿＿＿＿＿＿＿＿＿＿＿

＿＿＿＿＿＿＿＿＿＿＿＿＿＿＿＿＿＿＿＿＿＿＿＿＿＿＿＿＿＿＿＿＿＿＿＿＿

＿＿＿＿＿＿＿＿＿＿＿＿＿＿＿＿＿＿＿＿＿＿＿＿＿＿＿＿＿＿＿＿＿＿＿＿＿

＿＿＿＿＿＿＿＿＿＿＿＿＿＿＿＿＿＿＿＿＿＿＿＿＿＿＿＿＿＿＿＿＿＿＿＿＿

＿＿＿＿＿＿＿＿＿＿＿＿＿＿＿＿＿＿＿＿＿＿＿＿＿＿＿＿＿＿＿＿＿＿＿＿＿

第11課 お弁当(べんとう)
便當

●課前問題
どんなお弁当(べんとう)が好(す)きですか？おにぎりなら何味(なにあじ)が好(す)きですか？

_____

_____

●請聴完CD會話後回答
問1　林(りん)さんはどうして夜(よる)、辻(つじ)さんに電話(でんわ)をかけましたか？

_____

問2　林(りん)さんが作(つく)った日本風(にほんふう)のお弁当(べんとう)は？

_____に、_____に、

_____に、_____。

問3　お弁当(べんとう)について林(りん)さんはどう言(い)って謙遜(けんそん)しましたか？

_____は保証(ほしょう)できない

_____じゃないと、おいしいかどうか分(わ)からない

問4　林(りん)さんのおにぎりの中身(なかみ)は？それを食(た)べた辻(つじ)さんの一言(ひとこと)は？

_____

問5　食(た)べ終(お)わった辻(つじ)さんは林(りん)さんに何(なん)と言(い)いましたか？

_____

問6　辻(つじ)さんが言(い)った大(おお)げさな一言(ひとこと)は？

_____ほど、おいしかったです！

●請聴CD填入空格

台湾の大学で日本語を専攻している林さん、今日は日本風の弁当作りに挑戦です。日本からの留学生、辻さんは「うまい！」と言ってくれるでしょうか。

CD11-2 （寮で。辻さんの着メロが鳴る）

辻：はい、もしもし。

林：もしもし。辻さん。① ＿＿＿＿＿＿＿＿＿＿＿＿＿＿＿ すみません。

辻：いいえ。いつも寝るのは遅いですから。② ＿＿＿＿＿＿＿＿＿＿＿＿＿＿＿ 大丈夫です。

林：あ、そうでしたね。ええと。明日の③ ＿＿＿＿＿＿＿＿＿＿＿＿＿＿＿、一緒に食べませんか？

辻：どうしたんですか？④ ＿＿＿＿＿＿＿＿＿＿＿＿＿＿＿ あらたまっちゃって。毎日一緒に食べてるじゃないですか。

林：うん。そうですけど。ま、⑤ ＿＿＿＿＿＿＿＿＿＿＿＿＿＿＿。じゃ、お休みなさい。

辻：お休みなさい。（何か変だなあ……）

CD11-3 （翌日の昼休み。校舎の屋上で）

林：ジャーン。⑥ ＿＿＿＿＿＿＿＿＿＿＿＿＿＿＿ 弁当です。

辻：わあ、すごい。おにぎりに、卵焼きに、ウィンナーに、ハンバーグ。まるっきり、⑦ ＿＿＿＿＿＿＿＿＿＿＿＿＿＿＿ のお弁当じゃないですか。おいしそう……。

林：でしょう？外食ばかりだと、栄養も偏りがちになると思って。でも、味のほうは⑧ ＿＿＿＿＿＿＿＿＿＿＿＿＿＿＿ できませんよ。初めて作ったものもあるし……。

辻：ご謙遜を。料理好きの林さんのことだから、超おいしいこと、⑨ ＿＿＿＿＿＿＿＿＿＿＿＿＿＿＿ でしょう。

林：でも、食べてみてからじゃないと、わかりませんよ、ほんとにおいしいかどうかは。さ、どうぞ、⑩ ＿＿＿＿＿＿＿＿＿＿＿＿＿＿＿ ください。

辻：はい、じゃ、遠慮なく。いただきます。うん、うまい！この卵焼き。卵焼き抜きでは、お弁当とは言えないですからねえ。

林：そうですか。じゃ、私もひとつ。いただきまーす。うん、おいしい。うまく焼けてて良かった。

辻：じゃ、私、おにぎり、いただきます。⑪_____は何かなあ……？

林：おにぎりの⑫_____と言えば……？

辻：梅干し？わあ、うれしい。しばらく食べてなかったし。うん、おいしい！

林：良かった。⑬_____とかでは、いろんな種類のおにぎり、売ってるから、色々作ったほうがいいのかなあと思ったんですけど……。

辻：いえ、やっぱり、おにぎりと言ったら、梅干しですよ。⑭_____の焼肉入りとかツナマヨとかは、おいしいけど、飽きが来ると言うか……。

林：ほんと良かった、喜んでもらえて。

⓭11-4 （食べ終わって）

辻：ああ、おいしかった。ごちそうさまでした。

林：いいえ、⑮_____でした。あっという間に、食べちゃいましたね。

辻：ええ。ほんと⑯_____が出るほど、おいしかったです。

林：出た、出た。辻さんの大げさ病。

辻：いえ、本当ですよ。信じてください
よ。

林：はいはい、信じます。お褒め頂き、
⑰_____です。さあ、そ
ろそろ、教室戻りましょう。

●会話のココに注意

　「おいしい」を意味する「うまい」。最近は女性も使うようになりました。食べてみて本当に美味だと感じたら、大きな声で感情を込めて「うまい！」と言いましょう。相手に尋ねる時に「うまいですか？」はNG。やはり「おいしいですか？」と聞きましょう。

●重要文法表現

①全然〜

解説：後には必ず否定表現が置かれると習った人も多いはず。しかし、最近は会話文の例のように、否定を伴わない表現が若者を中心に使われるようになっている。

例文：

①見た目はまずそうですけど、**全然**おいしいですよ。

②（相手：この髪型、似合わない？）いや、**全然**いいよ。

②〜がち

解説：「そうなる(する)ことが多い、そのような傾向がある」という意味を表す。主にマイナスイメージの事に使われる。接続は動詞のます形もしくは名詞から。

例文：

①体調が悪いのか、それとも何か事情があるのか、彼は最近休み**がち**です。

②向こう一週間は、曇り**がち**の天気が続くそうだ。

③〜のことだから

解説：その人のいつもの行動や性格から、推測、予想したり、判断を下したりする時に用いられる表現。

例文：

①時間にルーズな彼**のことだから**、どうせまた遅れてくるでしょう。

②方向音痴の君**のことだから**、地図は忘れずに持っていった方がいいよ。

①全然〜

解說：應該有很多人學到的是：後面一定要接否定的說法。但正如會話中的例句所示，最近以年輕人為主，開始出現不在後面接否定的說法。

例句：

①雖然看起來很難吃，其實超好吃的。

②「對方：這個髮型，不適合嗎？」「不會，完全很適合喔。」

②〜がち

解說：表示「變成那樣的情況很多；有那樣的傾向」的意思。主要用於負面形象的事情。接於動詞連用形或名詞之後。

例句：

①是身體狀況不好，還是有什麼其他原因，他最近很常請假。

②未來的一個禮拜內，偏陰的天氣據說會一直持續。

③〜のことだから

解說：用於從一個人平常的行為與性格來猜測推想，下判斷時。

例句：

①因為他是個不遵守時間的人，終究還是會遲到吧。

②因為你是個路痴，最好是別忘了帶地圖去。

④〜てからじゃないと＋否定表現

解説：後には否定形が置かれ、「XしなければYできない、必ず先にXすることが必要だ」というような意味になる。「……てからじゃなければ」とも。

例文：

①基礎を勉強してからでないと、留学は無理だと思います。

②実際に会ってみてからでなければ、相手の本当の良さは分からないはずだ。

⑤〜と言えば（と言ったら）

解説：会話の中で出てきたある話題を取り上げて、それから連想される物事について話を続けたり、その話題から一番初めに思い浮かぶ物事が何か言及したりする時に使われる。「〜と言うと」も同類の表現。

例文：

①日本のアニメ映画と言えば、宮崎駿の作品を思い出す人も多いでしょう。

②北海道と言ったら、カニとか新鮮な魚介類が食べたくなるなあ。

⑥〜ほど

解説：「〜ぐらい」に置き換え可能で、程度を表す。「XほどY」の形でYの程度をXで比喩的に表す。「これ」に付いた「これほど」は、「こんなに」の意味となる。

例文：

①電車が飛ばされるほど強い突風が吹くとは、誰も予想しなかった。

②それほど彼が好きなら、早く告白してしまったほうがいい。

④〜てからじゃないと＋否定表現

解説：後面接否定形，表示「不做X就不能Y，一定要先做X」的意思。也說成「……てからじゃなければ」。

例句：

①我認為不先學點基礎的話，就無法留學。

②不先實際見面看看的話，應該就無法了解對方真正的優點。

⑤〜と言えば（と言ったら）

解説：討論會話中出現的話題，並就其聯想出來的事物繼續談話，或是用於一談論到某個話題，便最先浮現腦中的事物時。「……と言うと」也是相同的表現。

例句：

①說到日本的動畫電影，很多人都會想到宮崎駿的作品。

②提到北海道，就好想吃螃蟹或是新鮮的魚貝類。

⑥〜ほど

解説：可替換為「……ぐらい」，表示程度。「XほどY」的句型是表示以X來比喻Y的程度。加上「これ」的「これほど」是「こんなに」的意思。

例句：

①任誰都沒想到會突然吹起強到可以把電車吹走的強風。

②你那麼的喜歡他的話，早點告白比較好。

●造句練習

①A：＿＿＿＿＿＿＿＿＿＿＿＿＿＿＿＿＿＿＿＿＿＿＿のことだから、

　　＿＿＿＿＿＿＿＿＿＿＿＿＿＿＿＿＿＿こと、間違いなしでしょう。

　B：でも、＿＿＿＿＿＿＿＿＿＿＿＿＿てからじゃないとわかりませんよ、

　　＿＿＿＿＿＿＿＿＿＿＿＿＿＿＿＿＿＿＿＿かどうかは。

②A：＿＿＿＿＿＿＿＿＿と言ったら、＿＿＿＿＿＿＿＿＿ですよ。

　B：ええ。＿＿＿＿＿＿＿＿＿とか＿＿＿＿＿＿＿＿＿とかは、

　　＿＿＿＿＿＿＿＿＿＿＿＿＿＿＿＿＿＿＿＿ね。

③A：＿＿＿＿＿＿＿＿＿ほど、＿＿＿＿＿＿＿かったです（でした）。

　　どうもありがとうございました。

　B：いいえ、どういたしまして。良かった、喜んでもらえて。

④好きな人に何かを作って来て食べてもらう会話を作ってみよう。

➡＿＿＿＿＿＿＿＿＿＿＿＿＿＿＿＿＿＿＿＿＿＿＿＿＿＿＿＿＿＿＿

＿＿＿＿＿＿＿＿＿＿＿＿＿＿＿＿＿＿＿＿＿＿＿＿＿＿＿＿＿＿＿＿

＿＿＿＿＿＿＿＿＿＿＿＿＿＿＿＿＿＿＿＿＿＿＿＿＿＿＿＿＿＿＿＿

＿＿＿＿＿＿＿＿＿＿＿＿＿＿＿＿＿＿＿＿＿＿＿＿＿＿＿＿＿＿＿＿

＿＿＿＿＿＿＿＿＿＿＿＿＿＿＿＿＿＿＿＿＿＿＿＿＿＿＿＿＿＿＿＿

＿＿＿＿＿＿＿＿＿＿＿＿＿＿＿＿＿＿＿＿＿＿＿＿＿＿＿＿＿＿＿＿

＿＿＿＿＿＿＿＿＿＿＿＿＿＿＿＿＿＿＿＿＿＿＿＿＿＿＿＿＿＿＿＿

＿＿＿＿＿＿＿＿＿＿＿＿＿＿＿＿＿＿＿＿＿＿＿＿＿＿＿＿＿＿＿＿

家族水入らず
自家人

●課前問題
家族で旅行したことがありますか？どこへ？どうでした？

_____

_____

●請聽完CD會話後回答

問1　妹が一緒に旅行に来ることになって、辻さんはどう思っていますか？

_____

問2　林さんは「誰が誰を心配している」と言いましたか？

_____

問3　辻さんは間違って「誰が心配している」と思いましたか？

_____

問4　妹からの注文は？

_____が食べたい

_____に連れて行って

問5　辻さんは今回どんな所を案内するつもりですか？

_____

問6　辻さんの家族が帰った次の日、どうして林さんにお礼を言いましたか？

_____

問7　林さんはどうして辻さんのことを羨ましいと思いましたか？

_____

●請聴CD填入空格

台湾留学中の辻さんの両親が、台湾旅行に来ることになりました。当初は二人で来るはずだったのが、急遽、妹も同行することに。楽しい旅行になるといいのですが……。

CD12-2（休み時間、教室で）

辻：ああ、今日もいい天気。気持ちいいですね。

林：そうですね。来週も天気が良ければいいですね。①＿＿＿＿＿＿＿＿＿＿が来るの、来週でしたよね？

辻：ええ。妹も一緒に来ることになったんですよ。夫婦水入らずの旅行を②＿＿＿＿＿＿＿＿＿＿……。

林：いいじゃないですか。心配だったんじゃないですか？初めての③＿＿＿＿＿＿＿＿＿＿旅行だし。

辻：え？うちの両親に限って、そんなことないと思うけど。英語もまあまあ出来るし。

林：いえ。妹さんのほうがですよ。二人きりで行かせるのが、④＿＿＿＿＿＿＿＿＿＿だったのかも……。

辻：あり得ない。あり得ない。ただ自分が遊びに来たいだけですよ。現に、いろいろ注文してきてるんですよ、メールで。「おいしい⑤＿＿＿＿＿＿＿＿＿＿が食べたい」とか「有名な⑥＿＿＿＿＿＿＿＿＿＿の店に連れてって」とか。

林：可愛いじゃないですか。いろいろ⑦＿＿＿＿＿＿＿＿＿＿してるんですね。

辻：全く、大学生のくせに、食べ物のことばかりで。「故宮博物院」とか知らないのかな……。

林：まさか。世界に誇る「故宮」を知らないことないでしょう、辻さんの妹さんに限って。

辻：うん、そう願っていますよ、ほんとに。

林：今回の⑧＿＿＿＿＿＿＿＿＿＿には入れてあるんですか？

辻：ええ、もちろん。「故宮」抜きでは、台湾観光とは言えないですからね。

林：台北101ビルは？

辻：そうですね。せっかくだから、行ってみようかなとは思っているんですけど。私も展望台までは上がったことがないし、何と言っても⑨＿＿＿＿＿＿＿＿＿＿ですもんね。

林：ええ。89階からの眺めは最高ですよ～。

CD12-3 （辻さんの家族が帰国した翌日。教室で）

林：あ、辻さん。無事帰られました？

辻：ええ。夕べ遅くに、⑩＿＿＿＿＿＿＿＿＿って電話がありました。母が林さんにもよろ

　　しくって。

林：ありがとうございます。でも、辻さん、疲れたでしょう？あちこち一緒にまわって。

辻：ええ、本当に。両親も妹も「謝謝」しか言えないから、全部⑪＿＿＿＿＿＿＿＿し

　　なくちゃいけなかったし。それより、おとといの晩はありがとうございました、ご馳走に

　　なって。

林：いいえ、どういたしまして。うちの母がどうしてもご馳走したいって言うので。皆さん

　　の⑫＿＿＿＿＿＿＿＿かしらって、母が心配してましたけど、どうでした？

辻：おいしかったですよ。あの⑬＿＿＿＿＿＿＿＿の妹も感激してました。

林：それなら、良かった。庶民的な店で、外国人向けの味付けじゃなかったから、どうかな

　　って思ってたんです。

辻：いえ、かえってその方がよかったです。

　　本当にご馳走様でした。

林：いいえ。でも、⑭＿＿＿＿＿＿＿＿で

　　す、家族４人水入らずの旅が出来て。

辻：そう言われればそうですね。やっぱり妹が

　　来て、良かったのかもしれませんね。

●**会話のココに注意**

　　初めての海外旅行、心配しているのはどっち？林さんは「妹が心配なのでは？」と言いま
したが、間違って伝わってしまいました。よく主語を省略する日本語では、ありがちのこ
とです。でも、すぐに言い直すなどして修正すれば、会話は自然に流れていきますね。言
い間違いなどの失敗を恐れず、どんどん会話にチャレンジしていきましょう。

●重要文法表現

①水入らず

解説：親子、兄弟など、身内のものだけで、他人を
まぜないこと。

例文：

①姉妹水入らずで、温泉旅行を楽しんだ。

②父が長期出張から戻り、久しぶりに親子水入らず
の夕食となりました。

②〜に限って

解説：前の名詞を特に限定して、「それだけは」と
いう意味になる。会話文に見られる二つの例のよ
うに、後に否定表現が続くことも多い（例文①
も）。また、「そうじゃなかったらいいのに」と
いうような含みを持つことがある（例文②）。

例文：

①うちの子に限って、非行に走ることなんかないと
思いますが。

②えっ、雨が降ってきた？デートの日に限って、雨
が降るんだよなあ。

③〜きり

解説：「だけ」の意。置き換えも可能。話し言葉で
「っきり」と促音化することもある。

例文：

①最近、一人っきりで生活をする独居老人が増えて
いるようだ。

②一万円貸してください。借りるのはもう今回きり
ですから。

④現に

解説：実際に。現実に。それが証拠に。

例文：

①UFOは信じます。現にこの目で見たことがありま

①水入らず

解説：父母與子女，兄弟姐妹等，只有親
屬，沒有參雜他人。

例句：

①姐妹自己沒有夾雜外人，享受溫泉旅行
的樂趣。

②父親長期出差回來，相隔好久終於吃了
一頓親子團圓的晚餐。

②〜に限って

解說：特別限定前面的名詞，表示「それ
だけは」（別的不敢說唯獨這個）的意
思。就像會話文中可以看到的兩個例
子，後面大多接否定的說法（例句①也
是）。此外，有時也帶有「如果不是這
樣就好了卻……」的語氣（例句②）。

例句：

①我認為只有我家的小孩，不會變成不良
份子。

②什麼，下雨了？明明是約會的日子，卻
偏要下雨。

③〜きり

解說：「只有」的意思。可以和「だけ」
替換。口語有時也會促音化變成「っき
り」。

例句：

①最近，只有一個人單獨生活的獨居老人
似乎增加了。

②請借我一萬元。我只跟你借這麼一次。

④現に

解說：實際上。現實。那就是證據。

すから。

②宇宙への旅行も夢ではない。**現に**旅行会社で発売を始めているそうだ。

⑤～くせに

解説：逆接の表現で、「～のに」や「～にもかかわらず」と同義だが、皮肉、非難、軽蔑の気持ちを強く含む。「～くせして」となることもある。漢字を書く場合は「癖に」。

例文：

①何も知らない**くせに**、横から口出ししないでくれ。

②彼は体は大きい**くせして**、気は小さいんです。

⑥～抜きでは

解説：「不可能だ」「～できない」などの表現が後件に続き、「それを除外して、～することはできない」という意味になる。「～抜きには」「～抜きに」とも。

例文：

①仲人**抜きでは**披露宴ができないと思われがちだが、最近は例外も数多くある。

②今大会の優勝は監督の好采配**抜きには**語れません。

⑦～向け

解説：「～を対象にしている」「～のため」という意味を表す。

例文：

①このチャンネルは子供**向け**の番組ばかり放送している。

②高齢者**向け**にデザインされるバリアフリーの住宅が流行っています。

例句：

①我相信幽浮。因為我有親眼看過。

②去外太空旅行不是夢。實際上聽說已經有旅行社開始推出了。

⑤～くせに

解説：逆接的表達方式，和「～のに」或「～にもかかわらず」意思相同，但帶有強烈嘲諷、責備、輕視的語氣。有時也會用「～くせして」。用漢字寫就是「癖に」。

例句：

①明明什麼都不知道，就別在旁邊插嘴。

②他塊頭大卻心胸狹窄。

⑥～抜きでは

解説：後面接續「不可能」「沒辦法～」等說法，有「如果去除這個就無法～」的意思。也說成「～抜きには」「～抜きに」。

例句：

①常有人認為沒有媒人就不能舉辦結婚喜宴，但最近例外也很多。

②說到這次比賽奪冠，不能忽略教練的精采指揮。

⑦～向け

解說：表示「以～為對象」「為了～」的意思。

例句：

①這個頻道只播放針對小朋友的節目。

②現在很流行針對老年人設計的無障礙住宅。

●造句練習

①A：＿＿＿＿＿＿＿＿＿＿＿＿＿＿＿＿＿＿＿＿＿が心配(しんぱい)だったんでしょう。

　B：え？＿＿＿＿＿＿＿＿＿＿＿＿＿＿に限(かぎ)って、そんなことないと思(おも)うけど。

　　　＿＿＿＿＿＿＿＿＿＿＿＿＿＿＿も＿＿＿＿＿＿＿＿＿＿＿＿＿＿し。

②A：＿＿＿＿＿＿＿＿＿＿＿のくせに＿＿＿＿＿＿＿＿＿も知(し)らないのかな……。

　B：まさか＿＿＿＿＿＿＿＿＿＿＿＿＿＿＿＿を知(し)らないことないでしょう、

　　　＿＿＿＿＿＿＿＿＿＿＿＿＿＿＿＿＿＿＿＿＿に限(かぎ)って。

③A：きのうの店(みせ)の料理(りょうり)、どうでした？

　B：ええ、＿＿＿＿＿＿＿＿＿＿＿＿向けの味付(あじつ)けだったから、良(よ)かったです。

　　　ご馳走様(ちそうさま)でした。

④友達(ともだち)とお互(たが)いに思(おも)い出(で)に残(のこ)っている旅行(りょこう)について話(はな)す会話(かいわ)を作(つく)ってみよう。

➡＿＿＿＿＿＿＿＿＿＿＿＿＿＿＿＿＿＿＿＿＿＿＿＿＿＿＿＿＿＿＿＿＿＿＿＿＿＿

＿＿＿＿＿＿＿＿＿＿＿＿＿＿＿＿＿＿＿＿＿＿＿＿＿＿＿＿＿＿＿＿＿＿＿＿＿＿＿

＿＿＿＿＿＿＿＿＿＿＿＿＿＿＿＿＿＿＿＿＿＿＿＿＿＿＿＿＿＿＿＿＿＿＿＿＿＿＿

＿＿＿＿＿＿＿＿＿＿＿＿＿＿＿＿＿＿＿＿＿＿＿＿＿＿＿＿＿＿＿＿＿＿＿＿＿＿＿

＿＿＿＿＿＿＿＿＿＿＿＿＿＿＿＿＿＿＿＿＿＿＿＿＿＿＿＿＿＿＿＿＿＿＿＿＿＿＿

＿＿＿＿＿＿＿＿＿＿＿＿＿＿＿＿＿＿＿＿＿＿＿＿＿＿＿＿＿＿＿＿＿＿＿＿＿＿＿

＿＿＿＿＿＿＿＿＿＿＿＿＿＿＿＿＿＿＿＿＿＿＿＿＿＿＿＿＿＿＿＿＿＿＿＿＿＿＿

＿＿＿＿＿＿＿＿＿＿＿＿＿＿＿＿＿＿＿＿＿＿＿＿＿＿＿＿＿＿＿＿＿＿＿＿＿＿＿

落し物
遺失物

●課前問題

落し物をした経験がありますか？いつ、何を？結局それは見つかりましたか？

_____

_____

●請聽完CD會話後回答

問1　まず二人はどこを見ながら話していますか？そこの状況は？

_____

問2　林さんは何をどこに忘れてしまいましたか？それは初めてですか？

_____

問3　林さんは問い合わせてみましたか？それはどうして？

_____

問4　辻さんの落し物の経験は……

いつ？　_____　どこで？　_____

何を？　_____

誰が拾った？　_____

どこに取りに行った？　_____

中身は？　_____

問5　その話を聞いた林さんは何と言いましたか？

_____

●請聴CD填入空格

電車やバスで落し物をしたり、道を歩いていて誰かの落し物を拾った経験は誰でもあるはず。そんな時、どうしますか？辻さんが遭遇したとてもいい話を聞いてみてください。

CD13-2（昼休み。食堂の窓から外を眺めながら）

林：よく降りますね、最近。

辻：そうですね。こう毎日降られると、①＿＿＿＿＿＿＿＿＿も沈みがちになってしまいますね。

林：そうそう。辻さん、聞いてくださいよ。また、電車に②＿＿＿＿＿＿＿＿＿を忘れちゃったんです。今月に入って2回目。

辻：えっ、また？駅に問い合わせてみましたか？

林：いいえ。見つかりっこないですよ。あんな③＿＿＿＿＿＿＿＿＿、よっぽど親切な人でないかぎり届けてくれませんよ。

辻：分かりませんよ。日本では、駅に届けられる④＿＿＿＿＿＿＿＿＿のトップが⑤＿＿＿＿＿＿＿＿＿だって言いますから。

林：へえ、そうなんですか。私、落としたら最後、⑥＿＿＿＿＿＿＿＿＿ほかないと思ってました。

辻：そんなことないですよ。広い世の中、親切な人も結構いますよ。

CD13-3（辻さんが自分の財布を出し、それを林さんに見せながら話し始める）

辻：この財布、⑦＿＿＿＿＿＿＿＿＿なんですけど。自分の所に戻ってきた時は、嬉しくてたまらなかったですよ、本当に。

林：落としたんですか？

辻：ええ。あれは確か台湾へ来て2、3か月経った頃だったかなあ。満員バスに乗って、寮に帰ってきた時、⑧＿＿＿＿＿＿＿＿＿のポケットに入れてた財布がなくなってたんですよ。

林：あ、スリですか？

辻：ええ。バスの中で⑨＿＿＿＿＿＿＿＿＿を背負ってたから、てっきりスリにやられたと思っていたんです。そしたら、次の日、男の人から電話があって、「バス停で財布を拾

って、バス停前のコンビニに預けておいたから、取りに行って」と言うんです。そして、⑩＿＿＿＿＿＿＿＿＿＿でそのコンビニに行ってみると……、財布があったんです。

林：それはよかったですね。で、中身は？

辻：ちゃんと入っていましたよ。半分⑪＿＿＿＿＿＿＿＿＿＿ていたんですけど。

林：それは、本当にいい人だったんですね。

辻：ええ。でも、私、その人の名前とか何も聞いてなくて、⑫＿＿＿＿＿＿＿＿＿＿もできなかったんです。

林：それは仕方がないですね。

辻：ええ。でも、それ以来、「落し物を拾ったら届けずにはいられない」っていう気持ちが強くなって、どんな物でも拾ったら届けるようにしているんですよ。

林：それはいいことですね。落ちてる物を見ても、⑬＿＿＿＿＿＿＿＿＿＿ことすらしない人もいますもんね。

CD13-4 （辻さん、財布をしまい、時計を見ながら）

辻：さあ、そろそろ行きましょうか。

林：はい。あれっ、そこの⑭＿＿＿＿＿＿＿＿＿＿、誰かの忘れ物じゃないですか？

辻：本当だ。きっと困ってますよ、⑮＿＿＿＿＿＿＿＿＿＿。どこに届けたらいいのかな？

林：総務課ですよ。まだ時間もあるし、行きましょう。

●会話のココに注意

辻さんの話を聞く林さんの相槌に注意しましょう。「それは〜ですね。」を連発しています。相手の話を聞いて、自分の感想や気持ちを述べる時に使います。それによって、話している側も「ちゃんと聞いてくれているな」と安心して話が続けられるでしょう。

●重要文法表現

①〜っこない

解説：親しい間柄で使われる会話表現で、強い否定を表す。「そんなはずはない」「そんなわけがない」という意味。接続は動詞のます形から。

例文：

①口が堅いあの人のことだから、誰にも言いっこないと思います。

②大会常連のあのチームが、初出場のチームになんか負けっこないよ。

②〜ないかぎり

解説：漢字は「限り」で、条件の範囲を表す。「その条件が満たされない以上は」という意味を表すが、この場合その条件が満たされる可能性が低いことが多い。

例文：

①教科書を全部覚えないかぎり、明日の試験で合格するのは難しい。

②武士でないかぎり、刀を持つことは許されなかった。

③〜ほかない

解説：「それ以外に方法がない」「そうするだけである」という意味を表す。前に「より」をつけて「よりほかない」、間に「は」を入れて「ほかはない」となることもある。

例文：

①急にどしゃ降りになったので、どこかで雨宿りするほかない。

②終電に乗り遅れてしまったから、タクシーで帰

①〜っこない

解説：用於關係親密的人之間的會話，表示強烈的否定。「不應該這樣」「不可能這樣」的意思。接於動詞ます形之後。

例句：

①他是口風很緊的人，所以我認為他不會跟任何人說。

②他們是經常擠入大賽的隊伍，所以不可能輸給第一次上場的隊伍。

②〜ないかぎり

解說：漢字是「限り」，表示條件的範圍。雖然是「在沒有達成那個條件的範圍內」的意思，但在很多情況下達成那個條件的可能性很低。

例句：

①除非把教科書全部記起來，明天的考試很難及格。

②除非武士，是不被允許持刀的。

③〜ほかない

解說：表示「除此之外別無他法」「只能這麼做」的意思。有時會在前面加上「より」變成「よりほかない」，或是在中間加上「は」變成「ほかはない」。

例句：

①因為突然下起傾盆大雨，只好找個地方躲雨。

②因為沒趕上末班電車，沒辦法只好搭計程車回去。

るよりほかありません。

④〜てたまらない

解説：感覚や感情を表す語（主に形容詞）について、「その気持ちが抑えられない」「我慢ができない」「とても〜だ」という意味になる。「〜てしかたがない」が類似表現。

例文：

①エアコンも扇風機もないので、暑くてたまらない。

②料理番組を見ていると、いつも食べたくてたまらなくなります。

⑤てっきり〜

解説：何かを根拠にして推測したことが間違いないと思い込んでいたのに、実は違っていた時に使われる。後には「と思った」が置かれる。

例文：

①あんまり仲がいいので、てっきり恋人だと思っていたら、兄妹だったんです。

②この虫、動かなくなったので、てっきり死んだと思ったら、また動き出した。

⑥〜すら〜ない

解説：否定を強調する表現で、「さえ〜ない」に言い換え可能。

例文：

①医者に運動をするように言われているのに、歩こうとすらしない人がいます。

②英語すらできないのに、スチュワーデスになれるわけがない。

---

④〜てたまらない

解說：接於表達感覺或感情的詞語（主要是形容詞），表示「無法壓抑這種情緒」「無法忍耐」「非常的〜」的意思。類似的說法是「〜てしかたがない」。

例句：

①沒冷氣也沒電風扇，熱得受不了。

②只要一看烹飪節目，總是會想吃的不得了。

⑤てっきり〜

解說：根據某些情況加以推測並深信一定是這樣沒錯，但結果並非如此。後面會加上「と思った」。

例句：

①因為他們感情相當好，所以想說一定是情侶，結果是兄妹。

②這隻蟲動也不動，我想一定是死掉了，結果又動了起來。

⑥〜すら〜ない

解說：強調否定的表達方式，可以替換成「さえ〜ない」。

例句：

①明明被醫生交待要運動，卻有人連走都不走。

②連英文都不會說，不可能當上空姐。

●造句練習

①A：＿＿＿＿＿＿＿＿＿＿＿っこないですよ。＿＿＿＿＿＿＿＿＿＿ですから。

　B：そうですね。

　　　よっぽど＿＿＿＿＿＿＿＿＿ないかぎり＿＿＿＿＿＿＿＿＿ませんね。

②A：私、＿＿＿＿＿＿＿＿たら最後、＿＿＿＿＿＿＿＿ほかないと思ってました。

　B：そんなことないですよ。＿＿＿＿＿＿＿＿＿＿＿＿＿＿＿＿＿。

③A：知ってます？あの人、＿＿＿＿＿＿＿＿＿＿＿＿＿＿＿＿ても、

　　　＿＿＿＿＿＿＿＿＿すら＿＿＿＿＿＿＿＿＿＿ないんですよ。

　B：知ってますよ。私、てっきり＿＿＿＿＿＿＿と思ってました。

④友達に自分が落し物をした経験について話す会話を作ってみよう。

➡＿＿＿＿＿＿＿＿＿＿＿＿＿＿＿＿＿＿＿＿＿＿＿＿＿＿＿＿＿＿

＿＿＿＿＿＿＿＿＿＿＿＿＿＿＿＿＿＿＿＿＿＿＿＿＿＿＿＿＿＿＿

＿＿＿＿＿＿＿＿＿＿＿＿＿＿＿＿＿＿＿＿＿＿＿＿＿＿＿＿＿＿＿

＿＿＿＿＿＿＿＿＿＿＿＿＿＿＿＿＿＿＿＿＿＿＿＿＿＿＿＿＿＿＿

＿＿＿＿＿＿＿＿＿＿＿＿＿＿＿＿＿＿＿＿＿＿＿＿＿＿＿＿＿＿＿

＿＿＿＿＿＿＿＿＿＿＿＿＿＿＿＿＿＿＿＿＿＿＿＿＿＿＿＿＿＿＿

＿＿＿＿＿＿＿＿＿＿＿＿＿＿＿＿＿＿＿＿＿＿＿＿＿＿＿＿＿＿＿

＿＿＿＿＿＿＿＿＿＿＿＿＿＿＿＿＿＿＿＿＿＿＿＿＿＿＿＿＿＿＿

＿＿＿＿＿＿＿＿＿＿＿＿＿＿＿＿＿＿＿＿＿＿＿＿＿＿＿＿＿＿＿

＿＿＿＿＿＿＿＿＿＿＿＿＿＿＿＿＿＿＿＿＿＿＿＿＿＿＿＿＿＿＿

第14課

アルバイト
打工

●課前問題

アルバイトをしていますか？したいと思っていますか？どんなアルバイト？

_____

_____

●請聽完CD會話後回答

問1　今日は誰がごちそうしますか？どうしてですか？

_____

問2　林さんはどこでアルバイトをしていますか？

_____

問3　林さんがアルバイトをする目的は何ですか？

_____……_____しておくのも大切

たまに_____と、話もできる

問4　辻さんのアルバイト経験は？

_____やら_____やら_____も

_____の店も

問5　辻さん、夜の仕事はどうしてすぐ辞めたんですか？

_____

問6　辻さんがアルバイトをする目的は何でしたか？

_____と_____を払うため

87

●請聽CD填入空格

アルバイトの給料（きゅうりょう）が入（はい）った林（りん）さんは辻（つじ）さんに何（なに）かおごってあげるようです。そして話（はなし）は辻（つじ）さんのアルバイト経験（けいけん）にも及（およ）びます。さて、二人（ふたり）のアルバイトの目的（もくてき）は何（なん）でしょうか……？

CD14-2　（放課後（ほうかご）、大学（だいがく）近（ちか）くの軽食店（けいしょくてん）で）

林（りん）：辻（つじ）さん、何（なに）食（た）べます？今日（きょう）は私（わたし）の①_____。

辻（つじ）：えっ？悪（わる）いですよ。②_____にしましょうよ。

林（りん）：いいの、いいの。実（じつ）は、昨日（きのう）給料（きゅうりょう）が出（で）たんですよ。だから今日（きょう）はおごらせてください。

辻（つじ）：あれ？林（りん）さん、③_____してましたっけ？

林（りん）：あ、まだ話（はな）してませんでしたね。先月（せんげつ）から父（ちち）の知（し）り合（あ）いがやってる日本料理店（にほんりょうりてん）で④_____だけ働（はたら）いてるんですよ。

辻（つじ）：へえ、そうだったんですか。

林（りん）：ええ。だから遠慮（えんりょ）しないで。

辻（つじ）：はい。じゃ、今日（きょう）のところはお言葉（ことば）に甘（あま）えます。

CD14-3　（二人（ふたり）はウェイトレスを呼（よ）び、注文（ちゅうもん）する）

辻（つじ）：やっぱり台湾（たいわん）の学生（がくせい）もアルバイトしている人（ひと）、多（おお）いですか？

林（りん）：そうですね。結構（けっこう）多（おお）いように思（おも）いますけど。

辻（つじ）：みんな⑤_____稼（かせ）ぎですか？

林（りん）：そうですね。だいたいそうだと思（おも）いますけど。でも、中（なか）には食費（しょくひ）や生活費（せいかつひ）を自分（じぶん）で稼（かせ）いで賄（まかな）っている人（ひと）もいますよ。下宿生（げしゅくせい）で⑥_____を受（う）けていない人（ひと）なんか。

辻（つじ）：じゃ、私（わたし）と一緒（いっしょ）だ。

林（りん）：えっ？辻（つじ）さんも？

辻（つじ）：ええ。私（わたし）も留学（りゅうがく）に来（く）る前（まえ）は、親元（おやもと）を離（はな）れて⑦_____してましたから。学費（がくひ）は親（おや）が出（だ）してくれてたんですけど、アパートの家賃（やちん）と生活費（せいかつひ）は自分（じぶん）でやりくりしてましたね。

林（りん）：へえ、えらいですね。

辻（つじ）：いや、生活費（せいかつひ）ばかりか学費（がくひ）までも自分（じぶん）で払（はら）ってる友人（ゆうじん）もいましたよ。

CD14-4（ウェイトレスが注文した品を運んでくる。）

二人：いただきまーす。

林：どんなアルバイトしてたんですか、辻さんは？

辻：色々やってましたよ。飲食店のウェイターやら家庭教師やら、ビルの清掃員なんか
　　も。昼に比べて⑧＿＿＿＿＿＿＿＿＿＿＿がいいからって、24時間営業の店の夜勤に入った
　　り……。

林：勉強がおろそかになったりしませんでした？

辻：なるに決まってるでしょう。大学に行っても、先生の話が⑨＿＿＿＿＿＿＿＿＿＿＿に聞こ
　　えて、起きていられない……。まったく勉強どころじゃなかったですね。

林：本末転倒……ですね。

辻：そう。だから、すぐ辞めましたよ。何と言っても、学生の⑩＿＿＿＿＿＿＿＿＿＿＿は勉強
　　ですもんね。ところで、林さんはやっぱり⑪＿＿＿＿＿＿＿＿＿＿＿稼ぎで？

林：というより、社会勉強かな。学生のうちに働く経験をしとくのも大切だと思うし。しか
　　も、日本人のお客さんも多いから、たまに話す⑫＿＿＿＿＿＿＿＿＿＿＿もあるんですよ。
　　辻さん、今度食べに来てくださいね。その時も、ご馳走しますから。

辻：ほんとに？！最近、和食が恋しかったんですよ。寿司とか刺身とか！！

林：……。（それ、高いよ～、辻さん。）

● **会話のココに注意**

　「学生の本分は勉強」です。「勉強がおろそかになる」と、「本末転倒」と言われてし
まいます。「勉強とバイト」または「勉強とクラブ」はたまた「勉強と恋愛」を上手に
両立させる人もいるかもしれませんが、「何と言っても、学生の本分は勉強ですよ」、
学生諸君！！

●重要文法表現

①〜っけ

解説：口語表現で、記憶が定かでない物事を相手に確認する時に使われる。または独り言で、思い出しながら自分に確かめるように用いられることもある→例文②。相手が目上の場合は使いにくい。ただし、親しい間柄の先輩(学校や職場での)は許容範囲。

例文：

①クラス委員の斉藤君って、AB型だ(った)っけ？

②夕べ居酒屋で飲んで、その後はどうやって家に帰ったっけ？

②〜ばかりか〜（まで）も

解説：「〜ばかりではなく」、「〜だけではなく」、「のみならず」などと同様の意味で、それぞれと置き換え可能。少しかたい表現。

例文：

①優等生の彼女は勉強がよくできるばかりか、スポーツも万能です。

②最近、食料品ばかりか、衣類や家電製品までも売るスーパーが増えている。

③〜やら〜やら

解説：複数の中からいくつかを例として挙げる表現。例示されるのは名詞に限らない。

例文：

①大きな台風が来て、街路樹が倒れるやら看板が落ちるやら、町はめちゃくちゃだ。

②卒業生にとって、卒業式当日は嬉しいやら寂しいやら、複雑な心境になります。

①〜っけ

解說：口語中，用於向對方確認一些記憶不明確的事物時。或是有時用於自言自語時，一邊回想一邊向自己確認→例句②。不適合使用於對方是長輩或是上司時。但是，關係親密的前輩（學校或是職場上）則在使用容許範圍內。

例句：

①我記不得當班上幹部的齊藤同學是AB型嗎？

②傍晚在居酒屋喝完後，是怎麼回到家的啊？

②〜ばかりか〜（まで）も

解說：與「〜ばかりではなく」、「〜だけではなく」、「のみならず」等意思相同，可以互相替換。是稍微生硬的表達方式。

例句：

①資優生的她不只書讀的好，體育運動也是全能。

②最近，不光是食品，連衣服和家電都販賣的超市越來越多了。

③〜やら〜やら

解說：從多數當中舉出幾個當做例子的表達方式。舉例的事物不限於名詞。

例句：

①強烈颱風來襲，又是行道樹倒下又是看板掉落，整個城市亂七八糟。

②對於畢業生來說，畢業典禮當天又

④〜に決まっている

解説：一種の推量表現で、その確信度はかなり高い。「〜に違いない」と類似するが、それよりも強い確信が込められる。

例文：

①北海道の真冬に半袖、短パン？寒いに決まっています。

②いくら高校チャンピオンでも、相手がプロのチームなら負けるに決まってる。

⑤〜どころではない

解説：「あることが原因で、そのようなことができる状況、気分、場合ではない」という意味を表す。

例文：

①旅行に行ったのに、天気が悪くて観光どころじゃなかった。

②毎週末、接待ゴルフで、ゆっくり休むどころではありません。

⑥〜というより

解説：「Xという表現よりもYという表現の方が、適切だ」という意味。会話文のように、相手の発言を受けて、「というより」から発話を始めることも多く、相手の言い方を婉曲的に否定するストラテジーと言える。

例文：

①彼の場合、食べるというより、流し込んでいるようだ。ほとんど咬んでいない。

②（相手：肉、食べないの？ダイエット中？）というより、野菜が好きなんです。

是開心又是寂寞失落，心情複雜。

④〜に決まっている

解説：推測的表達方式之一，但確信度相當高。類似「〜に違いない」，但帶有更強烈的確信度。

例句：

①北海道的嚴冬穿短袖跟短褲？肯定很冷。

②即使是高中冠軍隊，若對方是職業隊的話，鐵定會輸的。

⑤〜どころではない

解説：表示「由於某個原因，變成根本無法做某事的情況、心情、場合」。

例句：

①去旅行但天氣惡劣，根本無法觀光。

②每個週末，都接待客人打高爾夫球，根本沒辦法好好休息。

⑥〜というより

解説：「比起X的說法，還是Y的說法比較適切」的意思。如會話句所示，大多是承接對方的發言，以「というより」為開頭來表達，可說是委婉否定對方說法的一種策略。

例句：

①他啊，與其說是吃還不如說是用吞的。幾乎都沒有咬。

②「不吃肉嗎？減肥嗎？」→「還不如說，我喜歡吃蔬菜。」

●造句練習

①A：あれ？＿＿＿＿＿＿＿＿＿＿＿さん、＿＿＿＿＿＿＿＿＿＿＿＿したっけ？

　B：あ、まだ話してませんでしたね。

　　　＿＿＿＿＿＿＿＿＿＿＿＿＿＿＿＿＿＿＿＿＿＿＿んですよ。

②A：私、＿＿＿＿＿＿＿＿＿＿＿＿＿＿＿＿＿＿＿＿＿＿＿＿＿よ。

　B：へえ、えらいですね。

　A：いや、＿＿＿＿＿＿＿＿＿＿＿ばかりか＿＿＿＿＿＿＿＿＿＿までも、

　　　　　　　　　　　　　　　＿＿＿＿＿＿＿ている友人もいますよ。

③A：＿＿＿＿＿＿＿＿＿＿＿から＿＿＿＿＿＿＿＿＿＿どころじゃなかったです。

　B：それは＿＿＿＿＿＿＿＿＿＿＿＿＿＿＿＿＿＿＿＿＿＿＿ね。

　A：そう。だから、＿＿＿＿＿＿＿＿＿＿＿＿＿＿＿＿＿＿＿＿。

④友達とお互いにアルバイトについて話す会話を作ってみよう。

➡＿＿＿＿＿＿＿＿＿＿＿＿＿＿＿＿＿＿＿＿＿＿＿＿＿＿＿＿＿＿＿＿＿＿

＿＿＿＿＿＿＿＿＿＿＿＿＿＿＿＿＿＿＿＿＿＿＿＿＿＿＿＿＿＿＿＿＿＿＿

＿＿＿＿＿＿＿＿＿＿＿＿＿＿＿＿＿＿＿＿＿＿＿＿＿＿＿＿＿＿＿＿＿＿＿

＿＿＿＿＿＿＿＿＿＿＿＿＿＿＿＿＿＿＿＿＿＿＿＿＿＿＿＿＿＿＿＿＿＿＿

＿＿＿＿＿＿＿＿＿＿＿＿＿＿＿＿＿＿＿＿＿＿＿＿＿＿＿＿＿＿＿＿＿＿＿

＿＿＿＿＿＿＿＿＿＿＿＿＿＿＿＿＿＿＿＿＿＿＿＿＿＿＿＿＿＿＿＿＿＿＿

＿＿＿＿＿＿＿＿＿＿＿＿＿＿＿＿＿＿＿＿＿＿＿＿＿＿＿＿＿＿＿＿＿＿＿

＿＿＿＿＿＿＿＿＿＿＿＿＿＿＿＿＿＿＿＿＿＿＿＿＿＿＿＿＿＿＿＿＿＿＿

＿＿＿＿＿＿＿＿＿＿＿＿＿＿＿＿＿＿＿＿＿＿＿＿＿＿＿＿＿＿＿＿＿＿＿

第15課

交通事故で重傷？

出車禍受重傷？

● 課前問題

自分や家族、友達などが交通事故に遭ったことがありますか？どんな事故？

_____

_____

● 請聽完CD會話後回答

問1　辻さんはどこへ行きましたか？何のために？

_____

問2　林さんの事故はどんな状況でしたか？

林さんは_____に乗っていた

_____で、横から来た_____にひかれた

問3　林さんのけがはどの程度？

_____の骨を折りました

完治まで_____かかる

問4　辻さんはお見舞いにどんな物を持って来ましたか？

_____と_____と_____

問5　いろいろな物を見て、林さんはどんな気持ちでしたか？

_____

問6　お見舞いに行った時、よく使いそうな表現は？

_____

● 請聽CD填入空格

辻さんは病院へお見舞いに向かいます。というのも、林さんがバイク事故で入院したのです。たいした怪我じゃなければいいのですが……。

CD15-2（林さんが入院する病院で）

辻：こんにちはー。

林：はい。あっ、辻さん、来てくれたんですか？

辻：ええ。心配しましたよ。あっ、寝たままでいいですよ。どうですか、①＿＿＿＿＿＿＿＿＿は？

林：ありがとうございます。だいぶ落ち着いてきました。

辻：林さんが車にひかれて②＿＿＿＿＿＿＿＿＿って聞いて、ほんとびっくりしましたよ。

林：すみません、心配させて。でも、③＿＿＿＿＿＿＿＿＿といっても、骨折にすぎないから。

辻：でも、だいぶ飛ばされたって聞きましたよ。

林：うん、④＿＿＿＿＿＿＿＿＿かな。私がバイクで交差点にさしかかったところへ、横からトラックが飛び出してきて。ぶつかったとたんに、もう⑤＿＿＿＿＿＿＿＿＿がなくなってたんですけど。

辻：トラックだったんですか？

林：ええ。その運転手の⑥＿＿＿＿＿＿＿＿＿で。

辻：それは、ひどい。許せないですね。

林：ええ、⑦＿＿＿＿＿＿＿＿＿は守ってほしいですよね。でも、死んでもおかしくない状況だったのに、左足の複雑骨折ですんで良かったです。

辻：⑧＿＿＿＿＿＿＿＿＿ですね。でも、完治するまで、結構かかりそうですね。

林：お医者さんの話では、1か月半から2か月はかかるって。まあ、焦らずゆっくり⑨＿＿＿＿＿＿＿＿＿しかないですね。

辻：あっ、そうだ。お見舞いに色々持ってきたんですよ。

林：すみません。気を遣ってもらっちゃって、悪いですね。

辻：いいんですよ。まずは……、はい、これ、果物。

林：こんなにたくさん？一人じゃ⑩＿＿＿＿＿＿＿ですよ。

辻：大丈夫、大丈夫。ゆっくり食べて。それから……、雑誌。

林：わあ、嬉しい。⑪＿＿＿＿＿＿＿で、⑫＿＿＿＿＿＿＿でしょうがなかったんで

すよ。

辻：でしょう？そして、最後に……、これ。

林：えっ、ゲーム？せっかくなんだけど、私、ゲームはあんまり……。

辻：あ、これ、ゲームだけじゃなくて、音楽も聞けるんですよ。

林：えー、いいんですか、こんなに⑬＿＿＿＿＿＿＿なもの、もらっちゃって？

辻：えっ？いやいや、それは貸すだけ……。ごめんなさい、一応、⑭＿＿＿＿＿＿＿だ

から……。

林：すみません。でも、すごい感激です。色々考えてくれて。

辻：いえいえ。一人でいるのも暇だろうと思って……。⑮＿＿＿＿＿＿＿てください

ね。

林：はい。どうもありがとう。今日は⑯＿＿＿＿＿＿＿来てくれて、本当に嬉しかった

です。

辻：私も、⑰＿＿＿＿＿＿＿元気そうで安心しまし

た。また、来ますね、果物持って。

林：えっ、果物？食べきれないで

す……。

辻：冗談、冗談。何かおいしいもの、

持ってきますよ。じゃ、⑱＿＿＿＿

＿＿＿＿＿。

●会話のココに注意

お見舞いの時に、使う表現「お加減はいかがですか」、「元気そうで安心しました」、「ゆっくり養生してください」、「どうぞお大事に」などが自然に使えるようになればいいですね。また、相手を元気づけるような言葉や話し方を工夫すれば、相手の快復も速まるかも……。

●重要文法表現

①～といっても

解説：「確かにそうだけれども、実際はそんなにたいしたことはない」ということを意味し、相手に誤解を与えないようにとの配慮で、後から付け加えるように使われる。また、前の文を付け加える形で、文頭に直接置かれる場合もある(例文②)。

例文：

①(相手：ゴルフをするの？)ええ、するといっても、下手の横好きですが。

②毎年12月に入ると、寒くなる。といっても、雪が降るわけではない。

②～にすぎない

解説：「たいしたことはない、あまり重要ではない」というような意味を表す。例文①のように、前に数量を表す語があると、「それ以上ではない」という意味になる。名詞のほか、動詞からも接続される(例文②)。

例文：

①今回の試験で満点を取った生徒は、全国を見てもたった10人にすぎません。

②最優秀芸術賞受賞ですか？私はただ自画像を書いたにすぎないんですけど。

③～たとたん(に)

解説：動詞のた形から接続。「ちょうどその時、その瞬間に」という意味で、後件にはその後すぐに起きた変化や事象が続き、多くは「意外だ」というニュアンスが伴う。漢字を書く場合は「途端」。

例文：

①運転の荒いそのバスは客を乗せたとたん、ドアを閉めて走り出した。

①～といっても

解説：「雖然確實是這個樣子，但實際上卻沒有那麼嚴重」的意思。基於避免讓對方誤會的考量，會以隨後補充的方式來使用。另外，有時也可以採附加前句的形式，直接放在句首。（例句②）。

例句：

①（對方：你打高爾夫球嗎？）嗯，雖然喜歡打，卻打不好。

②每年一到12月，就變的很冷。雖然如此，也還不到下雪的地步。

②～にすぎない

解説：表示「沒什麼大不了，不太重要」的意思。但如果像例句①那樣，前面有表示數量的語詞，就表示「不超過那個數量」的意思。除了名詞，也可以接在動詞後面（例句②）。

例句：

①這次考試拿滿分的學生，全國不超過10人。

②得到最優秀藝術獎？我只不過畫了張自畫像罷了。

③～たとたん（に）

解説：接於動詞的た形之後。「正好在那個時候，在那一剎那」的意思，後面接隨後立刻發生的變化或現象，多半帶有「意外」的語氣。漢字寫成「途端」。

例句：

①那輛開的很猛的巴士，客人一上車就立刻關起車門開動了。

②跟仰慕的學長兩人單獨在一起，立刻就

②憧れていた先輩と二人きりになったとたん、何も話せなくなってしまいました。

④～しかない

解説：「その他に方法がない」という意味を表す。接続は、動詞の辞書形から。類似表現に、「(より)ほかない」、「(より)ほかしかたがない」がある。

例文：

①誰一人として手伝ってくれないので、自分一人でやるしかないんです。

②言葉が通じなかったら、言いたいことを身振り手振りで伝えるしかない。

⑤～きれない

解説：「全てをし終えることはできない、完全にしてしまうことは不可能だ」という意味。逆にそれが可能な場合は「～きれる」が用いられる。

例文：

①夜空を見上げてごらん。数えきれないほどたくさんの星が光っているよ。

②『試験に出る英単語』、これ一冊全部覚えきれれば、英語の試験は問題ない。

⑥～てしょうがない

解説：「どうしてもがまんができない」という強い感情を表す口語表現。「てしょうがない」からの変化で、やや硬めに「てしかたがない」とも言う。類似表現に「てたまらない」「てならない」などがある。

例文：

①昨日の昼から何も食べていないから、腹が減ってしょうがない。

②夕べは悪友に誘われ、徹夜マージャンをしたので、眠くてしょうがないです。

什麼話都說不出來了。

④～しかない

解說：表示「除了這個以外別無他法」的意思。接在動詞的原形後面。類似的說法還有「(より)ほかない」、「(より)ほかしかたがない」。

例句：

①誰也不幫我忙，我只好自己一個人做。

②如果語言不通的話，也只能靠比手畫腳來傳達了。

⑤～きれない

解說：「沒有辦法全部完成，不可能完全做完」的意思。反之如果是可能的情況，就使用「～きれる」。

例句：

①抬頭看看夜晚的天空。有數不清的星星在閃耀呢。

②《考試會考的英語單字》，把這一本全部背起來的話，英文的考試就沒有問題了。

⑥～てしょうがない

解說：表達「怎麼樣都無法忍耐」的強烈心情時的口語說法。也可以用從「てしょうがない」變化而來的「てしかたがない」這種較生硬的說法。類似的表達方式還有「てたまらない」「てならない」等等。

例句：

①從昨天中午開始就什麼都沒有吃，肚子餓得受不了。

②傍晚被壞朋友找去打了通宵的麻將，睏得不得了。

●造句練習

①A：＿＿＿＿＿＿＿＿＿＿＿＿＿＿＿＿＿＿＿＿って聞_きいて、びっくりしました。

　B：そうですか。でも、＿＿＿＿＿＿＿＿＿＿＿＿＿＿＿＿＿＿といっても、

　　　＿＿＿＿＿＿＿＿＿＿＿＿＿＿＿にすぎないから、たいしたことはないですよ。

②A：わあ、これは＿＿＿＿＿＿＿＿＿＿＿＿＿＿＿＿＿きれないですね。

　B：ええ。＿＿＿＿＿＿＿＿＿＿＿＿＿＿＿＿＿＿＿＿しかないですね。

③A：はい。これ、どうぞ。

　B：わあ、嬉_{うれ}しい！＿＿＿＿＿＿＿＿＿＿＿＿＿てしょうがなかったんですよ。

　A：でしょう？よかった、喜_{よろこ}んでもらえて。

④慣用表現_{かんようひょうげん}などに注意_{ちゅうい}して、友達_{ともだち}のお見舞_{みま}いに行_いく会話_{かいわ}を作_{つく}ってみよう。

➡＿＿＿＿＿＿＿＿＿＿＿＿＿＿＿＿＿＿＿＿＿＿＿＿＿＿＿＿＿＿＿＿＿

＿＿＿＿＿＿＿＿＿＿＿＿＿＿＿＿＿＿＿＿＿＿＿＿＿＿＿＿＿＿＿＿＿＿＿＿＿

＿＿＿＿＿＿＿＿＿＿＿＿＿＿＿＿＿＿＿＿＿＿＿＿＿＿＿＿＿＿＿＿＿＿＿＿＿

＿＿＿＿＿＿＿＿＿＿＿＿＿＿＿＿＿＿＿＿＿＿＿＿＿＿＿＿＿＿＿＿＿＿＿＿＿

＿＿＿＿＿＿＿＿＿＿＿＿＿＿＿＿＿＿＿＿＿＿＿＿＿＿＿＿＿＿＿＿＿＿＿＿＿

＿＿＿＿＿＿＿＿＿＿＿＿＿＿＿＿＿＿＿＿＿＿＿＿＿＿＿＿＿＿＿＿＿＿＿＿＿

＿＿＿＿＿＿＿＿＿＿＿＿＿＿＿＿＿＿＿＿＿＿＿＿＿＿＿＿＿＿＿＿＿＿＿＿＿

＿＿＿＿＿＿＿＿＿＿＿＿＿＿＿＿＿＿＿＿＿＿＿＿＿＿＿＿＿＿＿＿＿＿＿＿＿

＿＿＿＿＿＿＿＿＿＿＿＿＿＿＿＿＿＿＿＿＿＿＿＿＿＿＿＿＿＿＿＿＿＿＿＿＿

＿＿＿＿＿＿＿＿＿＿＿＿＿＿＿＿＿＿＿＿＿＿＿＿＿＿＿＿＿＿＿＿＿＿＿＿＿

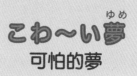

こわ〜い夢
可怕的夢

●課前問題

怖い夢を見たことがありますか？どんな夢をよく見ますか？

_____

_____

●請聽完CD會話後回答

問1　二人は今どこにいますか？

　　　林さん：_____　　辻さん：_____

問2　どうして林さんは辻さんに電話をかけましたか？

　　　_____

問3　林さんが夕べ見た夢にはどんな動物が出ましたか？

　　　（　　）犬　　　　　（　　）ライオン　　（　　）虎　　　　　（　　）豹

　　　（　　）蛇　　　　　（　　）蛙　　　　　（　　）猫

問4　その前に見た夢は？

　　　_____に追いかけられる夢で、_____のところまで逃げて、

　　　最後に_____に飛び込みました。

問5　辻さんは、林さんが怖い夢を見る原因は何だと言いましたか？

　　　_____んじゃないですか。_____だろうし。

問6　林さんは辻さんにアドバイスしてもらって、どう思いましたか？

　　　_____

●請聴CD填入空格

入院中の林さんは最近怖い夢を見るそうです。話を聞いてもらいたくなり、辻さんに電話をかけました。さて、そのこわ～い夢とは？

CD16-2 （辻さんのケータイが鳴る）

辻：はい、もしもし。

林：もしもし。林ですけど。

辻：えっ、林さん？お久しぶり！①＿＿＿＿＿＿＿＿＿＿したんですか？

林：いえ、まだです。病院の②＿＿＿＿＿＿＿＿電話からです。今、ちょっといいですか？

辻：はい。今さっき寮に帰ってきたところです。で、どうしたんですか？

林：実は、辻さんにちょっと話を聞いてもらいたいと思って……。

辻：ええ、何ですか？

林：ここ③＿＿＿＿＿＿＿＿＿、怖い夢を見るんです。

辻：怖い夢、ですか……。どんな夢か覚えていますか？

林：ええ。夕べ見たのは、一人で④＿＿＿＿＿＿＿＿に入っていく夢です。奥に進んでいくにつれて、色んな動物が出てきました。そして、最後には広い草原に出るんですけど、気が付いたら、強暴な動物に⑤＿＿＿＿＿＿＿＿ているんです。ライオンもいれば、虎や豹もいました。何十頭もいる動物にジッと凝視されて、まさにヘビににらまれたカエル状態で、逃げようにも逃げられず……。そして、そのまますごく長い時間が過ぎました。すると突然、一頭のライオンが動き出すと同時に、⑥＿＿＿＿＿＿＿＿から一斉に跳びかかってきて……。

辻：跳びかかってきて……？そして、どうなったんですか？

林：そこで、目が覚めました。

辻：ふうっ。聞いてるだけで、緊張しちゃいましたよ。ほんとに怖い夢ですね。

林：うん。起きた時は、汗⑦＿＿＿＿＿＿＿＿かいてました。

辻：そうでしょうね。他にもあるんですか。

林：はい。その前に見たのは、誰かに追いかけられる夢です。誰だか分からないんですけど、ワーって⑧＿＿＿＿＿＿＿＿を出しながら、走ってくるんです。ずっとずっと逃げて、岸壁のところまで来て、下を見ると、100メートルぐらいの高さの崖です。その

男が、捕まえようと⑨＿＿＿＿＿＿＿＿てきたので、とっさに海に飛び込んだところで、目が覚めました。

辻：うーん、まさに手に汗握りますね。

林：うん。事故に遭ったせいで、こんな夢見るんでしょうか？

辻：うん。それもあるかもしれないけど、慣れない⑩＿＿＿＿＿＿＿＿で、疲れがたまったんじゃないですか？ストレスもあるだろうし。

林：そうでしょうか。時々ニュースで聞くPTSDですか？あれになっちゃったのかなあ……。

辻：そんなに心配することはないですよ。うん。たとえPTSDだったとしても、⑪＿＿＿＿＿＿＿＿＿＿＿ことが大切ですよ。あまり深く考えすぎないで。相談したいこととか、話したいこととか、何かあったら、いつでも電話してください。

林：ありがとうございます。辻さんにそう言ってもらったら、気持ちが楽になりました。

辻：そうそう。リラックス、リラックス。

林：やっぱり、頼りになるなあ、辻さん。また、時間があったら、会いに来てくれます？

辻：行きます、行きます。明日にも飛んで行きますよ。だから、安心して。

林：はい。どうもありがとう。今日は⑫＿＿＿＿＿＿＿＿＿眠れそうです。じゃ、お休みなさい。

辻：お休みなさい。

●会話のココに注意

見た夢を誰かに教えたい時がありませんか。説明してもなかなか分かってくれない場合もあります。相手を夢の中に引き込むように上手に話せたら、あなたの日本語も上級者の仲間入り。

●重要文法表現

①～につれて

解説：ある事柄の変化とともに、他の事柄も変化することを表す。類似表現に「にともなって」や「にしたがって」がある。

例文：

①年を取るにつれて、物忘れがひどくなったり、耳が遠くなったりする。

②時間が経つにつれて、会場の雰囲気も和やかになってきたようだ。

②～も～ば～も

解説：「Xも～ばYも～」という形で、「XもYも両方とも」という意味になる。XとYは同質のものが並べられる(例①)か、或いは対照的なものが並べられる(例②)。

例文：

①ギャンブルが大好きな彼は、マージャンもすれば、競馬や競輪もします。

②人生も天気と同じで、晴れの日もあれば、雨の日もある。

③～ようにも～られない

解説：動詞の意向形から「にも」に接続し、そして同じ動詞の可能の否定形が続き、「そうしようと思っても、そうすることができない」という意味を表す。

例文：

①水着を忘れてきてしまったので、きれいな海を前にして、泳ごうにも泳げない。

②夜になっても30度を下らず、暑くて暑くて、寝ようにも寝られません。

①～につれて

解說：表示隨著某件事情的變化，其他的事情也跟著變化。類似表現還有「にともなって」或「にしたがって」。

例句：

①上了年紀，變得健忘又耳背。

②隨著時間經過，會場的氣氛似乎變得很和諧。

②～も～ば～も

解說：「Xも～ばYも～」的句型，表示「XY兩方都…」的意思。X跟Y可以是同質的事物並列（例①），或是對比的事物並列（例②）。

例句：

①喜歡賭博的他，既打麻將，又玩賽馬與賽自行車。

②人生就像天氣，有時晴天有時下雨。

③～ようにも～られない

解說：在動詞的意向形後面接上「にも」，然後再接上同一動詞的可能否定形，表示「想那麼做卻又無法那麼做」的意思。

例句：

①因為忘了帶泳衣，所以即使美麗的海就在眼前，想游卻不能游。

②到了晚上氣溫還是在30度以上，熱到想睡也睡不著。

④～せいで

解説：原因、理由を表す。後件には好ましくない結果が続く。逆に好ましい結果の場合は「お陰で」。また、先に結果を述べて、後件にその理由を置く場合は、「せいだ」になる。

例文：

①あの人はたばこを吸いすぎたせいで、肺がんになってしまったそうです。

②彼が女性にもてないのは、やっぱり顔が不細工なせいだろう。

⑤～ことはない

解説：「そんなことしなくてもいい・する必要がない」と相手にアドバイスをする時に用いられる。相手を慰めたり、励ましたりする場合などの例も多く見られる。

例文：

①悪いのは全面的に向こうの方なんだから、君が謝ることはない。

②自分一人で悩むことはありませんよ。僕達に何でも相談してください。

⑥たとえ～ても

解説：「もし、～の場合でも」ということを表す。「たとえ」はもともと「たとい」で、「仮に」という意味である。

例文：

①たとえお腹がいっぱいだとしても、ケーキなら食べられる。

②たとえ両親に反対されても、私達の愛は変わらないので、必ず結婚します。

※PTSDとは⇒219ページ（付録1）

④～せいで

解説：表示原因、理由。後面接不好的結果。反之如果是令人滿意的結果，就用「お陰で」。另外，如果先陳述結果，後面才接上理由的話，就用「せいだ」。

例句：

①那個人因為抽太多煙，聽說好像得了肺癌。

②他不受女生歡迎，還是因為臉長的醜的關係吧。

⑤～ことはない

解説：「不必如此～沒有那樣做的必要」，向對方提出建議時使用。多用於安慰或是鼓勵對方。

例句：

①全都是對方不對，因此你沒有必要道歉。

②不需要自己一個人煩惱。什麼事都可以找我們商量。

⑥たとえ～ても

解説：「即使是～的情況也」的意思。「たとえ」原本為「たとい」，表示「即使是」的意思。

例句：

①即使肚子很飽，還是吃的下蛋糕。

②即使父母反對，我們之間的愛不變，一定會結婚。

●造句練習

①A：＿＿＿＿＿＿＿＿＿＿＿ていくにつれて、色んな＿＿＿＿＿＿＿＿＿＿＿が出てきました。

　　気が付いたら、＿＿＿＿＿＿＿もいれば＿＿＿＿＿＿＿や＿＿＿＿＿＿＿もいました。

　　B：そこで目が覚めたんですか。聞いているだけで＿＿＿＿＿＿＿＿＿＿＿＿＿よ。

②A：＿＿＿＿＿＿＿＿＿＿＿＿＿＿＿せいで、＿＿＿＿＿＿＿＿＿＿＿＿＿でしょうか？

　　B：うん。それもあるかもしれないけど、

　　＿＿＿＿＿＿＿＿＿＿＿＿＿＿＿＿＿＿＿＿＿＿＿＿＿んじゃないですか？

③A：そんなに心配することはないですよ。たとえ＿＿＿＿＿＿＿＿＿＿＿ても、

　　＿＿＿＿＿＿＿＿＿＿＿＿＿＿＿＿＿＿＿ことが大切ですよ。

　　B：ありがとう。＿＿＿＿＿＿＿＿＿＿＿＿＿＿さんにそう言ってもらったら、

　　気持ちが楽になりました。

④友達に実際に自分が見た（怖い）夢のことを話す会話を作ってみよう。

➡＿＿＿＿＿＿＿＿＿＿＿＿＿＿＿＿＿＿＿＿＿＿＿＿＿＿＿＿＿＿＿＿＿＿＿＿

＿＿＿＿＿＿＿＿＿＿＿＿＿＿＿＿＿＿＿＿＿＿＿＿＿＿＿＿＿＿＿＿＿＿＿＿＿

＿＿＿＿＿＿＿＿＿＿＿＿＿＿＿＿＿＿＿＿＿＿＿＿＿＿＿＿＿＿＿＿＿＿＿＿＿

＿＿＿＿＿＿＿＿＿＿＿＿＿＿＿＿＿＿＿＿＿＿＿＿＿＿＿＿＿＿＿＿＿＿＿＿＿

＿＿＿＿＿＿＿＿＿＿＿＿＿＿＿＿＿＿＿＿＿＿＿＿＿＿＿＿＿＿＿＿＿＿＿＿＿

＿＿＿＿＿＿＿＿＿＿＿＿＿＿＿＿＿＿＿＿＿＿＿＿＿＿＿＿＿＿＿＿＿＿＿＿＿

＿＿＿＿＿＿＿＿＿＿＿＿＿＿＿＿＿＿＿＿＿＿＿＿＿＿＿＿＿＿＿＿＿＿＿＿＿

＿＿＿＿＿＿＿＿＿＿＿＿＿＿＿＿＿＿＿＿＿＿＿＿＿＿＿＿＿＿＿＿＿＿＿＿＿

＿＿＿＿＿＿＿＿＿＿＿＿＿＿＿＿＿＿＿＿＿＿＿＿＿＿＿＿＿＿＿＿＿＿＿＿＿

バリアフリー
無障礙空間

●課前問題

キャンパス内や町中で見られる、障害者や高齢者のためのものと言えば？

_____

_____

●請聽完CD會話後回答

問1 辻さんはどうして校門前で林さんを待っていましたか？

_____

問2 松葉杖の林さんに辻さんはどんな言葉をかけましたか？

気をつけて、_____、_____。

_____ちゃだめですよ。_____、持ちます。

問3 今の学長はどんな大学を目指していますか？

_____大学

問4 キャンパス内には車椅子の人のために何がありますか？

_____はもちろん、_____や_____、

図書館の閲覧室には_____もある

_____も多い

問5 どうして今後バリアフリー化が最も必要になってくるのでしょう？

_____

●請聽CD填入空格

入院していた林さんが退院し、初登校の日。骨折した足がまだ完治していないので、しばらく松葉杖生活が続くようですが。

CD17-2 （朝、校門前。林さんが母親に車で送ってもらい校門前で降りる）

辻：あっ、林さん、お母さん。ザオアン（早安）！

林：おはようございます。待っててくれたんですか？

辻：ええ。気をつけて。ゆっくり、ゆっくり。じゃ、お母さん、ザイジェン（再見）！林さん、退院、おめでとう。

林：ありがとうございます。①＿＿＿＿＿＿＿＿＿は、何度もお見舞いに来てくれて、本当に嬉しかったです。

辻：いいえ。友達として当然のことですよ。それより、②＿＿＿＿＿＿＿＿＿より随分早く退院できましたね。

林：ええ、毎日がんばって③＿＿＿＿＿＿＿＿＿しましたから。松葉杖も、最初はうまく使えなくて苦労しましたけど、だいぶ慣れてきました。ほら、このとおり。

辻：危ない、危ない。④＿＿＿＿＿＿＿＿＿、来てますよ、後から。慣れたのは分かりましたけど、無理しちゃだめですよ、ほんとに。じゃ、行きましょうか。かばん、持ちます。

林：はい、すみません。お願いします。

CD17-3 （二人、教室に入る）

林：わあ、教室も久しぶりー。なんか⑤＿＿＿＿＿＿＿＿＿感じがします。

辻：さあ、林さん、座って。松葉杖はここに置いときますね。結構歩いたから、疲れたでしょ？

林：ええ、少し。でも大丈夫ですよ。ちゃんとスロープがあって、階段を上らなくてもよかったから。それに、⑥＿＿＿＿＿＿＿＿＿に入ったら、あとはエレベーターに乗っただけだし。

辻：さすが、「障害者に優しい大学」を謳ってるだけのことはありますね。

林：そうですよ。車椅子の学生もよく見かけるでしょ？足が⑦＿＿＿＿＿＿＿＿＿な人のために、エレベーターはもちろん、専用トイレや専用駐車場、図書館の閲覧室には専用の

席もありますよね。

辻：そうか。普段あまり気にかけなかったけど、そう言われれば、スロープも多いですね。

林：いわゆるバリアフリーですね。今の学長にかわった5年前から、「障害者に優しい大学」を目指して、⑧＿＿＿＿＿＿＿＿＿＿が整ってきたそうです。

辻：それはいいことですね。一般の公共機関や観光地も、ここの大学のように⑨＿＿＿＿＿＿＿＿＿が進んでいますか？

林：まだまだでしょうね。台北のMRTなんかは、ちゃんとできていますけど、他はまだ⑩＿＿＿＿＿＿＿＿＿＿といったところだと思います。

辻：なるほど。

林：これからは高齢化社会になってきますし、高齢者や障害者にとって住みやすい⑪＿＿＿＿＿＿＿＿＿＿、特にバリアフリー化が今後最も必要になってくると思いますね。そして、それと同時にもっと大切なのは、辻さんのように手を⑫＿＿＿＿＿＿＿＿＿てくれる人ですね。

辻：（照れくさそうに）いえいえ。でも、そうですね。日本も同じだと思います。

CD17-4（放課後、校門前で）

辻：あっ、お母さんの車、来ましたよ。はい、かばん。

林：ありがとうございます。明日は迎えに来なくてもいいですよ。自分で行けますから。

辻：そんな⑬＿＿＿＿＿＿＿＿＿こと言わないで。じゃ、林さん、お母さん、また明日！マンゾウ（慢走）！

●**会話のココに注意**

「気をつけて。ゆっくり、ゆっくり。無理しちゃだめですよ。かばん、持ちます。疲れたでしょ？」など、相手を気遣う気持ちは言葉に表しましょう。でないと、気持ちは伝わりにくいものです。言われたほうも、気を遣ってくれていると分かると、とても嬉しいですよね。

●重要文法表現

①〜として

解説：その立場、身分、役割、資格であることや、そのような性質を持つ部類であることを表す。後に名詞が続く場合、例②のように、「〜としての〜」となる。

例文：

① 王貞治氏はホームラン王として、世界に知られている。
② 教師になったのだから、子供を育てる教育者としての責任を持ちたいと思います。

②〜に優しい

解説：ここでの「優しい」はある人の性格や態度を表すものではない。助詞「に」を取り、その対象に対して、親切・思いやりがある・よく気遣っている、などの意味を持つ。

例文：

① 環境問題のキャッチフレーズは、「地球に優しい」だ。
② 当社の紙おむつは、デリケートな赤ちゃんのおしりに優しい素材でできています。

③〜だけのことはある

解説：「〜だから、やはり〜」という意味。ある良好な結果や状態が得られたのは、それ相応の努力や経験があったからと、高評価を与える時に使われる。例②のように、結果や状態が後件に置かれる場合、「だけのことはあって」となる。省略して「だけあって」とも。

例文：

① 虫歯が一本もないとは、毎食後にきちんと歯磨きをしているだけのことはある。
② さすが元モデルだけのことはあって、背も高くスタイ

①〜として

解説：表示站在某個立場、身分、職務、資格，或隸屬於具備那種特性的一類。後面接名詞時，就會像、例②一般，採取「〜としての〜」的形式。

例句：

① 王貞治身為全壘打王，名聞世界。
② 因為當上老師，因此希望可以負起身為培育兒童的教育者的責任。

②〜に優しい

解說：這裡的「優しい」並非表示人的性格或態度。和助詞「に」搭配，表示對該對象親切、體貼、相當顧慮等意思。

例句：

① 環保問題的宣傳口號是「體貼地球」。
② 我們公司的紙尿布，是採用溫柔呵護嬰兒細緻屁股的素材製作而成。

③〜だけのことはある

解說：「因為〜，所以果然是〜」的意思。當我們認為對方之所以能獲得某種良好結果或狀態是因為具有相對應的努力與經驗，而給予高度評價時即可使用。如例②所示，將結果與狀態放在後項時，就變成「だけのことはあって」的形式。也可省略成「だけあって」。

例句：

① 一顆蛀牙都沒有，是因為每次餐後都有好好的刷牙。
② 不愧是以前當過模特兒，個子高身材又好。

ルもいい。

④～はもちろん

解説：「～は言うまでもなく」という意味。当然と思われる物事を最初に置いて、その後にそれと同類のものを１つか２つ以上並べ上げる表現。類似表現は、「～はもとより」。

例文：

①この漫画は、子供はもちろん大人にも、とても人気があります。

②この牧場には、牛はもちろん、ヒツジ、ヤギ、シカ、キツネ、クマまでいる。

⑤いわゆる

解説：「世間で普通にそう言われている」ということ。ある事柄を言い直したり、言い換えたりする時、一般的に使われている言葉で説明する場合に用いられる。漢字は「所謂」。

例文：

①彼はいわゆる団塊の世代で、会社一筋に生きてきたことに誇りを持っている。

②どの番組にもお笑い芸人が出ている現在は、いわゆる漫才ブームの再来と言える。

⑥～といったところだ

解説：大体の程度や状況、進み具合などを説明する時に使われる。「～というところだ」とも。

例文：

①MRTの全線開通まで、もう一息といったところです。

②この大きさのスイカなら、一個3000円といったところでしょう。

※バリアフリーとは⇒219ページ（付録１）

---

④～はもちろん

解説：「不用說」的意思。將認定是理所當然的事物放在最前頭，之後再列舉1個或2個以上的同類事物來表達。類似說法還有「～はもとより」。

例句：

①這個漫畫，不用說是小朋友，在大人之間也相當受歡迎。

②這個牧場裡，別說是牛，連綿羊、山羊、鹿、狐狸、熊也都有。

⑤いわゆる

解説：「在世上普遍被這麼稱為」的意思。用於某件事情要重新說或換個說法時，以普遍使用的字眼來加以說明的場合。漢字寫成「所謂」。

例句：

①他是所謂的嬰兒潮世代，很自豪自己只為了公司而活。

②不管是哪個節目都會有搞笑藝人出場的現在，可說是所謂的相聲熱潮再次到來。

⑥～といったところだ

解説：用於說明大概的程度與狀況，進展程度等等。也可用「～というところだ」。

例句：

①到MRT全線開通，大概只差一點點了。

②這麼大的西瓜，一個大概3000日圓。

●造句練習

①Ａ：ありがとうございます。＿＿＿＿＿＿＿＿＿＿＿＿＿＿＿＿＿＿＿てくれて、

　　本当に＿＿＿＿＿＿＿＿＿＿＿＿＿＿＿＿＿＿＿＿＿＿＿＿＿＿＿。

　Ｂ：いいえ。＿＿＿＿＿＿＿＿＿＿＿＿＿＿＿＿＿として当然のことです。

②Ａ：さすが＿＿＿＿＿＿＿＿＿＿＿＿＿＿を謳っているだけのことはありますね。

　Ｂ：そうですね。でも、まだまだだと思います。

　　＿＿＿＿＿＿＿＿＿＿＿＿＿＿＿＿＿＿＿＿＿＿といったところだと思います。

③Ａ：すごいですね。＿＿＿＿＿＿＿＿＿＿はもちろん、＿＿＿＿＿＿＿＿＿＿や、

　　＿＿＿＿＿＿＿＿＿＿＿＿＿＿も＿＿＿＿＿＿＿＿＿＿＿＿＿＿＿＿＿。

　Ｂ：いわゆる＿＿＿＿＿＿＿＿＿＿＿＿＿＿＿＿＿＿＿＿＿＿＿ですね。

④友達と自分達のキャンパスのいいところを話し合う会話を作ってみよう。

➡＿＿＿＿＿＿＿＿＿＿＿＿＿＿＿＿＿＿＿＿＿＿＿＿＿＿＿＿＿＿＿＿＿

＿＿＿＿＿＿＿＿＿＿＿＿＿＿＿＿＿＿＿＿＿＿＿＿＿＿＿＿＿＿＿＿＿＿

＿＿＿＿＿＿＿＿＿＿＿＿＿＿＿＿＿＿＿＿＿＿＿＿＿＿＿＿＿＿＿＿＿＿

＿＿＿＿＿＿＿＿＿＿＿＿＿＿＿＿＿＿＿＿＿＿＿＿＿＿＿＿＿＿＿＿＿＿

＿＿＿＿＿＿＿＿＿＿＿＿＿＿＿＿＿＿＿＿＿＿＿＿＿＿＿＿＿＿＿＿＿＿

＿＿＿＿＿＿＿＿＿＿＿＿＿＿＿＿＿＿＿＿＿＿＿＿＿＿＿＿＿＿＿＿＿＿

＿＿＿＿＿＿＿＿＿＿＿＿＿＿＿＿＿＿＿＿＿＿＿＿＿＿＿＿＿＿＿＿＿＿

＿＿＿＿＿＿＿＿＿＿＿＿＿＿＿＿＿＿＿＿＿＿＿＿＿＿＿＿＿＿＿＿＿＿

＿＿＿＿＿＿＿＿＿＿＿＿＿＿＿＿＿＿＿＿＿＿＿＿＿＿＿＿＿＿＿＿＿＿

語劇
話劇

●課前問題

同級生と語劇を作り上げたことがありますか？或いは見たことがありますか？

_____

_____

●請聽完CD會話後回答

問1　二人はいつどこで話していますか？

　　　1．いつ？_____　どこで？_____

　　　2．いつ？_____　どこで？_____

問2　林さんはどんな心配をして緊張してきましたか？

_____

問3　この語劇は何人で作り上げますか？

　　　出演者_____　スタッフ_____

問4　語劇が終わった時、辻さんは林さんに何か渡しましたか？

_____

問5　辻さんはどう褒めましたか？

_____

問6　林さんの語劇を見ながら、辻さんが思い出したのは？

_____

問7　林さんは帰ってからビールをたくさん飲みますか？

_____

●請聽CD填入空格

大学祭の季節。林さんの大学では外国語学科は毎年語劇発表を行っています。林さんも主役として出演することになったそうですが……。

CD18-2（大学祭前日夕方、キャンパスで）

辻：いよいよ明日ですね、語劇の①＿＿＿＿＿＿＿＿＿。

林：ええ。今まで全然緊張してなかったのに、やっぱりだんだん②＿＿＿＿＿＿＿＿してきました。台詞忘れたらどうしようって。

辻：大丈夫ですよ。今日のリハーサルも完璧だったから。皆から③＿＿＿＿＿＿＿＿に推薦されただけあって、やっぱり上手ですよ、林さん。よくあんなにたくさんの台詞、覚えましたね。

林：いえ、それほどでも。でも、私だけ台詞が多いわけではないんですが、④＿＿＿＿＿＿＿＿はやっぱり責任が重くて、ちょっと⑤＿＿＿＿＿＿＿＿もありますね。

辻：そうでしょうね。出演者が12人、それにスタッフが30人ぐらい。クラス総出ですもんね。

林：ええ。クラスの皆で、練習ずくめの1か月を過ごしてきたから、絶対に⑥＿＿＿＿＿＿＿＿させたいです。

辻：大丈夫。明日はきっと⑦＿＿＿＿＿＿＿＿にちがいないですよ。さあ、明日に備えて、今日はゆっくり休んでください。⑧＿＿＿＿＿＿＿＿、楽しみにしてますね。

林：はい。ありがとうございます。じゃ、また明日。

CD18-3（翌日。日本語学科の語劇終了後、舞台裏で）

辻：林さーん、⑨＿＿＿＿＿＿＿＿、おめでとうございます。はい、どうぞ。（花束を渡す）

林：わあ、こんなに大きな花束！感激です。ありがとうございます。

辻：いいえ、どういたしまして。感動しましたよ、本当に。⑩＿＿＿＿＿＿＿＿の大役、お疲れ様でした。

林：ええ。何とかうまくいって、ほっとしました。

辻：林さん、ステージでは輝いていましたよ、⑪＿＿＿＿＿＿＿＿＿＿＿を浴びて。

林：からかわないでくださいよ、辻さん。恥ずかしいじゃないですか。

辻：いえ、ほんとに良かったですよ。周りの女の子なんか、皆ウルウルきてましたね、感動して。

林：そうですか？それは嬉しいです。

辻：私も見ていたら、ふと自分が日本の大学で語劇に出た時のこと、思い出しました。

林：辻さんが出たの、２年生の時でしたっけ？

辻：ええ。私の大学では⑫＿＿＿＿＿＿＿＿＿＿＿になっていたから、優勝が発表された時は嬉しくてたまらなかったですね。そして、嬉しさのあまり、⑬＿＿＿＿＿＿＿＿＿＿＿で飲みすぎて酔い潰れちゃってね。

林：そうだったんですか。でも、結果だけじゃなくて、仲間と一緒に語劇を完成させることを通して、色々なこと学べたなあって思います。

辻：それは同感。語学面はもちろん、演技のこととか、皆が⑭＿＿＿＿＿＿＿＿＿＿＿する大切さとか……。

林：そうですね。辻さんも⑮＿＿＿＿＿＿＿＿＿＿＿だったんじゃないですか？中国語、うまいし。

辻：いえいえ。⑯＿＿＿＿＿＿＿＿＿＿＿も⑰＿＿＿＿＿＿＿＿＿＿＿。
台詞が３つしかなかったんですから。

林：そうですか。でも、今日は疲れました。ゆっくり休みたいです。

辻：そうでしょうね。早く帰って休んだ方がいいですよ。
ビール、飲みすぎないようにね。

林：飲みませんよ！

●会話のココに注意

誰だって、人に褒められると嬉しいものです。辻さんのように少し大げさに相手を褒めてみましょう（「感動しました」「輝いていましたよ」など）。反対の立場で、大げさに褒められたら、ちょっと照れながら「からかわないでください」の一言を。

●重要文法表現

①～わけではない

解説：当然そうであろうと予測、期待されるのに反して、「～ということでもない」ということを述べる時に使われる。例文②のように否定形から続き、二重否定を作ることも多く、間接的・婉曲的な否定表現と言える。

例文：

① 二人は大きな声で言い合っていますが、決してけんかしているわけではありません。

② 子供が欲しくないわけではないのですが、育児や教育のことを考えると……。

②～ずくめ

解説：「すべてそれである」「そればかりである」「そればかりする」ということを意味し、それ以外の状態や行為がそこには見られないとやや強調して言う表現。服装が黒色ばかりの「黒ずくめ」や、いい事ばかりの「結構ずくめ」は、すでに定型化している。「～だらけ」と類似している。

例文：

① 息子は、今の会社に入社して以来毎日残業ずくめで、家には寝に帰ってくるだけだ。

② 大学生生活を思い返せば、楽しいことずくめの四年間でした。

③～にちがいない

解説：「かならず～だろう」という強い確信・思い込みを表す一種の推測表現。「～に相違ない」と置き換え可能。

例文：

① いつもは必ず時間を守る彼女がこんなに遅いとは、途中で何かあったにちがいない。

② 一流のコックが最高の食材で作った料理ですから、

①～わけではない

解說：和「應該是這樣」的預測或期待相反，要表示「並不是～」時所用的說法。像例句②這樣接在否定形之後，形成雙重否定的情況很多，可說是間接・委婉的否定表達方式。

例句：

①兩個人雖然用很大的聲音在說話，但絕對不是在吵架。

②雖然也不是說不想要小孩，但一想到撫養小孩與教育的問題就…。

②～ずくめ

解說：「全部都是如此」「盡是這些」「光做這個」的意思，以稍微強調的語氣表示除此之外看不到其他狀態或行為的說法。服裝全為黑色的「黑ずくめ」、全都是好事的「結構ずくめ」是已經定型的用法。和「～だらけ」類似。

例句：

①我兒子進了現在的公司後每天都在加班，回家只是睡覺而已。

②回想大學時的生活，四年全都是快樂的事情。

③～にちがいない

解說：推定的表達方式之一，表示「一定是～無疑」這種強烈的確信或認定。可以和「～に相違ない」替換使用。

例句：

①總是守時的她遲到了這麼久，一定是半路上發生了什麼事。

おいしいにちがいありません。

④～てたまらない

解説：「その感覚や感情が非常に強くて、我慢できない」ということを表す。「～てしかたがない」と同義。漢字を書く場合は「堪らない」。

例文：

①エアコンが壊れてしまったので、暑くて暑くてたまらない。

②多くの人をだましておいて平気な顔でいられる犯人に腹が立ってたまらなかった。

⑤～(の)あまり

解説：「感情が抑えきれないで」とか「その状態の程度がひどすぎて」とかいう意味を表し、後件にはそれによってもたらされた悪い結果が続く。名詞だけでなく、動詞からも付く。

例文：

①怪我などを心配するあまり、子供を外で遊ばせない親が増えているようだ。

②忙しさのあまり、生活のリズムが崩れ、とうとう過労で倒れてしまいました。

⑥～をとおして

解説：「～を媒介・手段にして」という意味で、そのことによって何かを得る(得た)ということを述べることが多い。ほかにも期間を表す語を置いて、「その期間中ずっと」という意味と「その期間内に何度か」という意味を表す場合がある(例文②)。漢字は「通して」。

例文：

①野外キャンプを通して、電気やガスのありがたさを改めて感じました。

②日本は江戸時代を通して、鎖国をしていた。

②因為是一流的廚師用最好的食材所做的料理，一定很好吃。

④～てたまらない

解説：表示「某種感覺或感情相當強烈，無法忍耐」。和「～てしかたがない」意思相同。漢字寫成「堪らない」。

例句：

①因為冷氣壞掉，所以熱得受不了。

②對於這個欺騙許多人卻又擺出一付無所謂的表情的犯人，感到憤怒不已。

⑤～(の)あまり

解説：表示「無法抑制感情」或是「某個狀態的程度過甚」的意思，後面接因此招致的不好結果。除了名詞之外也可接於動詞之後。

例句：

①因為太擔心會受傷，不讓小孩在外面遊玩的父母似乎越來越多。

②因為太忙，生活的節奏大亂，終因過度勞累而病倒。

⑥～をとおして

解説：「以～為媒介・手段」的意思，多用於敘述藉此獲得什麼。另外若和表示期間的語詞一起出現，則有「某段期間一直都」的意思，或是「該期間內有幾次」的意思(例句②)。漢字寫成「通して」。

例句：

①藉由野外露營，重新體會到電和瓦斯的珍貴。

②日本在江戸時代一直閉關自守。

●造句練習

①A：＿＿＿＿＿＿＿＿＿＿＿＿＿＿＿＿ずくめの1か月を過ごしてきたから、

　　絶対に＿＿＿＿＿＿＿＿＿＿＿＿＿＿＿＿＿＿＿＿＿たいです。

　　B：大丈夫。＿＿＿＿＿＿＿＿＿＿＿＿＿＿＿＿＿にちがいないですよ。

②A：私、＿＿＿＿＿＿＿＿＿時は＿＿＿＿＿＿＿＿＿＿てたまらなかったですね。

　　そして、＿＿＿＿＿＿＿＿＿＿＿のあまり、＿＿＿＿＿＿＿＿＿＿＿＿。

　　B：そうだったんですか。

③A：今回は＿＿＿＿＿＿＿＿＿＿＿＿を通して、いろいろなことを感じました。

　　B：それは同感です。＿＿＿＿＿＿＿＿＿＿＿＿＿＿＿＿はもちろん、

　　＿＿＿＿＿＿＿＿＿＿＿とか、＿＿＿＿＿＿＿＿＿＿＿＿＿とか。

④友達と同級生みんなでやったイベントのことを話す会話を作ってみよう。

➡＿＿＿＿＿＿＿＿＿＿＿＿＿＿＿＿＿＿＿＿＿＿＿＿＿＿＿＿＿＿＿＿

　＿＿＿＿＿＿＿＿＿＿＿＿＿＿＿＿＿＿＿＿＿＿＿＿＿＿＿＿＿＿＿＿

　＿＿＿＿＿＿＿＿＿＿＿＿＿＿＿＿＿＿＿＿＿＿＿＿＿＿＿＿＿＿＿＿

　＿＿＿＿＿＿＿＿＿＿＿＿＿＿＿＿＿＿＿＿＿＿＿＿＿＿＿＿＿＿＿＿

　＿＿＿＿＿＿＿＿＿＿＿＿＿＿＿＿＿＿＿＿＿＿＿＿＿＿＿＿＿＿＿＿

　＿＿＿＿＿＿＿＿＿＿＿＿＿＿＿＿＿＿＿＿＿＿＿＿＿＿＿＿＿＿＿＿

　＿＿＿＿＿＿＿＿＿＿＿＿＿＿＿＿＿＿＿＿＿＿＿＿＿＿＿＿＿＿＿＿

　＿＿＿＿＿＿＿＿＿＿＿＿＿＿＿＿＿＿＿＿＿＿＿＿＿＿＿＿＿＿＿＿

結婚披露宴
けっこん ひ ろうえん
結婚喜宴

●課前問題

最近、親戚や友人などの結婚式に出ましたか？どうでした？自分の結婚式は？
さいきん　しんせき　ゆうじん　　　　　　けっこんしき　で　　　　　　　　　　　じぶん　けっこんしき

_____

_____

●請聴完CD會話後回答

問1　辻さんは誰の披露宴に出席することになりましたか？
　　　つじ　　だれ　ひ ろうえん　しゅっせき

_____

問2　その人は辻さんのことを知っていますか？
　　　ひと　つじ　　　　　　　し

_____

問3　台湾の披露宴は時間どおり始まりますか？
　　　たいわん　ひ ろうえん　じ かん　　　はじ

_____

問4　どうして遅れて始まりますか？
　　　　　　おく　　はじ

_____

問5　台湾の披露宴はどんな場所で行われますか？
　　　たいわん　ひ ろうえん　　　　ば しょ　おこな

_____とか_____とか_____

問6　新郎の友人達はどんな計画をしていますか？
　　　しんろう　ゆうじんたち　　　　　けいかく

_____

問7　林さんと辻さんは、どんな結婚式が理想ですか？
　　　りん　　つじ　　　　　　　けっこんしき　り そう

_____

●請聽CD填入空格

台湾で一度結婚式に出てみたいと考えていた辻さんは、林さんに誘われて、林さんのいとこの披露宴に出席することになりました。日本の披露宴とはちょっと違うようですね……。

CD19-2 （放課後、キャンパスで）

林：辻さん、辻さん。再来週の日曜日、空いてますか？

辻：再来週の日曜と言うと、えーと、12日ですね。はい、空いてますけど、何か？

林：実は、いとこの結婚式があるんです。

辻：いとこの結婚式……？

林：はい。①＿＿＿＿＿＿＿の②＿＿＿＿＿＿＿の③＿＿＿＿＿＿＿、28歳だったかな。辻さん、台湾で披露宴に出席したことあります？

辻：いいえ。機会があればぜひ一度出てみたいなあとは思っていたんですけど。

林：じゃ、ちょうど良かった。④＿＿＿＿＿＿＿！ぜひ来て下さい。

辻：ちょ、ちょっと待って下さい。私、林さんのいとこにお会いしたこともないのに、私なんかが突然出席しちゃってもいいんですか？

林：大丈夫です！式には親戚をはじめ、友人知人が⑤＿＿＿＿＿＿＿人ぐらい集まるということだから、新郎新婦が知らない人、例えば⑥＿＿＿＿＿＿＿の⑦＿＿＿＿＿＿＿なんかも来るはずですよ。台湾の披露宴ではよくあることです。それに、いとこには時々辻さんの話もしてるので、全然知らないというわけでもないし。

辻：そういうことなら、⑧＿＿＿＿＿＿＿、行かせていただきます。

林：じゃ、当日は直接会場に来て下さい。これ、招待状です。このレストラン、知ってますよね？あ、そうそう。時間どおりに来ると早すぎるので、⑨＿＿＿＿＿＿＿分ぐらい遅れて来るようにして下さい。

辻：えっ？遅れて？披露宴が遅れて始まるということですか？

林：そうなんです。これも⑩＿＿＿＿＿＿＿の台湾の習慣かな……。じゃ、ちょっと約束があるので、先に帰ります。

CD19-3 （結婚披露宴当日。会場のレストランで）

辻：林さんが言ったとおり、⑪＿＿＿＿＿＿＿分過ぎても始まらないですね。

林：ええ。だいたい１時間ぐらいでしょう。それに合わせて来る人も多いんですよ、ほら。

　　⑫＿＿＿＿＿＿＿＿＿の種でも食べながらゆっくり待ちましょう。はい、どうぞ。

辻：ありがとうございます。それにしても、すごいテーブル数ですね。30ぐらいでしょう

　　か？

林：そうですね。このレストランは広いので、よく披露宴に使われるみたいですよ。人によ

　　ってホテルを使ったり、自分の家の前でやったり、場所も色々なんですけどね。

辻：自宅の前ですることもあるんですか？

林：ええ。大きな⑬＿＿＿＿＿＿＿＿＿を張って。⑭＿＿＿＿＿＿＿＿＿を作って歌手を呼ん

　　だり。

辻：えっ？歌手まで呼んだりするんですか？

林：そういえば、今日も新郎の友人達が皆で、二人が大好きな歌手を呼んでるらしいです

　　よ。二人には内緒で、披露宴の最後に登場して歌ってもらうそうです。今日の⑮＿＿＿＿＿

　　＿＿＿＿＿＿企画です。

辻：へえー、すごい。友達って、いいものですよね。

林：そうですね。友達は大切にするべきです

　　よね、ほんとに。

辻：でも、本当に⑯＿＿＿＿＿＿＿＿＿な

　　式ですね。

林：ええ、こんな式も素敵だけど。なん

　　か、私はジミ婚がいいなあって思い

　　ますね。

辻：あ、私もですよ。仲間内だけで簡単に。

林：そうそう。へえ、同じ考えでしたね。まだ先

　　の話ですけどね。あ、新郎新婦の⑰＿＿＿＿＿

　　＿＿＿＿＿＿ですよ。

●会話のココに注意

　　会話には直接関係ありませんが、日本語には「忌み言葉」というのがあり、披露宴では特
に気をつけなければなりません。例えば、「ケーキを切る」を「ナイフを入れる」に、
「終わる」を「お開きにする」と他の言葉で置き換えます。その外、「離れる・戻る・重
ねる」なども使わない方がいい「忌み言葉」です。司会やスピーチをする場合は特に気を
遣う必要があります。

●重要文法表現

①～なんか

解説：謙遜(会話文の1つ目の例「私なんか～」)や軽蔑(「お前なんか～」)の意味を持つ表現の外、例を挙げる表現(会話文の2つ目の例)も見られる。「～なんて」も同様に使われ、「～など」(例文②)はこれらの改まった言い方、文語的な表現と言える。

例文：

①もしあのチームと試合をしたら、うちの選手なんか赤ちゃん同様だよ。

②暑い日はスポーツドリンクなどで常に水分を補給することが大切だ。

②～をはじめ

解説：同類のものがたくさんあって、その中から代表的なもの、中心的なものを一つ挙げる場合に使われる表現。「～をはじめとして」となることもある(例文②)。

例文：

①ご両親をはじめ、ご家族の皆様によろしくお伝えください。

②京都には金閣寺をはじめとして、有名なお寺や神社がたくさんあります。

③～ということだ

解説：会話文では2つの用法が見られる。1つ目は伝聞の用法。「～という話でした・～と言っていました」と相手に伝言などの内容を伝える時の表現(例文①)。2つ目は「これは～を意味する」のように意味や解釈を表す用法(例文②)。

例文：

①ラジオのニュースによると、あちこちで熊が出没しているということです。

②ほら、見て。彼の左手薬指の指輪。間違いなく結婚

①～なんか

解說：除了帶有謙遜(會話句中第一個例子「私なんか～」)及輕蔑(「お前なんか～」)的意思外，也有舉例的表達方式(會話句中第二個例句)。「～なんて」，也一樣可以這麼用。「～など」(例句②)則可說是這些詞語的正式說法或書面語的說法。

例句：

①如果和那一隊比賽，我們的選手就好像嬰兒。

②酷熱的日子裡用運動飲料等時常補充水分是很重要的。

②～をはじめ

解說：從許多相同類型的事物當中舉出一個具有代表性或主要的事物所用的表達方式。有時也採取「～をはじめとして」的形式(例句②)。

例句：

①請代我向您父母及各位家人問好。

②京都有金閣寺等許多著名的寺廟與神社。

③～ということだ

解說：在會話句中可以發現兩個用法。第一個用法是傳聞，以「聽說～・說是～」的語氣，向對方轉達傳聞時的表達方式(例句①)。第二種是以「意思是說～」的語氣，表示含意或解釋的用法(例句②)。

例句：

①根據廣播的新聞報導，說是到處都有熊出沒。

②喂，你看。他左手無名指的戒指。這表

④〜どおり（とおり）

解説：「〜と同様である」ということを表す。名詞に付くと「どおり」、動詞(辞書形とた形)に付くと「とおり」となる。漢字を書く場合は「通り」。

例文：

①先生方のおかげで、希望どおりの学校に合格することができました。

②両親が言ったとおりに看護学校に進んで良かったと思っている。

⑤〜ものだ

解説：会話文の例のように感嘆しながら自分の意見を述べたり、「〜たものだ」で感慨深く回想したり(例文①)、「〜たいものだ」で、感情を込めて希望を述べたりする時に用いられる。また、物事や人の一般的真理、一般的な性質を述べる用法もある(例文②)。

例文：

①学生時代は貧乏だったから、よく本屋で何時間も立ち読みをしたものだ。

②親はいつも子供の幸せを願っているものです。

⑥〜べきだ

解説：「そうすることが当然である」、或いは「そうするほうが適切である」ということを表す。動詞の辞書形から接続されるが、「するべきだ」は「すべきだ」の形もある(例文②)。

例文：

①電車やバスの中では、お年寄りや体の不自由な人に席を譲るべきです。

②一国の総理大臣なら、国民に約束したことは、何があっても実行すべきだ。

※ジミ婚とは⇒219ページ（付録１）

示他一定是結婚了。

④〜どおり（とおり）

解說：表示「和〜一樣」的意思。接於名詞後面時說成「どおり」，接於動詞（基本形和た形）後面時則說成「とおり」。漢字寫成「通り」。

例句：

①托老師們的福，才能如願考取想進的學校。

②我覺得照父母說的進了護校很好。

⑤〜ものだ

解說：如同會話句中的例句，邊感嘆邊描述自己的意見，或以「〜たものだ」的形式表示感觸良多的回想（例句①），或是以「〜たいものだ」的形式，帶著感情描述自己的希望。另外也用於描述事物或人的一般真理，一般屬性（例句②）。

例句：

①學生時代很窮，所以常常在書店站著看好幾個小時的書。

②父母總是希望小孩幸福。

⑥〜べきだ

解說：表示「這樣做是理所當然」或是「這麼做比較適合」。接在動詞基本形之後。「するべきだ」也可以採取「すべきだ」的形式（例句②）。

例句：

①電車和公車中，應該要讓位給老年人或是行動不便的人。

②身為一國的內閣總理，對國民的承諾，無論如何都應該實現。

●造句練習

① A：＿＿＿＿＿＿＿＿＿＿＿をはじめ、＿＿＿＿＿＿＿＿＿＿ということだから、

　　　＿＿＿＿＿＿＿＿＿＿＿＿＿＿＿＿＿＿＿＿＿＿＿＿はずですよ。

　　 B：へえ、そうなんですか。＿＿＿＿＿＿＿＿＿＿＿＿＿＿＿＿ですね。

② A：＿＿＿＿＿＿＿＿＿どおりに＿＿＿＿＿＿＿＿＿と、＿＿＿＿＿＿＿＿ので、

　　　＿＿＿＿＿＿＿＿＿＿＿＿＿＿＿＿＿＿＿＿＿＿＿てください。

　　 B：えっ？＿＿＿＿＿＿＿＿＿＿＿＿＿＿＿＿＿＿＿＿＿ということですか。

③ A：へえー、＿＿＿＿＿＿＿＿＿＿＿＿って＿＿＿＿＿＿＿＿＿ものですよね。

　　 B：そうですね。＿＿＿＿＿＿＿＿＿＿＿＿＿＿＿べきですよね、ほんとに。

④友達と結婚式を話題にして話す会話を作ってみよう。

➡＿＿＿＿＿＿＿＿＿＿＿＿＿＿＿＿＿＿＿＿＿＿＿＿＿＿＿＿＿＿＿＿＿＿

＿＿＿＿＿＿＿＿＿＿＿＿＿＿＿＿＿＿＿＿＿＿＿＿＿＿＿＿＿＿＿＿＿＿＿

＿＿＿＿＿＿＿＿＿＿＿＿＿＿＿＿＿＿＿＿＿＿＿＿＿＿＿＿＿＿＿＿＿＿＿

＿＿＿＿＿＿＿＿＿＿＿＿＿＿＿＿＿＿＿＿＿＿＿＿＿＿＿＿＿＿＿＿＿＿＿

＿＿＿＿＿＿＿＿＿＿＿＿＿＿＿＿＿＿＿＿＿＿＿＿＿＿＿＿＿＿＿＿＿＿＿

＿＿＿＿＿＿＿＿＿＿＿＿＿＿＿＿＿＿＿＿＿＿＿＿＿＿＿＿＿＿＿＿＿＿＿

＿＿＿＿＿＿＿＿＿＿＿＿＿＿＿＿＿＿＿＿＿＿＿＿＿＿＿＿＿＿＿＿＿＿＿

＿＿＿＿＿＿＿＿＿＿＿＿＿＿＿＿＿＿＿＿＿＿＿＿＿＿＿＿＿＿＿＿＿＿＿

＿＿＿＿＿＿＿＿＿＿＿＿＿＿＿＿＿＿＿＿＿＿＿＿＿＿＿＿＿＿＿＿＿＿＿

＿＿＿＿＿＿＿＿＿＿＿＿＿＿＿＿＿＿＿＿＿＿＿＿＿＿＿＿＿＿＿＿＿＿＿

学校の怪談
學校的鬼故事

●課前問題
学校や寮に幽霊の噂がありますか？「トイレの花子さん」、知っていますか？

_____

_____

●請聽完CD會話後回答

問1　最初電話で話した時、林さんと辻さんはどこにいましたか？

　　　林さん：_____　　辻さん：_____

問2　辻さんはそこで何をしていましたか？

　　　_____

問3　辻さんはどうしてそんなことをしていましたか？

　　　_____

問4　林さんは噂を信じていますか？

　　　_____

問5　女子寮の怪談とは？

　　　_____の_____がずっと前から使われていない

　　　_____になった_____の女の子が……

問6　二人が見た時、その部屋の電気がついていましたか？

　　　_____

問7　辻さんが最後に言った冗談は？

　　　_____

●請聴CD填入空格

辻さんが留学している大学では最近幽霊の噂が流れているようです。でも実は、辻さん、こういう話がけっこう好きなようですよ。

CD20-2　（放課後。校庭を歩いている林さんが、校舎の屋上にいる辻さんを見つける）

林：あれ。辻さんだ。あんなところで何してるんだろ。おーい！辻さーん！……全然①＿＿＿＿＿＿＿＿＿＿＿＿＿ないなあ。ケータイにかけてみよ。

辻：（携帯電話の着メロが鳴り）はい、もしもし。

林：辻さん、何してるんですか？屋上に上がったりして。

辻：いや、ちょっと……。って、どうして私が屋上にいるの、知ってるんですか？

林：下ですよ、下。今、下にいるんですよ。下を見てください。

辻：ああっ、林さん。下から見てたんですかあ。②＿＿＿＿＿＿＿＿＿＿した。林さんも上がってきませんか？

林：何してるんですか？そんなところで。きれいな女の子でも探してるんですか？

辻：えっ？きれいな女の子？うーん、まあ、そんなところかな。ははは……。でも、いないんですよ、それが。林さん、上がって来てくださいよ、きれいな女の子③＿＿＿＿＿＿＿＿＿＿＿で。

林：はいはい。じゃ、今行きますね。ちょっと待ってて。（携帯電話を切る）

CD20-3　（林さんが校舎屋上に上がってくる）

辻：来た、来た。速かったですね。さすが、④＿＿＿＿＿＿＿＿＿＿のような足を持つ、きれいな女の子……。

林：からかわないでくださいよ。それより、こんなところで何してるんですか？

辻：探してるんですよ。ほら、最近噂になっている「白いワンピースの女の子」。

林：ああ、大学内のあちこちで出るっていう⑤＿＿＿＿＿＿＿＿＿＿の話？辻さん、あんな噂信じるんですか？

辻：ええ、あの話を聞いてからというもの、本当なのかどうか⑥＿＿＿＿＿＿＿＿＿＿て、探さないではいられないんですよ。林さんもいっしょに探してくれませんか？

林：えー？私も？幽霊なんか出るわけがないですよ。なんか⑦＿＿＿＿＿＿＿＿＿っぽいですよ、辻さん。

辻：⑧＿＿＿＿＿＿＿＿＿？じゃないですよ。お化けマニア……かな。

林：えー？お化けマニア？なんか⑨＿＿＿＿＿＿＿＿＿ですよ。そんなマニア、聞いたことないし……。

辻：実は、もう一つ「学校の怪談」を聞いたんですよ。学校じゃなくて、寮なんですけど。

林：え？どんな話ですか？なんか⑩＿＿＿＿＿＿＿＿＿なあ……。

辻：あそこに女子寮が見えるでしょう？あそこの最上階、6階の601号室がずっと前から使われないことになっているそうなんです。怪しいでしょう？

林：ええ、まあ。何か理由があるんじゃないですか。

辻：ここからは私の⑪＿＿＿＿＿＿＿＿＿予想ですけど……。出るんですよ、きっと。

林：何言ってるんですか。考えすぎですよ、辻さん。

辻：あの部屋には、血まみれになった白いワンピースの女の子が……。

林：ちょっと、ちょっと、やめてくださいよ。⑫＿＿＿＿＿＿＿＿＿じゃないですか。

辻：ほら、使われていないはずの601号室の電気がついてる……。

林：えー？うそ！ほんとだー！どうしよう……辻さん！

辻：うそ、うそ。冗談です。あそこは5階。よく見てください。

林：え？冗談？ひどいですよ、辻さん、⑬＿＿＿＿＿＿＿＿＿て。もう！

辻：ごめん、ごめん。⑭＿＿＿＿＿＿＿＿＿て。さあ、帰りましょう、お化けが出る前に。

林：もういいよ。

●会話のココに注意

指示詞に注意して会話文を見てみましょう。まずは、林さんが言った「あんなところ」「そんなところ」「こんなところ」の場面に応じた使い分け。「あんな噂」は共有している話題、「そんなマニア」は相手の言葉を受けた指示詞です。きちんと整理して使いこなしましょう。

●重要文法表現

①～てからというもの

解説：「そのことをきっかけに」という意味で、後件には「その後、違う状態になった」或いは「その後、あることをするようになった」など変化を表す事柄が来る。

例文：

①毎朝ジョギングを始めてからというもの、体調がすごく良くなった。

②母が亡くなってからというもの、父はお酒ばかり飲んでいます。

②～ないではいられない

解説：「したい気持ちを我慢することができない、どうしてもしてしまう」という意味を表す。「～ずにいられない」は、ほぼ同じように使われる類似表現。

例文：

①プレゼントをもらったら、包みをすぐに開けないではいられない。

②試験中に誰かがおならをしたので、笑わないではいられなかった。

③～わけがない

解説：「そんなことは絶対にない、あり得ない」と強く主張する表現。「自分一人だけの意見じゃなく、誰もがそう思うだろう」という気持ちが含まれることが多い。「～はずがない」と言い換え可能。名詞からの接続は「名詞＋の～」か「名詞＋な～」(例文②)。

例文：

①考えてみなさい。あんな善良な人が殺人を犯すわけがないだろう。

②あんなに年が離れているのに、夫婦　の／な　わけがないでしょう。親子ですよ。

①～てからというもの

解說：「以某件事為開端」的意思、後面接續「之後變成不同的狀態」或是「之後開始做某件事」等表示變化的事項。

例句：

①開始每天清晨慢跑後，身體狀況變好了。

②自從母親過世後，爸爸成天都在喝酒。

②～ないではいられない

解說：表示「無法克制想要做某件事的心情，無論怎麼樣都要做」的意思。「～ずにいられない」是用法幾乎相同的類似表達方法。

例句：

①拿到禮物後，就忍不住立刻打開包裝。

②考試時不知道是誰放了屁，所以忍不住笑了出來。

③～わけがない

解說：強烈主張「絕對不會有那樣的事情，不可能」的表達方式。大多含有「不是只有自己一人的意見，不管是誰都會那麼想」的語氣。可以和「～はずがない」替換。接在名詞後時採「名詞＋の～」或「名詞＋な～」的形式（例句②）。

例句：

①你想想看。那樣善良的人不可能會犯下殺人的事吧。

②年紀相差這麼多，絕對不可能是夫妻吧。是父女啦。

④〜っぽい

解説：「その傾向が強い、その感じがする、その性質がある」というような意味を持つ。色を表す名詞から接続されると、「それに近い色、その色を帯びている」という意味になり(例文①)、動詞(ます形)からの接続では、「よくそうする、すぐにそうする」という意味になる(例文②)。

例文：

①犯人は黒っぽい服を着て、赤っぽいバイクに乗って逃走して行きました。

②うちの家族はみんな怒りっぽいので、すぐに言い争いになってしまう。

⑤〜ことになっている

解説：法律や校則など、決められているルール、社会的慣習や慣例、個人的な習慣のほか、予定、約束などを表す。

例文：

①図書館に入る時は、学生証を提示することになっています。

②今回の研修旅行は、10日に出発して18日に帰国することになっている。

⑥〜まみれ

解説：汚いものが、体や物の一面についている様子を表す。「汗、泥、油、血、埃」など限られた名詞にしか付かない。「〜にまみれる」という動詞の表現もある。

例文：

①父は自動車整備工場で、毎日油まみれになって働いている。

②倉庫の中から何年も乗っていなかった自転車を出してきたら、ほこりまみれだった。

---

④〜っぽい

解説：「有強烈的某種傾向、有某種感覺、有某種性質」的意思。接在表示顏色的名詞後面，則是「接近那種顏色，帶有那種顏色」的意思（例句①），接在動詞（ます形）後則是「常常那麼做，立刻就那麼做」的意思（例句②）。

例句：

①犯人穿著接近黑色的衣服，騎著近似紅色的機車逃走了。

②我們一家人都很容易生氣，所以立刻就會吵了起來。

⑤〜ことになっている

解説：除了表示法律或校規等已經決定的規則、社會習慣或慣例、個人習慣之外，也表示預定或約定等等。

例句：

①進入圖書館時，規定要出示學生証。

②這次的研修旅行，預定是10號出發18號返國。

⑥〜まみれ

解説：表示污垢附著在整個身體或物品上。只能接在「汗、泥、油、血、灰塵」等特定的名詞之後。也有「〜にまみれる」這種動詞的表達方式。

例句：

①爸爸在汽車修理廠每天一身油污地工作。

②從倉庫拿出好幾年沒有騎的腳踏車，上面滿是灰塵。

● 造句練習

① A：私、＿＿＿＿＿＿＿＿＿＿＿＿＿＿＿＿＿＿＿からというもの、

＿＿＿＿＿＿＿＿＿＿＿＿＿＿＿＿＿ないではいられないんですよ。

　B：へえ、そうだったんですか。

② A：＿＿＿＿＿＿＿＿＿なんか＿＿＿＿＿＿＿＿わけがないですよ。

　B：いや、分かりませんよ。＿＿＿＿＿＿＿＿っていう噂を聞きましたよ。

③ A：ほら、＿＿＿＿＿＿＿＿＿＿＿＿＿＿＿＿＿＿＿＿＿。

　B：えー？うそ！ほんとだー！どうしよう…、＿＿＿＿＿＿＿＿さん。

　A：うそ、うそ。冗談です。＿＿＿＿＿＿＿＿＿＿＿＿＿＿＿＿＿。

　　よく見てください。

④ 友達と今まで聞いたことがある「怪談」について話す会話を作ってみよう。

➡＿＿＿＿＿＿＿＿＿＿＿＿＿＿＿＿＿＿＿＿＿＿＿＿＿＿＿＿＿＿＿

＿＿＿＿＿＿＿＿＿＿＿＿＿＿＿＿＿＿＿＿＿＿＿＿＿＿＿＿＿＿＿＿

＿＿＿＿＿＿＿＿＿＿＿＿＿＿＿＿＿＿＿＿＿＿＿＿＿＿＿＿＿＿＿＿

＿＿＿＿＿＿＿＿＿＿＿＿＿＿＿＿＿＿＿＿＿＿＿＿＿＿＿＿＿＿＿＿

＿＿＿＿＿＿＿＿＿＿＿＿＿＿＿＿＿＿＿＿＿＿＿＿＿＿＿＿＿＿＿＿

＿＿＿＿＿＿＿＿＿＿＿＿＿＿＿＿＿＿＿＿＿＿＿＿＿＿＿＿＿＿＿＿

＿＿＿＿＿＿＿＿＿＿＿＿＿＿＿＿＿＿＿＿＿＿＿＿＿＿＿＿＿＿＿＿

＿＿＿＿＿＿＿＿＿＿＿＿＿＿＿＿＿＿＿＿＿＿＿＿＿＿＿＿＿＿＿＿

＿＿＿＿＿＿＿＿＿＿＿＿＿＿＿＿＿＿＿＿＿＿＿＿＿＿＿＿＿＿＿＿

学科対抗球技大会（上）
系際球賽（上）

●課前問題

どんなスポーツが好きですか？クラスメートや学科の皆と一緒に何かしますか？

_____

_____

●請聽完CD會話後回答

問1　辻さんが読んでいた雑誌に誰のことが書いてありましたか？

_____

問2　そこへ林さんは何を持って来ましたか？

_____と_____

問3　もうすぐどんなイベントがありますか？林さんが出場する競技は？

イベント：_____大会

競　技：_____

問4　日本語学科の去年の順位は？林さんの今年の目標は？

去年もおととしも_____

今年こそは_____

問5　辻さんのアドバイス①

投げる時は、相手が捕りやすいように_____

問6　辻さんのアドバイス②

素振りの時、_____が大切。

●請聴CD填入空格

林さんが通う大学では近々球技大会が開かれます。林さんが出るソフトボール、日本語学科はとっても弱いんだそうです。そこで、辻さんからのアドバイスです。

CD21-2　（放課後、辻さんが台湾の雑誌を読んでいる）

辻：なになに？昨年世界で①＿＿＿＿＿＿＿＿＿＿た台湾人。……えっ？野球選手？あ、そうか。アメリカのメジャーリーグで②＿＿＿＿＿＿＿＿＿たもんなー。あ、成績も載ってる……。うーん、すごい成績。これは、台湾人の誇りだろうなあ……。

CD21-3　（林さんがグローブとボールを持って、走ってくる）

林：辻さん、辻さん、ちょっと③＿＿＿＿＿＿＿＿、付き合ってくれませんか。

辻：あれ？林さんも野球？やっぱりこの影響ですか？（林さんに雑誌を見せる）

林：ああ、それもあるかな、うん。ていうか、実は、もうすぐ学科対抗の球技大会があるんです。それで、私、ソフトボールの④＿＿＿＿＿＿＿に選ばれて。

辻：へえ、ソフトボールですか。しかも⑤＿＿＿＿＿＿＿？それは、頑張らないとね。

林：うん。実を言うと、私、去年もおととしも出てて、⑥＿＿＿＿＿＿＿で最下位だったんですよ。

辻：えっ？ほんとに？日本語学科って弱いんですね。もしかして、全敗だった……？

林：え、ええ……。弱いって言わないでくださいよ。くじ運が悪かったっていうか……。

辻：あ、ごめんなさい。はっきり言っちゃって。悪気はなかったんです。

林：いいですよ。でも、今年こそは最低でも一勝して、最下位は免れたいですね。

辻：そうですね。参加すればいいというものでもないしね。学科対抗なんだし。日本語学科の⑦＿＿＿＿＿＿＿にかけて、上位をねらいましょうよ、今年は！

林：じょ、じょうい？！う、うん……。⑧＿＿＿＿＿＿＿が起こらない限り無理のような気がするけど……。

辻：だめ、だめ。そんな弱気じゃ。目標は高く持たなくちゃ。さ、そうと決まったら、早速練習してきましょう。

林：あ、はい。

CD21-4 （二人はグランドへ行って、ソフトボールの練習を始める）

辻：うまいですよ、林さん。受けるのも、投げるのも問題ないですよ。

林：そうですか？なんかアドバイスしてくださいよ。他の⑨＿＿＿＿＿＿＿にも教えてあげたいし。

辻：うーん、そうですね。⑩＿＿＿＿＿＿＿は基本中の基本だということかな。そして、投げる時は、相手が取りやすいように、⑪＿＿＿＿＿＿＿を目掛けて投げるということかな。

林：なるほど。ただ投げればいいというものではないということですね。

辻：うん。そして、試合中も、守備についた時は、いつもの⑫＿＿＿＿＿＿＿のつもりでプレイするということ。そんなところかな。

林：基本は⑬＿＿＿＿＿＿＿ということですね。分かりました。じゃ、打撃は？

辻：うーん、バッティングの基本は素振り……かな。林さん、ちょっと振ってみて。

林：はい。やってみます。（素振りをする）こんな感じですか？

辻：うん。悪くないですよ。これも、ただ振ればいいというものじゃなくて、実際に試合で打席に立っているつもりでやることが大切です。⑭＿＿＿＿＿＿＿がボールを投げてくるのをイメージして、そのボールを打つ。そのボールが速いのか遅いのか、高めなのか低めなのか、しっかりイメージすること。それが大切だと思いますね。

林：なるほど。よく分かりました。皆にもちゃんと教えてあげようと思います。

辻：まあ、できるだけ毎日少しでも素振りをすることですね。頑張って。

林：ありがとうございます。やっぱり辻さんに教えてもらってよかった。⑮＿＿＿＿＿＿＿ですね。

辻：いえいえ。大したことないですよ。それより、大会、期待してますよ。絶対勝とう！！

●会話のココに注意

辻さんのアドバイスの内容はとても詳しいですね。理解できましたか？ここで注意したいのは、アドバイスしている時の表現「〜ということかな。」です。「かな」は自信がない時・疑問がある時などに使いますが、相手にアドバイスする場合、謙遜して（えらそうにならないように）「かな」を使うことがあります。また、教えてもらったら「〜ということですね。」と確認をしましょう。

●重要文法表現

①もしかして～

解説：疑問の表現で、自分の判断したことを相手に確認する時に用いられる。多くは、その判断に自信がない場合、疑いの気持ちがある場合。「ひょっとして」とも言う。

例文：

①あれ？何か臭くないですか？もしかして、誰かオナラしました？

②どう？私の手料理。あれ？肉、食べないの？もしかして、ベジタリアン？！

②～こそ

解説：「他でもなく、これだ」とその語を取り立てて、強調する表現。前に置かれる語が名詞ではなく、「だからこそ」「～からこそ」「～ばこそ」などになると、その原因・理由を強調する表現となる（例文②）。

例文：

①地球の環境問題こそ全人類が考えなければならない急務の問題だ。

②親は自分の子供が本当にかわいいからこそ、しかったりもするのでしょう。

③～というものではない

解説：ある事柄に関して、「そうではない・そうとは言えない・そうは言いきれない」という話者の主張を表す。会話文に見られる３つの例のように「～ばいい」から続く場合が多い。

例文：

①両親が長身だからといって、子供も必ず背が高くなるというものではない。

①もしかして～

解説：是疑問的表達方式，用來向對方確認自己所做的判斷。大多用於對自己的判斷沒有自信，或覺得有疑問的情況。也可以說成「ひょっとして」。

例句：

①咦？不覺得有什麼臭味嗎？會不會是有誰放屁？

②怎麼樣？我親手做的菜。咦？你不吃肉嗎？莫非你是吃素？！

②～こそ

解說：凸顯該語詞，強調「不是別的，是這個」時的表達方式。如果出現在前面的不是名詞，而是「だからこそ」「～からこそ」「～ばこそ」的話，就變成強調原因及理由的說法（例句②）。

例句：

①地球環境問題正是全人類必須好好思考的當務之急。

②正因為父母疼愛自己的孩子，才會責罵他們。

③～というものではない

解說：針對某事，表示說話者的看法：「不是那樣、不能那麼說、不能這麼斷定」。正如會話中看到的三個例句所示，常接在「～ばいい」的後面。

例句：

①並不是說父母都是高個子，小孩的身

②学校の成績さえ良ければいいというものではない。大切なことは他にもある。

④〜にかけて

解説：「これを絶対に失わないため」という強い決意を込めた表現。漢字を書く場合は「賭ける」または「懸ける」。

例文：

①会社の信用にかけて、必ず期限までに完成させます。

②政府の見解は、国家の威信にかけて、テロ行為に屈さない考えのようだ。

⑤〜ない限り

解説：条件の範囲を述べる表現で、「そうではない・そうしない・そうならない以上は」という意味を表す。

例文：

①18歳以上でない限り、パチンコ店に入ることはできない。

②台風の時のような大雨にならない限り、サッカーの試合は中止しないそうです。

⑥〜ことだ

解説：アドバイス・命令・勧告などを表す話し言葉。「そうすることが必要だ・大事だ・望ましい」ということを表す。

例文：

①疲れている時は、無理をしないでゆっくり休むことです。

②言わなくても分かっていると思うが、治安の悪い地域には決して近づかないことだ。

高也一定高。

②並不是說只要學校的成績好就行。另外還有其他重要的事。

④〜にかけて

解說：表示的堅強的決心：「為了絕對不要失去它」。寫成漢字是「賭ける」或是「懸ける」。

例句：

①這關係到公司的信用，一定會在期限前將它完成。

②政府的看法似乎是：關係到國家的威信，不會向恐怖行動屈服。

⑤〜ない限り

解說：用來描述條件的範圍，表示「不是這樣、不這樣做、除非」的意思。

例句：

①除非年滿18歲，不能進入小鋼珠店。

②若未達到相當於颱風時那樣的大雨，足球比賽據說不會取消。

⑥〜ことだ

解說：表建議・命令・勸告的口頭語說法。表示「有必要這樣做、這樣做很重要、最好這樣做」的意思。

例句：

①疲倦的時候，最好不要勉強，好好休息。

②不說也應該知道，治安不好的地方絕對不要靠近。

●造句練習

①A：えっ？ほんとに？＿＿＿＿＿＿＿＿＿＿＿＿＿＿＿＿＿＿＿ですね。

　　　もしかして＿＿＿＿＿＿＿＿＿＿＿＿＿＿＿＿＿＿＿＿＿＿？

　B：え、ええ。＿＿＿＿＿＿＿＿＿＿＿＿＿＿＿って言わないでくださいよ。

②A：今年こそは＿＿＿＿＿＿＿＿＿＿＿＿＿＿＿＿＿＿たいです。

　B：へえ・・・＿＿＿＿＿＿＿＿＿＿＿ない限り無理のような気がするけど・・・。

③A：なんかアドバイスしてくださいよ。

　B：そうですね。＿＿＿＿＿＿＿＿＿＿＿＿＿＿＿＿＿＿＿＿＿。

　A：なるほど。＿＿＿＿＿＿＿＿ばいいというものではないということですね。

④相手にアドバイスを言いながらスポーツなどをする会話を作ってみよう。

➡＿＿＿＿＿＿＿＿＿＿＿＿＿＿＿＿＿＿＿＿＿＿＿＿＿＿＿＿＿＿

＿＿＿＿＿＿＿＿＿＿＿＿＿＿＿＿＿＿＿＿＿＿＿＿＿＿＿＿＿＿＿

＿＿＿＿＿＿＿＿＿＿＿＿＿＿＿＿＿＿＿＿＿＿＿＿＿＿＿＿＿＿＿

＿＿＿＿＿＿＿＿＿＿＿＿＿＿＿＿＿＿＿＿＿＿＿＿＿＿＿＿＿＿＿

＿＿＿＿＿＿＿＿＿＿＿＿＿＿＿＿＿＿＿＿＿＿＿＿＿＿＿＿＿＿＿

＿＿＿＿＿＿＿＿＿＿＿＿＿＿＿＿＿＿＿＿＿＿＿＿＿＿＿＿＿＿＿

＿＿＿＿＿＿＿＿＿＿＿＿＿＿＿＿＿＿＿＿＿＿＿＿＿＿＿＿＿＿＿

＿＿＿＿＿＿＿＿＿＿＿＿＿＿＿＿＿＿＿＿＿＿＿＿＿＿＿＿＿＿＿

＿＿＿＿＿＿＿＿＿＿＿＿＿＿＿＿＿＿＿＿＿＿＿＿＿＿＿＿＿＿＿

＿＿＿＿＿＿＿＿＿＿＿＿＿＿＿＿＿＿＿＿＿＿＿＿＿＿＿＿＿＿＿

学科対抗球技大会（下）
系際球賽（下）
（がっか たいこうきゅうぎ たいかい）（げ）

● 課前問題

友達が落ち込んでいる時、どうしますか？何と言ってあげますか？
（ともだち）（お こ）（とき）（なん い）

_____

_____

● 請聽完CD會話後回答

問1　辻さんはどうして遅く来ましたか？
（つじ）（おそ き）

_____

問2　林さんが勝てるかもしれないと思っている根拠は？
（りん）（か）（おも）（こんきょ）

　　1. _____

　　2. _____

問3　林さんが言ったお礼の言葉は？それを受けて辻さんが言った言葉は？
（りん い）（れい ことば）（う つじ い ことば）

　　ありがとうございます。これも_____

　　いやいや。みんなが_____

問4　日本語学科の結果はどうでしたか？
（に ほん ご がっか）（けっか）

　　_____戦、_____対_____で、_____！！
（せん）（たい）

問5　辻さんは、「試合はどうだからおもしろい」と言いましたか？
（つじ）（しあい）（い）

　　練習と違って、試合は_____
（れんしゅう ちが）（しあい）

問6　林さんはどうして「夢みたい」と言いましたか？
（りん）（ゆめ）（い）

_____

135

●請聽CD填入空格

絶好のスポーツ日和に恵まれ、いよいよ球技大会当日です。林さんは日本語学科の代表でソフトボールに出場です。辻さんの特訓の成果が実を結ぶでしょうか……。

CD22-2 （球技大会当日の朝、グランドで）

林：辻さーん、こっちこっち。

辻：（走ってきて）ああ、間に合った。寝坊しちゃって、……起きてすぐ出てきましたよ。

林：見たらすぐ分かりますよ、起きたばっかりって。その①＿＿＿＿＿＿＿＿＿＿……。

辻：えっ、ほんとに？まっ、いいや。今日の②＿＿＿＿＿＿＿＿＿＿は林さんたちだし。どう、調子は？

林：うん。昨日までみんな死ぬほど練習してきたから、目標の一勝、できるかも……。

辻：できるかもじゃなくて、絶対できますよ。毎日③＿＿＿＿＿＿＿＿＿＿だらけになって練習に励んだんだから。

林：そうですね。練習量からすると、うちが間違いなく一番だし、何と言ってもコーチがいいし。

辻：いやいや、私は全然。みんなが見る見る④＿＿＿＿＿＿＿＿＿＿のには驚きましたよ、ほんとに。さあ、そろそろ時間かな。頑張ってくださいね。

林：ええ。日本語学科の⑤＿＿＿＿＿＿＿＿＿＿にかけて、みんなで力を合わせて頑張ります！

辻：そう、そう、その調子。

CD22-3 （試合が全部終わり、閉会式の後で）

辻：林さん。おめでとう、準優勝！！

林：ありがとうございます。これもすべて辻さんのおかげです。

辻：いやいや。みんなが一生懸命頑張ったからにほかならないですよ。それに、ピッチャーの林さんが最後までよく⑥＿＿＿＿＿＿＿＿＿＿ぬきましたよ。本当にお疲れ様。

林：ありがとうございます。自分でもよくやったと褒めてやりたいです。

辻：最初は、一勝が目標だったのに、初戦に勝ってからは、あれよあれよというううちに決勝戦まで来て、見事準優勝したんだから、ほんと⑦_____ですよ。

林：うん、ほんと超うれしいです。でも、実は、うれしい反面、ちょっと悔しい気持ちもあって……。

辻：そうか、そうだよね。決勝戦もはじめは勝ってたのに、最後に⑧_____されて結局3対2の一点差でしたもんね。うん、惜しい試合でした。

林：満塁のチャンスに⑨_____しちゃったのが、ほんと悔やまれます……。

辻：そうでしたね……。うん。分かりますよ、林さんの気持ち。私も同じような場面で⑩_____したことあるし、守備でも⑪_____を連発して、チームが負けてしまったことがあったなあ。

林：そうなんですか。辻さんでも、⑫_____とかするんだ……。

辻：もちろんですよ。練習と違って、試合は何が起こるか分からない……。それだから、おもしろいのかもしれませんね。

林：へえ、そんなもんなんですね。

辻：そうそう。だから、林さんも自分を⑬_____ないで。みんなと一緒に準優勝を喜びましょう。

林：そうですね。一勝もできなかった去年やおととしに比べたら、夢みたいですよね。

辻：ほんと、そうですよ。じゃ、今日は⑭_____で盛り上がりましょうか。

林：オッケー。じゃ、今日はメンバーみんなと一人ずつ⑮_____ですよ。

辻：えー？！

●会話のココに注意

林さんが悔やんでいる時、辻さんはどのように慰めたでしょうか。「分かりますよ、林さんの気持ち。」これは相手を慰めたり励ましたりする時の決まり文句です。また、自分の失敗談などを持ち出したりすると、相手の気持ちも楽になりますよね。「失敗は成功の基」も慣用表現の一つです。

●重要文法表現

①～ほど

解説：大げさに言ったり、比喩表現を用いたり、或いは具体的な例を挙げたりして、それがどれぐらいの程度かを説明するのに使われる。会話文の例のような「～ほど～する」という用法の外、「～ほどの～」（例文①）や「～ほどだ」（例文②）といった用法もある。

例文：

①両手に持ちきれない**ほど**のプレゼントをもらって、最高の誕生日となった。

②お客さんがいっぱい来てくれたから、忙しくて目が回る**ほど**でした。

②～だらけ

解説：「～でいっぱいだ」「～がいっぱいある」ということを表すが、特にそれが好ましくないものであることが多い。類似表現「～まみれ」は、それ自身・それ自体に「いっぱいついている」ことを表すに対して、「～だらけ」はその周辺やある特定の場所の様子を形容することもある（例文②）。

例文：

①どこで何してきたの？そんな傷**だらけ**になって…。

②異常発生したのでしょう。海岸はクラゲ**だらけ**になっています。

③～からすると

解説：判断の基準を述べる表現で、「～から考えると」「～から判断すると」というような意味を表す。「からすれば」「からして」「から見ると」などが類似表現で、置き換えが可能である。

例文：

①彼の話し方**からすると**、どうも関西出身の人のようです。

---

①～ほど

解說：用於誇大其辭或運用比喻的說法或舉出具體的例子來說明達到什麼程度時。除了會話中的例句所示「～ほど～する」的用法外，還有「～ほどの～」（例句①）與「～ほどだ」（例句②）的用法。

例句：

①收到兩手都抱不完的禮物，真是個最棒的生日。

②來了一大堆客人，忙得頭昏眼花。

②～だらけ

解說：表示「滿是～」「有很多～」的意思，大多指令人不愉快的東西。類似的表達方式「～まみれ」用來表示物體本身「沾了許多～～」的情況，「～だらけ」則還可以用來形容周邊或某個特定場所的情況（例句②）。

例句：

①你去哪裡做了什麼事？搞的滿身是傷……。

②大概是出現什麼異常情況吧。海邊滿是水母。

③～からすると

解說：說明判斷基準的表達方式，表示「從～來思考」「根據～來判斷」的意思。類似說法還有「からすれば」「からして」「から見ると」，可以互換。

例句：

①從他說話的方式來看，似乎是關西人。

②總是精神十足的她變得如此消沉，可見

---

②いつも元気な彼女があんなに落ち込んでいることからすると、何かあったのだろう。

大概發生了什麼事吧。

④〜にほかならない

解説：「それ以外のものではない」「まさにそのものだ」と断定する表現。会話文に見られるように「〜からにほかならない」となることが多く、この場合は理由を強調する表現となる。

例文：
①今回の選挙の投票率の低さは、政治不信の表れにほかならない。
②試験に落ちてしまったのは、自分自身の努力が足りなかったからにほかならない。

⑤〜ぬく

解説：容易にやり遂げられるものでないことや困難なことを、最後までやり終えるということ。完全にしてしまうということ。漢字は「抜く」。

例文：
①初めてのマラソン参加で、42.195キロを走りぬいた彼は、本当に立派です。
②突然プロポーズされ、その後考えぬいた結果、彼との結婚を決めた。

⑥〜反面

解説：「〜と反対に」「〜である一方」という意味で、そのものごとについて、もう一つの面があることを表す。それは対照的なことや全く反対の性格のものであることが多い。

例文：
①父はふだん穏やかな反面、怒ると人が変わったように怖いんです。
②医学が飛躍的に進歩した反面、倫理的に考えなければならない問題もたくさんある。

④〜にほかならない

解說：表示「無非是」「就是這樣」的斷定說法。如會話中句子所示，常採「〜からにほかならない」的形式，這時就成為強調理由的表達方式。

例句：
①這次選舉的投票率這麼低，無非是對政治不信任的表徵。
②考試不及格，就是因為自己的努力不夠。

⑤〜ぬく

解說：將不易達成的事或困難的事做到最後加以完成的意思。漢字寫成「抜く」。

例句：
①初次參加馬拉松，把42.195公里跑完的他，真的很了不起。
②突然被求婚，之後徹底考慮的結果，決定要跟他結婚。

⑥〜反面

解說：「和〜相反」「〜的另一方面」的意思，表示某事物還有另外一面。大多是形成對比或是性質完全相反的一面。

例句：
①相對於父親平時溫和的個性，生氣起來像是變了一個人似的很可怕。
②在醫學快速進步的另一方面，也有許多必須考慮到倫理的問題。

●造句練習

①A：ありがとうございます。

　　　　＿＿＿＿＿＿＿＿＿＿＿＿はすべて＿＿＿＿＿＿＿＿＿＿＿さんのおかげです。

　B：いやいや。＿＿＿＿＿＿＿＿＿＿＿＿＿＿＿＿＿＿にほかならないですよ。

②A：本当に、超＿＿＿＿＿＿＿＿＿＿＿＿＿＿＿＿＿＿＿＿＿＿です。

　　　でも実は、＿＿＿＿＿＿＿＿＿反面、＿＿＿＿＿＿＿＿気持ちもあって…。

　B：そうですか。＿＿＿＿＿＿＿＿＿＿＿＿＿＿＿＿＿＿＿＿＿。

③A：＿＿＿＿＿＿＿＿＿＿＿＿＿＿＿＿＿＿＿が、本当に悔やまれます。

　B：分かります、＿＿＿＿＿＿さんの気持ち。でも、自分を責めないでください。

　　　私も＿＿＿＿＿＿＿＿＿＿＿＿＿＿＿＿＿＿＿＿＿＿＿＿＿。

④落ち込んでいる友達を慰めたり励ましたりする会話を作ってみよう。

➡＿＿＿＿＿＿＿＿＿＿＿＿＿＿＿＿＿＿＿＿＿＿＿＿＿＿＿＿＿＿＿＿

　＿＿＿＿＿＿＿＿＿＿＿＿＿＿＿＿＿＿＿＿＿＿＿＿＿＿＿＿＿＿＿＿

　＿＿＿＿＿＿＿＿＿＿＿＿＿＿＿＿＿＿＿＿＿＿＿＿＿＿＿＿＿＿＿＿

　＿＿＿＿＿＿＿＿＿＿＿＿＿＿＿＿＿＿＿＿＿＿＿＿＿＿＿＿＿＿＿＿

　＿＿＿＿＿＿＿＿＿＿＿＿＿＿＿＿＿＿＿＿＿＿＿＿＿＿＿＿＿＿＿＿

　＿＿＿＿＿＿＿＿＿＿＿＿＿＿＿＿＿＿＿＿＿＿＿＿＿＿＿＿＿＿＿＿

　＿＿＿＿＿＿＿＿＿＿＿＿＿＿＿＿＿＿＿＿＿＿＿＿＿＿＿＿＿＿＿＿

　＿＿＿＿＿＿＿＿＿＿＿＿＿＿＿＿＿＿＿＿＿＿＿＿＿＿＿＿＿＿＿＿

ドライブに行こう！
我們去兜風吧！

●課前問題

車やバイクの免許を持っていますか？友達とドライブなんかに出かけますか？

_____

_____

●請聽完CD會話後回答

問1　林さんは、すぐ車の免許証が取れましたか？

_____

問2　林さんは何と言ってドライブに誘いましたか？

_____

問3　辻さんはドライブに誘われて、どうして不安そうな顔をしたのでしょう？

_____

問4　辻さんのドライブの感想は？

　　　やっぱり_____で、_____

問5　それを聞いて、林さんはどう同意しましたか？

　　　_____し、_____し

問6　どうして林さんは緊張しましたか？

_____

問7　最後に林さんはもう一度誘い、辻さんが誘いを受けました。その表現は？

　　　また_____！　→　ええ、_____！

●請聴CD填入空格

勉強のかたわら教習所に通っていた林さんが、試験に合格して免許証を取得しました。そして、さっそく辻さんをドライブに誘いますが……。

CD23-2 （ある日の朝、教室で）

林：辻さん、見て下さい、これ。ジャーン。

辻：あっ、運転免許証。取れたんですか？おめでとう!!

林：ありがとうございます。一か月の①＿＿＿＿＿＿＿＿＿＿通いの末、やっと合格しましたよ。

辻：その後、何回落ちたんでしたっけ、実地試験？

林：それは②＿＿＿＿＿＿＿＿＿＿約束でしょ。何回だったかなあ？あ、7回です。内緒ですよ、辻さん。

辻：えー、7回も！それは落ちすぎですよ。そんなに落ちた人、初めて聞いた……。

林：シーッ！声、大きいですよ、辻さん。内緒ですよ、内緒。

辻：あ、ごめんなさい。あんまりびっくりしたんで。

林：驚きすぎですよ、それにしても。でも、やっとのことで免許を取ったものの、あまり運転する③＿＿＿＿＿＿＿＿＿＿がなくて……。辻さん、よかったら、一緒にドライブにでも行きませんか？

辻：え、ええ……。いい……ですね……。

林：何ですか、その不安げな顔は……？私の④＿＿＿＿＿＿＿＿＿＿を信用してないんでしょう？

辻：い、いや、そんなことないですよ、全然。行きましょう、行きましょう。

林：安心してください。これでも、私、本番に強い⑤＿＿＿＿＿＿＿＿＿＿なんですから。

辻：本番？なんか意味分からないなあ……。免許取ったんだからずっと本番なんじゃないの……。

林：何⑥＿＿＿＿＿＿＿＿＿＿言ってるんですか？じゃ、今度の日曜日でいいですか？迎えに行きますからね。

辻：あ、はい。

CD23-3 （ドライブ当日、帰路に向かう車中で）

林：どうでした、今日のドライブは？

辻：楽しかったです。山の方は、やっぱり空気もきれいで、気持ちよかったなあ。

林：そうですね。眺めもよかったし、花もきれいに咲いてたし。

辻：林さんの運転も上手で。何年も⑦＿＿＿＿＿＿＿＿＿＿があるかのようでしたよ。

林：ほんと？そう言ってもらえると、うれしいです。実を言うと、今朝はすごく緊張してたんですよ、初めての遠出で。しかも隣には辻さんが乗ってるし。

辻：どういう意味ですか、それ？もしかして自動車学校の⑧＿＿＿＿＿＿＿＿＿みたいだった？

林：いや、そうじゃなくて……。何故だか分からないけど、⑨＿＿＿＿＿＿＿＿＿してたんです。ああ、でも、よかった。がんばって免許取ったかいがありました。

辻：7回も落ちたけどね……。

林：それは、⑩＿＿＿＿＿＿＿＿＿約束でしょ。ひどいなあ、辻さん。

辻：あ、あぶない。前、前、向いて。謝るから。ごめんなさい。もう言いませんから。

林：今度言ったら、⑪＿＿＿＿＿＿＿＿＿てもらいますよ！

辻：えっ、それだけは許してください。ほんと、もう言わないから。

林：⑫＿＿＿＿＿＿＿＿＿、⑬＿＿＿＿＿＿＿＿＿。また、ドライブ行きましょうね、今度は違うところに。

辻：ええ、是非。今日はありがとうございました。ほんと楽しかったです。

●**会話のココに注意**

「よかったら、一緒に〜でも〜ませんか」、「また〜ましょうね」などの誘いの表現は、日常最もよく使う会話表現の一つです。自然に上手に相手を誘えるようになりたいですね。また、誘われた時は「ええ、是非」などと快く受ける。また気が進まず、断る時は「すみません」を忘れずに。

●重要文法表現

①〜の末

解説：「ある動作や行為をした後の結果」という意味。名詞は「〜の末」、動詞は「〜た末」となり、いずれも後に助詞の「に」が付くことがある（例文①）。また、名詞に続く場合は「末の〜」というように助詞「の」を取る。（例文②）

例文：

①十年間の見習い修行の末に、とうとう自分の店をオープンすることとなった。

②議論を重ねた末の決定ですから、もう変えることはできません。

②やっとのことで〜

解説：大変な苦労や努力を経て、ようやく物事が完成、完遂した時に用いられる。類似表現に「やっとの思いで〜」「やっとこさ〜」がある。

例文：

①締め切り日が迫っていましたが、今日やっとのことで卒業論文を書き上げました。

②島中探して、宝物をやっとのことで見つけ出した海賊達は、みんなで大喜びした。

③〜ものの

解説：一種の逆接表現で、「〜だが、しかし〜」という意味を持つ。前件から予測される事柄や期待される事が後件で実現しない（しなかった）、或いは予測や期待とは逆の展開になる（なった）ことを表す。

例文：

①大学は卒業したものの、就職先が決まらずに、フリーターになる若者が多い。

②降雪量は例年より多いものの、気温が低くなる真冬日が少ないので、しのぎやすい。

①〜の末

解説：表示「做了某個動作及行為後的結果」。名詞用法為「〜の末」，動詞則是「〜た末」，後面有時都會加上助詞「に」（例句①）。此外，後面接名詞時會加上助詞「の」變成「末の〜」。（例句②）

例句：

①當見習生學了十年之後，終於自己開店。

②這是經過多次討論後的決定，已經無法改變。

②やっとのことで〜

解説：用在經過相當的辛苦與努力，終於完成某事時。類似表達方式還有「やっとの思いで〜」「やっとこさ〜」。

例句：

①截止期限快到了，今天終於將畢業論文寫完了。

②找遍全島，海盜終於找到寶物，大伙兒都非常高興。

③〜ものの

解説：逆接表達方式之一，帶有「〜だが、しかし〜」的意思。表示根據前項所預測或期盼的事情在後項並未實現，或是和預測或期盼相反。

例句：

①雖然大學畢業，但很多年輕人並沒有找到固定的工作而成為打工族。

②雖然降雪量比往年多，但氣溫降到零度以下的日子不多，比較好過。

④〜げ

④〜げ

解説：「そのような様子をしている」「そのように見える」というような意味を表す。形容詞の語幹か、動詞のます形（例文②）から接続される。漢字表記はあまりしないが、書く場合は「気」。

例文：

①学校帰りの小学生数人が楽しげに歌を歌いながら歩いていった。

②厳しいトレーニングを積んできた彼は自信ありげにスタートの号砲を待っている。

⑤〜かのようだ

解説：実際はそうではないのに、まるでそうであるかのような感じを受けたり、そのように振舞う様子。また、例文②のように、例えを挙げてその様子を強調したりする用法もある。

例文：

①あの立候補者の演説を聞いていると、すでに当選したかのような話しぶりだ。

②何年ぶりかで家族全員揃って、盆と正月が一緒に来たかのようだなあ。

⑥〜かいがある

解説：何かをする（した）ことによって、良い結果や充足感、期待どおりの効果が得られる（得られた）ことを表す。漢字は「甲斐」。ちなみに、この「甲斐」にある限られた動詞のます形が付き、同じように充足感や効果などを表す用法がある（「生きがい・やりがい・働きがい」など。この場合、「がい」と濁音化する）。

例文：

①一日も休まずに続けた練習のかいがあって、コンクールで優勝できました。

②新しいプロジェクトが中止となり、今まで準備したかいがなくなってしまった。

解説：表示「呈現某種樣子」「看起來像〜」的意思。接於形容詞詞幹或動詞ます形之後（例句②）。很少寫成漢字，要寫的話就寫「気」。

例句：

①放學回家的幾個小學生很開心地邊唱歌邊走過去。

②一路累積嚴格訓練的他看起來充滿自信似的等著比賽開始的信號槍響。

⑤〜かのようだ

解說：明明事實上不是那樣，卻令人感覺好像是那樣，或行為表現像是那樣。另外也有像例句②所示，舉例來強調那種情況的用法。

例句：

①聽那位候選人的演講，說話的語氣彷彿已經當選了。

②久違的家族全員到齊，彷彿是中元與過年同時到來。

⑥〜かいがある

解說：表示由於做了某件事而獲得良好的結果、充實感乃至於預期的效果。漢字寫成「甲斐」。附帶說明一下，「甲斐」還有一個用法是：接於某些特定動詞ます形之後，同樣表示充實感或效果（例如「生きがい・やりがい・働きがい」等等。這時，會濁音化變成「がい」。）

例句：

①沒有一天休息不斷練習終於奏效，在比賽中奪魁。

②新計畫被取消，之前的準備都白費了。

●造句練習

①A：＿＿＿＿＿＿＿＿＿＿＿＿＿＿＿＿＿＿＿さん、見て下さい、これ。ジャーン。

　B：あ、＿＿＿＿＿＿＿＿＿＿＿＿＿＿＿＿＿＿＿＿。おめでとう！！

　A：ありがとうございます。＿＿＿＿＿＿＿末、やっと＿＿＿＿＿＿＿＿よ。

②A：＿＿＿＿＿＿＿＿＿＿＿＿＿＿＿＿＿＿さん、なんか嬉しそうですね。

　B：えっ？そう見えます？実は、やっとのことで＿＿＿＿＿＿＿＿＿＿＿＿。

　A：よかったですね！じゃ、＿＿＿＿＿＿＿＿＿＿＿＿＿＿＿＿＿＿＿＿＿。

③A：今日はほんと楽しかったです。ありがとうございました。

　B：いいえ。喜んでもらえて、よかったです。

　＿＿＿＿＿＿＿＿＿＿＿＿＿＿＿＿＿＿＿＿＿＿＿かいがありましたよ。

④友達をドライブやハイキングなどに誘って、後日山や海などへ行って話す会話を作

　ってみよう。

➡＿＿＿＿＿＿＿＿＿＿＿＿＿＿＿＿＿＿＿＿＿＿＿＿＿＿＿＿＿＿＿＿＿＿＿

＿＿＿＿＿＿＿＿＿＿＿＿＿＿＿＿＿＿＿＿＿＿＿＿＿＿＿＿＿＿＿＿＿＿＿

＿＿＿＿＿＿＿＿＿＿＿＿＿＿＿＿＿＿＿＿＿＿＿＿＿＿＿＿＿＿＿＿＿＿＿

＿＿＿＿＿＿＿＿＿＿＿＿＿＿＿＿＿＿＿＿＿＿＿＿＿＿＿＿＿＿＿＿＿＿＿

＿＿＿＿＿＿＿＿＿＿＿＿＿＿＿＿＿＿＿＿＿＿＿＿＿＿＿＿＿＿＿＿＿＿＿

＿＿＿＿＿＿＿＿＿＿＿＿＿＿＿＿＿＿＿＿＿＿＿＿＿＿＿＿＿＿＿＿＿＿＿

＿＿＿＿＿＿＿＿＿＿＿＿＿＿＿＿＿＿＿＿＿＿＿＿＿＿＿＿＿＿＿＿＿＿＿

＿＿＿＿＿＿＿＿＿＿＿＿＿＿＿＿＿＿＿＿＿＿＿＿＿＿＿＿＿＿＿＿＿＿＿

＿＿＿＿＿＿＿＿＿＿＿＿＿＿＿＿＿＿＿＿＿＿＿＿＿＿＿＿＿＿＿＿＿＿＿

百害あって一利なし
有百害而無一利

●課前問題

たばこを吸いますか？家族や友達は？たばこの悪い点、良い点を考えてみよう！

_____

_____

●請聽完CD會話後回答

問1　二人はいつどこで話していますか？

いつ？_____　どこで？_____

問2　人をたくさん集めている彼は、何を呼びかけていますか？それは何故？

_____てほしい

_____から

問3　辻さんは毎日どのくらいコーヒーを飲みますか？

_____ぐらい

問4　林さんがたばこを嫌う原因は？

_____

問5　最近、お父さんのたばこの吸い方がどう変わりましたか？

今は_____し、

_____ようになった

問6　林さんが言いたい一言とは？

「_____！！」

147

● 請聽CD填入空格

林さん、辻さんの煙草に対する考えは一致しています。百害あって一利なし。二人の意見は
「タバコは吸わない方がいい、吸うならマナーを守ってほしい」ということ。

CD24-2（ある日の昼休み、キャンパス内で）

辻：あ、人だかり。何やってるんだろ？ちょっと見に
　　行きませんか、林さん。

林：好きですよねー、辻さんって、そういうの。①＿＿
　　＿＿＿＿＿＿＿＿根性っていうか…。

辻：えっ？何か言いました、林さん？

林：いえいえ、何も。さ、行ってみましょうよ。

辻：あれ、タバコのポスター……。禁煙の②＿＿＿＿＿＿＿＿＿＿＿ですかね？

林：いや、逆ですよ。彼は、「最近、大学も禁煙、禁煙ってうるさくて、愛煙家にとっては肩
　　身が狭いから、喫煙エリアを増やしてほしい」って③＿＿＿＿＿＿＿＿＿てるんですよ。

辻：へえー、禁煙ブームの中、時代に④＿＿＿＿＿＿＿＿＿てますね。それで、こんなに人
　　を集めてるのか……。

林：吸う、吸わないは、個人の自由とはいえ、ここまですることはないと思うけど……。

辻：そうですよね、大学なんだし。でも、⑤＿＿＿＿＿＿＿＿＿に対して相当風当たりが強
　　いんでしょうね。

林：それはそうですよ。うちの大学はクリーンキャンパスをモットーとしてるんですよ。

辻：そうでした。教室も廊下も⑥＿＿＿＿＿＿＿＿＿ですもんね。

林：そうですよ。校舎内でタバコなんて、もってのほかですよ。

辻：林さん、⑦＿＿＿＿＿＿＿＿＿厳しいですね、タバコに対しては。

林：えっ、そうですか？あ、ちょっとコンビニでジュース買ってきます。

辻：あ、私も。

CD24-3（キャンパス内のコンビニで飲み物を買い、出て来る二人）

林：辻さん、またコーヒー？一日に何本飲むんですか？

辻：え？そうですねえ。朝とか夜に寮で飲むのも入れたら、5、6杯かなあ…。

林：それ、飲み過ぎですよ。体によくないですよ、⑧＿＿＿＿＿＿＿＿＿＿。

辻：うん、そうですね。最近少しずつ飲む量が増えつつあるかなあ。でもやめられないんだ
　　よね。

林：よくないですよ。それじゃあ、うちの父のタバコと一緒ですよ。

辻：あれ、林さんのお父さん、タバコ吸うんでしたっけ？

林：あれ、辻さん、知りませんでした？正真正銘の⑨＿＿＿＿＿＿＿＿＿＿です。

辻：へえ、そうだったんですか。知りませんでした。

林：今は本数も減ったし、吸う時もベランダで吸ってくれるようになったけど、私が子供の
　　頃は部屋中⑩＿＿＿＿＿＿＿＿＿でしたよ。実は、母が喘息の気があって、タバコの煙
　　に⑪＿＿＿＿＿＿＿＿＿てましたね。

辻：喘息の人って、少しの煙でも発作が起きたりするんでしょう？

林：ええ。小さい頃から母のつらそうな姿を見てきたからか、タバコにはどうしても⑫＿＿＿
　　＿＿＿＿＿＿＿＿が出てしまうんです。

辻：それはしかたないですね。タバコって周りに害を及ぼしてしまうからねえ。

林：まあ、決められた喫煙場所で吸ってくれるんならまだいいですけど、歩きタバコする人
　　とか吸い殻を⑬＿＿＿＿＿＿＿＿＿する人とかは絶対に許せないですね。「マナーが守
　　れないなら吸うな」って言ってやりたい
　　です。

辻：タバコって「⑭＿＿＿＿＿＿＿＿＿有
　　って⑮＿＿＿＿＿＿＿＿＿無し」な
　　のに、なかなかやめられないものな
　　のかなあ……。

● 会話のココに注意

　　タバコに関する用語が数多く出ていますから、チェックしておきましょう。「喫煙エリア
・禁煙ブーム・愛煙家・歩きタバコ・吸い殻のポイ捨て・部屋中モクモク」など。今回の
タイトル「百害あって一利なし」もタバコのことを指すことが多いです。

●重要文法表現

①～にとって

解説：「その立場から見れば」「その点から考えると」などの意味を表し、後には主に評価を表す表現が続く。名詞に続く場合は、「～にとっての～」となる（例文②）。「～に対して」と混同しやすく誤用がよく見られるので、注意したい。

例文：
①教育問題は国家の存亡にとって非常に重要になってくると思われる。
②彼にとっての唯一の楽しみは犬の世話をすることだそうです。

②～とはいえ

解説：「それは確かにそうであるが」という意味の逆接表現。後件には「実際はこうである」というような予想に反する事柄が置かれる場合が多い。「とはいっても」「とはいうものの」などが類似表現。

例文：
①電子メールが普及したとはいえ、手書きのハガキや手紙を好む人もまだまだ多い。
②いじめが蔓延しているとはいえ、全くいじめのない学校もたくさんあるはずです。

③～に対して

解説：「ある対象に向けて」という意味を表し、後にその対象に向けられた何らかの働きかけの表現が続く。名詞に続く場合は、「～に対しての～」と「～に対する～」の二通りの言い方がある（例文②）。「～にとって」と混同しやすく誤用がよく見られるので、注意したい。

例文：

①～にとって

解説：表示「從那個立場來看的話」「從那點來考慮的話」的意思，後面多半接表示評價的說法。接名詞時，採「～にとっての～」的形式（例句②）。容易和「～に対して」混淆而常出現誤用的情形，請多留意。。

例句：
①我覺得教育的問題對國家存亡而言會越來越重要。
②對他來說唯一的樂趣好像就是照顧狗。

②～とはいえ

解說：表示「雖說確是如此，但……」之意的逆接表達方式。後面大多接「實際上是這樣」之類與預料相反的事物。類似表達方式還有「とはいっても」「とはいうものの」。

例句：
①雖然電子郵件已經很普及，但還是有很多人喜歡手寫的明信片和信件。
②雖然說校園霸凌不斷蔓延，但應該還是有很多學校完全沒有校園霸凌的問題。

③～に対して

解說：表示「針對某個對象」，後面接針對該對象所採取的某些作為。後面接名詞時，有「～に対しての～」與「～に対する～」兩種說法（例句②）。容易與「～にとって」混淆而常出現誤用的情形，請多留意。

例句：
①受害者的律師團對加害者要求支付大筆

①被害者の弁護団は加害者に対して多額の賠償金を求めている。

②留学生に対しての奨学金制度ができたので、申請してみてください。

④〜を〜とする

解説：「ある物事を〜と決める」「ある物事を〜と見なす」というような意味を表す。「〜とする」は「〜にする」に言い換え可能。

例文：

①彼女は小さい頃から早朝のジョギングを日課としています。

②老人でも操作できる使いやすさをセールスポイントとする電気製品が出始めた。

⑤〜つつある

解説：ある動作や状態が、比較的長い時間の幅で少しずつ進行していることを表す。

例文：

①津波で大きな被害を受けた被災地もゆっくりと復興しつつある。

②薄くなりつつある自分の髪の毛を見て、年を取ったことを実感する。

⑥〜からか

解説：理由を表す助詞「から」に「か」を付け、その理由が不確か、不特定であることを表す。類似表現に「〜せいか」や「〜ためか」などがある。

例文：

①最近忙しく残業が続いているからか、疲れがたまってきたようだ。

②日本語能力検定試験に合格したからか、少し自信がついてきた気がします。

的賠償金。

②針對留學生的獎學金制度已經出來了，所以請你申請看看。

④〜を〜とする

解說：表示「把某事物認定為〜」「把某事物看作是〜」的意思。「〜とする」可以替換為「〜にする」。

例句：

①她從小就把晨跑當做每天的習慣。

②開始出現以老人也可以簡單操作為賣點的電器用品。

⑤〜つつある

解說：表示某個動作或狀態在較長的期間內緩慢進行。

例句：

①因為海嘯而受到重創的受災地也慢慢進行重建。

②看到自己的頭髮日漸稀疏，確實感受到自己已經年老。

⑥〜からか

解說：表示理由的助詞「から」後面加上「か」，表示理由並不確定或無法特定。類似的表達方式有「〜せいか」與「〜ためか」等等。

例句：

①不知道是不是因為最近忙得一直加班，好像有點積勞過度。

②不知道是不是因為通過日語能力檢定考試的關係，覺得有點信心了。

●造句練習

①Ａ：あのポスター、どういう意味ですか？

　Ｂ：ああ、あれ。＿＿＿＿＿＿＿＿＿＿＿にとって＿＿＿＿＿＿＿＿＿＿＿から、

　　　＿＿＿＿＿＿＿＿＿＿＿＿＿＿＿＿＿＿＿って訴えているんですよ。

②Ａ：うちの大学は＿＿＿＿＿＿＿＿＿＿＿＿＿をモットーとしているんですよ。

　Ｂ：そうでした。＿＿＿＿＿＿＿＿＿＿＿も＿＿＿＿＿＿＿＿＿もんね。

③Ａ：＿＿＿＿＿＿＿＿＿＿＿＿＿＿＿＿＿＿＿＿＿＿＿＿＿＿＿からか、

　　　＿＿＿＿＿＿＿＿＿＿＿＿＿＿＿＿＿＿＿＿＿＿＿んです。

　Ｂ：そうですか。＿＿＿＿＿＿＿＿＿＿＿は＿＿＿＿＿＿＿＿＿からね。

④自分が今困っていること、嫌だと思っていることなどを友達に話す会話を作ってみ

　よう。

➡＿＿＿＿＿＿＿＿＿＿＿＿＿＿＿＿＿＿＿＿＿＿＿＿＿＿＿＿＿＿＿＿＿＿＿＿

＿＿＿＿＿＿＿＿＿＿＿＿＿＿＿＿＿＿＿＿＿＿＿＿＿＿＿＿＿＿＿＿＿＿＿＿＿＿

＿＿＿＿＿＿＿＿＿＿＿＿＿＿＿＿＿＿＿＿＿＿＿＿＿＿＿＿＿＿＿＿＿＿＿＿＿＿

＿＿＿＿＿＿＿＿＿＿＿＿＿＿＿＿＿＿＿＿＿＿＿＿＿＿＿＿＿＿＿＿＿＿＿＿＿＿

＿＿＿＿＿＿＿＿＿＿＿＿＿＿＿＿＿＿＿＿＿＿＿＿＿＿＿＿＿＿＿＿＿＿＿＿＿＿

＿＿＿＿＿＿＿＿＿＿＿＿＿＿＿＿＿＿＿＿＿＿＿＿＿＿＿＿＿＿＿＿＿＿＿＿＿＿

＿＿＿＿＿＿＿＿＿＿＿＿＿＿＿＿＿＿＿＿＿＿＿＿＿＿＿＿＿＿＿＿＿＿＿＿＿＿

＿＿＿＿＿＿＿＿＿＿＿＿＿＿＿＿＿＿＿＿＿＿＿＿＿＿＿＿＿＿＿＿＿＿＿＿＿＿

＿＿＿＿＿＿＿＿＿＿＿＿＿＿＿＿＿＿＿＿＿＿＿＿＿＿＿＿＿＿＿＿＿＿＿＿＿＿

第25課

<ruby>話題<rt>わ だい</rt></ruby>の<ruby>動物園<rt>どうぶつえん</rt></ruby>
成為話題的動物園

● 課前問題

<ruby>北海道<rt>ほっかいどう</rt></ruby>の<ruby>観光地<rt>かんこうち</rt></ruby>と<ruby>言<rt>い</rt></ruby>えば？<ruby>行<rt>い</rt></ruby>ったことありますか？どこへ<ruby>行<rt>い</rt></ruby>きたいですか？

_____

_____

● 請聽完CD會話後回答

問1　<ruby>二人<rt>ふたり</rt></ruby>は<ruby>何<rt>なに</rt></ruby>を<ruby>見<rt>み</rt></ruby>ながら<ruby>話<rt>はな</rt></ruby>していますか？

　　<ruby>前半<rt>ぜんはん</rt></ruby>：_____　　　<ruby>後半<rt>こうはん</rt></ruby>：_____

問2　<ruby>前<rt>まえ</rt></ruby>からラベンダー<ruby>畑<rt>ばたけ</rt></ruby>へ<ruby>行<rt>い</rt></ruby>きたかったのは<ruby>誰<rt>だれ</rt></ruby>ですか？

　　_____

問3　<ruby>今<rt>いま</rt></ruby><ruby>人気<rt>にんき</rt></ruby>の<ruby>動物園<rt>どうぶつえん</rt></ruby>の<ruby>名前<rt>なまえ</rt></ruby>は？

　　_____

問4　<ruby>動物<rt>どうぶつ</rt></ruby>の<ruby>見<rt>み</rt></ruby>せ<ruby>方<rt>かた</rt></ruby>の<ruby>工夫<rt>くふう</rt></ruby>は？

　　<ruby>動物<rt>どうぶつ</rt></ruby>の_____を<ruby>歩<rt>ある</rt></ruby>きながら、_____からとか、

　　_____からとか、_____からも<ruby>見<rt>み</rt></ruby>られる。

問5　どんな<ruby>動物<rt>どうぶつ</rt></ruby>がいますか？

　　_____とか_____とか

　　_____とか_____とか

問6　この<ruby>動物園<rt>どうぶつえん</rt></ruby>は<ruby>何<rt>なに</rt></ruby>が「<ruby>日本一<rt>にっぽんいち</rt></ruby>」なんですか？

　　_____

●請聴CD填入空格

北海道の観光スポットと言えば……？色々思い浮かびますが、最近注目されているのが、日本最北の動物園。辻さんと林さん、インターネットで話題の動物園を覗きます。

CD25-2 （ある日の放課後、キャンパス内学生ホールで）

林：辻さん、これ見てください。両親が行くツアーのパンフレットなんですけど。

辻：はい。あ、北海道ですか？いいですねえ。今多いですよね、北海道旅行。① ＿＿＿＿＿＿＿＿＿＿＿＿＿＿＿もあるし。

林：ええ。前からラベンダー畑へ行ってみたいって言ってたんですよ。

辻：綺麗ですからね。春から夏にかけてはラベンダー以外にも② ＿＿＿＿＿＿＿＿＿＿＿＿＿の花が見られますよ。

林：それで、オプショナルツアーで動物園見学があるんですけど、これ、面白いでしょうか？

辻：あ、旭山動物園でしょ？それ、今日本で大人気の動物園なんですよ！絶対行くべきです！

林：そうなんですか？全然知らなかった。辻さんも行ったことあるんですか？

辻：ええ、③ ＿＿＿＿＿＿＿＿＿＿＿になり始めた頃に。何でも一時はお客さんが少なくて閉園を余儀なくされそうだったのを、奇抜な④ ＿＿＿＿＿＿＿＿＿＿＿で新しい施設をどんどん作って、盛り返してきたって聞きました。

林：へえ。どんな⑤ ＿＿＿＿＿＿＿＿＿＿＿なんですか？

辻：他の動物園に比べて、動物の見せ方を工夫しているようです。⑥ ＿＿＿＿＿＿＿＿＿＿＿に色々な角度から見られるというか……。動物の周りを歩きながら上からとか、横からとか、下からも見たりできるんですよ。それに、⑦ ＿＿＿＿＿＿＿＿＿＿＿をやるところを見せたり。それも色々工夫されてましたね。

林：⑧ ＿＿＿＿＿＿＿＿＿＿＿……。何かあんまりイメージがわかないですね。

辻：そうですね……。実際に見てみないことには、ちょっと分かりにくいかもしれませんね。あ、ホームページあるはずだから、一緒に見てみましょうか。ちょっと待っててください。今ノートブック持って来ますから。

CD25-3 （辻さんが寮に戻り自分のパソコンを持って来る）

辻：お待たせー。ちょっと待ってください、今すぐ開きますから。

林：すみません、⑨_____。前にニュースで、ペンギンが園内を散歩するのが見られる動物園を紹介してたの、ここの動物園かなあ？

辻：あ、そうそう。冬は毎日ペンギンを散歩させてるんですよ。北国ならではの⑩_____ですよね。はい、出ましたよ、ホームページ。ちょっと見てみて。

林：わあ、かわいいー。これ、アザラシ？わあ、ホッキョクグマもかわいいー。

辻：え？かわいいですか、ホッキョクグマ？けっこう強暴そうだけど……。

林：強暴と言えば、これ、見てくださいよ、猛獣館。ヒョウを檻の真下から見たりできて足の⑪_____まで観察できるなんて、本当に誰も考えつかないような⑫_____ですよね。

辻：こんな話を聞きましたよ。閉園に追い込まれた時に飼育係全員が自分の思い描く⑬_____の動物園をスケッチした。そしてそのスケッチをもとにして、今ある施設が作られていったって。

林：なるほどー。飼育係全員の⑭_____が結集した動物園というわけですね。どうりで入園者も多いはずですよ。月間入園者数が、夏場は「日本一」になっているって書いてありますよ。

辻：ほんとだー。これは、お父さんお母さんの⑮_____が一つ増えましたね。

林：私も行きたくなっちゃたなー。辻さん、いつか私を連れてってくださいね。

辻：え？ええ、まあ、いつかね…。（いつの話かなあ……？）

●会話のココに注意

人から聞いた話を誰かに伝える伝聞の表現に注意しましょう。「何でも…って聞きました。」の「何でも」の使い方。または、「こんな話を聞きましたよ。…って。」のように最初に前置きする伝え方は比較的易しい表現です。どちらにも見られる「って」は話し言葉でよく使われます。

●重要文法表現

①〜から〜にかけて

解説：ある時間（時期）からある時間（時期）までずっとというその時間（時期）全体を表す場合（例文①）と、だいたいその頃という漠然とした時間（時期）を表す場合とがある。また、場所を表す名詞を受けた文でも、二つの地点の間全体を表す場合と、漠然としただいたいの場所（例文②）を表す場合とがある。

例文：

①今日は昼前から夕方にかけて強い雨が降った。
②今晩10時ごろ南の空から西の空にかけて彗星が観測されるそうです。

②〜を余儀なくされる

解説：なんらかの事情が発生したせいで、そうすることは望まないのに、その他に方法がなく、そうしなければならない状態になってしまうことを表す。

例文：

①子供達が楽しみにしていた運動会は雨のため延期を余儀なくされました。
②某養鶏場で鳥インフルエンザが発生し、ニワトリ2万羽が殺処分を余儀なくされた。

③〜に比べて

解説：動詞「比べる」のて形に助詞「に」を取ったもので、「ある物事を基準にして比較すると〜」という意味を表す。「〜に比べると」とも。

例文：

①普通の辞書に比べて、電子辞書は軽くて、携帯するのに便利だ。
②ビールは、他のアルコール類に比べて、飲まれる機会も多く最も庶民的だと言える。

①〜から〜にかけて

解說：有表示從某個時間（時期）到某個時間（時期）內的整段時間（時期）的用法，以及表示大概是那個時候——這種籠統的時間（時期）用法。另外，接在表示場所的名詞之後也一樣，有表示兩地之間的整個地區的用法以及籠統表示大概的地區的用法（例句②）。

例句：

①今天上午到傍晚下了很大的雨。
②聽說今天晚上10點左右在南方到西方的天空間可以觀測到彗星。

②〜を余儀なくされる

解說：表示因為發生某些情況，雖然明明不希望那麼做，但卻又別無他法只好那麼做的狀態。

例句：

①小朋友期盼的運動會因為下雨而被迫延期。
②某個養雞場因為發生禽流感，沒辦法只好將兩萬隻雞撲殺。

③〜に比べて

解說：動詞「比べる」的「て形」前面接助詞「に」，表示「以某事物為基準來比較的話〜」的意思。也說成「〜に比べると」。

例句：

①和一般的字典相比，電子字典很輕便於攜帶。
②啤酒和其他酒精飲料相比，最多機會可以喝到，可以說最大眾化。

④〜ないことには

解説：一種の条件を表す表現で、前件の条件が満たされないと、後件の物事が成り立たない、不可能であるということを表す。前件は動詞のない形、或いは形容詞や名詞の否定の形から接続され、後件も必ず否定形（否定表現）を取る。類似表現「〜なければ」、「〜ないと」と言い換え可能。

例文：

①見た目は良くても、実際に食べてみないことには、おいしいかどうか分からない。

②この英語の表現は、ネイティブでないことには、ちょっと理解できないでしょう。

⑤〜ならではの

解説：ある物を評価する際に、やや誇張して「それだからこそ可能だ」「そうでなければあり得ない」というような意味を表す時に用いられる。接続は「（名詞）ならではの（名詞）」となる。

例文：

①マンゴー、パパイヤ、ライチー、レンブ、グアバ。どれも台湾ならではの果物だ。

②小学生の絵画展を訪ねると、そこには子供ならではの素朴で楽しい絵が並んでいた。

⑥〜をもとにして

解説：創作、製造、創造されたものの材料、基礎、根拠などを言う表現。類似表現に「〜に基づいて」がある。漢字を書く場合は「基、元、素」などを使い分ける。

例文：

①ひらがなとカタカナは、漢字をもとにして作られました。

②あの映画は実在するある人物をもとにして製作されたノンフィクション作品だ。

④〜ないことには

解說：是表條件的說法之一，表示未達成前述條件的話，後述的事物就無法成立，不可能的意思。前句接於動詞否定形或形容詞及名詞的否定形之後，後句一定要用否定形（否定表達方式）。還可以替換為「〜なければ」、「〜ないと」等類似說法。

例句：

①即使外觀看起來不錯，不實際吃看看就不知道好不好吃。

②這個英語的表達方式，若不是本國人就有些無法理解吧。

⑤〜ならではの

解說：在評價某事物時，以稍微誇張的語氣表示「正因如此才可能」「不是這樣就不可能」的說法。採「(名詞)ならではの(名詞)」的連接方式。

例句：

①芒果，木瓜，荔枝，蓮霧，芭樂。每個都是台灣才有的水果。

②去參觀小學生的繪畫展，那裡陳列著小孩子獨有純真而且有趣的畫。

⑥〜をもとにして

解說：表示創作、製造或創造的物品的材料、基礎、依據等等的說法。類似說法還有「〜に基づいて」。視用法而定，漢字可以寫成「基、元、素」等等。

例句：

①平假名和片假名是以漢字為依據而創造出來的。

②那部電影是以實際存在的人物為依據而製作的寫實作品。

●造句練習

①A：＿＿＿＿＿＿＿＿＿＿＿＿＿＿＿＿＿＿＿＿＿は、どんな特徴(とくちょう)があるんですか？

　B：ほかの＿＿＿＿＿＿＿＿＿＿＿に比(くら)べて、＿＿＿＿＿＿＿＿＿＿ようです。

　　　＿＿＿＿＿＿＿＿＿＿＿＿＿とか、＿＿＿＿＿＿＿＿＿＿＿＿＿とか。

②A：＿＿＿＿＿＿＿＿＿＿＿？何(なん)かあんまりイメージがわかないですね……。

　B：そうですね。実際(じっさい)に＿＿＿＿＿＿＿＿てみないことには分(わ)かりにくいですね。

　　あ、＿＿＿＿＿＿＿＿＿＿＿＿＿＿＿＿＿＿＿＿てみましょうか。

③A：こんなニュースを見(み)ましたよ。＿＿＿＿＿＿＿＿＿＿＿＿＿＿＿って。

　B：へえ。＿＿＿＿＿＿＿＿＿＿＿＿＿＿ならではの発想(はっそう)ですね。

④行(い)ったことがある観光地(かんこうち)や話題(わだい)の場所(ばしょ)を友達(ともだち)に紹介(しょうかい)する会話(かいわ)を作(つく)ってみよう。

➡＿＿＿＿＿＿＿＿＿＿＿＿＿＿＿＿＿＿＿＿＿＿＿＿＿＿＿＿＿＿＿＿＿＿＿

＿＿＿＿＿＿＿＿＿＿＿＿＿＿＿＿＿＿＿＿＿＿＿＿＿＿＿＿＿＿＿＿＿＿＿＿

＿＿＿＿＿＿＿＿＿＿＿＿＿＿＿＿＿＿＿＿＿＿＿＿＿＿＿＿＿＿＿＿＿＿＿＿

＿＿＿＿＿＿＿＿＿＿＿＿＿＿＿＿＿＿＿＿＿＿＿＿＿＿＿＿＿＿＿＿＿＿＿＿

＿＿＿＿＿＿＿＿＿＿＿＿＿＿＿＿＿＿＿＿＿＿＿＿＿＿＿＿＿＿＿＿＿＿＿＿

＿＿＿＿＿＿＿＿＿＿＿＿＿＿＿＿＿＿＿＿＿＿＿＿＿＿＿＿＿＿＿＿＿＿＿＿

＿＿＿＿＿＿＿＿＿＿＿＿＿＿＿＿＿＿＿＿＿＿＿＿＿＿＿＿＿＿＿＿＿＿＿＿

＿＿＿＿＿＿＿＿＿＿＿＿＿＿＿＿＿＿＿＿＿＿＿＿＿＿＿＿＿＿＿＿＿＿＿＿

＿＿＿＿＿＿＿＿＿＿＿＿＿＿＿＿＿＿＿＿＿＿＿＿＿＿＿＿＿＿＿＿＿＿＿＿

＿＿＿＿＿＿＿＿＿＿＿＿＿＿＿＿＿＿＿＿＿＿＿＿＿＿＿＿＿＿＿＿＿＿＿＿

第26課

部屋さがし
找房子

●課前問題

アパートなど部屋を探したことがありますか？もし探すならどんな部屋を？

_____

_____

●請聽完CD會話後回答

問1　辻さんが夜遅くに林さんにメールを送った理由は？

_____

問2　辻さんは林さんに何を頼みましたか？

_____

問3　頼まれて、林さんは何と答えましたか？

_____

問4　大学近くの部屋代はいくらぐらいですか？

_____から_____ぐらい

問5　部屋をさがす辻さんの希望は？

（　　）家賃が安い　　　　　（　　）豪邸

（　　）広い部屋　　　　　　（　　）トイレ共同

（　　）風呂付き　　　　　　（　　）台所付き

問6　林さんから「いい部屋が見つかった」といつ連絡がありましたか？

_____

●請聽CD填入空格

寮住まいだった交換留学生の辻さん、寮を出て一人暮らしをする決心をしたようです。そこで、林さんの出番。部屋さがしを手伝ってあげることになりました。

CD26-2 （ある日の朝、教室で）

辻：あ、林さん、夕べのメール、見てくれました？

林：ええ、見ましたよ。あんなに夜遅くに送ってくるから、① ＿＿＿＿＿＿＿＿＿＿って思ったら……。

辻：あ、ごめんなさい。早く林さんに話したくて……。

林：何ですか、相談したいことって？

辻：うん、実は、寮のことなんです。

林：寮？あ、前から言ってた② ＿＿＿＿＿＿＿＿＿＿ルームメイトのこと？

辻：ええ。悪い人じゃないんだけど、やっぱり③ ＿＿＿＿＿＿＿＿＿＿……。一緒にいると、ストレスがたまる一方なんですよね。

林：それは仕方ないですね。合う合わないは、誰にでもあるから。

辻：で、昨日も色々考えてて、やっぱり寮を出ないことには、問題は④ ＿＿＿＿＿＿＿＿＿＿ないかなあと思って。

林：えっ？寮を出るの？ああ、そこまで⑤ ＿＿＿＿＿＿＿＿＿＿なんだ。

辻：うん。⑥ ＿＿＿＿＿＿＿＿＿＿っていうか、そろそろ一人暮らしするのもいいかなと思ってたしね。

林：それならそれで、いい⑦ ＿＿＿＿＿＿＿＿＿＿かもしれませんね。

辻：ええ。それで、林さんに部屋さがしを手伝ってもらおうかなあと思って。

林：おやすい御用ですよ。クラスメートとか後輩に聞けば、色々⑧ ＿＿＿＿＿＿＿＿＿＿が入ってくると思います。

辻：ありがとうございます。で、私、何も知らないんですけど、大学の近くのアパートを借りるとしたら、家賃はだいたいいくらぐらい要るか分かります？

林：そうですね。部屋の⑨ ＿＿＿＿＿＿＿＿＿＿とか⑩ ＿＿＿＿＿＿＿＿＿＿なんかによって違うでしょうけど、4千から7千元ぐらいじゃないかなあ……。日本人の辻さんにしたら、安く感じるでしょう？

辻：いえいえ、日本に比べたらそうかもしれないけど。私、⑪ ＿＿＿＿＿＿＿＿＿＿の制度で

来てるので、今は寮費も出してもらっているんですけど、寮を出るとなると、きっと

⑫＿＿＿＿＿＿＿＿＿は自分でまかなうことになるだろうし……。

林：豪華な家には住めない……かな？

辻：無理に決まってるじゃないですかー。⑬＿＿＿＿＿＿＿＿＿の生活ができれば十分ですよ。

林：じゃ、具体的なことになりますけど。⑭＿＿＿＿＿＿＿＿＿でいいですよね？

辻：もちろん。一部屋あれば十分。広くなくてもいいです、日本でも狭い部屋に住んでたから。

林：⑮＿＿＿＿＿＿＿＿＿は？共同でも平気ですか？

辻：うーん、大丈夫だとは思うけど、できることなら、共同じゃないほうがいいですね。

林：じゃ、⑯＿＿＿＿＿＿＿＿＿なんかも自分で自由に使えたほうがいいのかな？

辻：そうですね。⑰＿＿＿＿＿＿＿＿＿したいですね。外食ばかりだと飽きちゃうし、お金も続かないかも……。

林：わかりました。キッチンとバス付きの条件で、さっそく当たってみますよ。いい部屋が見つかり次第、連絡入れますから、楽しみに待っててくださいね。

CD26-3（同じ日の夜。辻さんにメールが届く）

辻：あれ、林さんからのメールだ。何々……いい部屋がありましたよ。明日にでも見に行きませんか……って、早っ！！こっちも早く⑱＿＿＿＿＿＿＿＿＿の準備しなくちゃ。

●会話のココに注意

「部屋さがしを手伝ってもらおうかなあと思って」は、親しい人に対する依頼表現。快く依頼を受ける表現「おやすい御用です」も覚えておきましょう。また、部屋に関する語彙にも注意しておきましょう。台所＝キッチン、浴室＝バス、一部屋＝ワンルーム、部屋代＝家賃　など。

●重要文法表現

①〜一方だ

解説：ある状況がどんどん進んでいき、それを止めたくてもなかなか抑えることができないことを表す。悪い状況に使われることが多い。

例文：

①地球の温暖化に伴って、年平均気温が上昇する**一方だ**。

②年々子供の数が減少する**一方なので**、幼稚園の経営者が悲鳴を上げている。

②〜としたら

解説：仮定条件の用法で、「もし」や「仮に」などを伴って、「もしその事が事実だったら」という意味を表す。「〜とすれば」も同じように使われる。

例文：

①もし３億円の宝くじが当たった**としたら**、どうしますか？

②仮に今日が地球最後の日だ**としたら**、あなたは何をしますか？

③〜によって

解説：「場合によって」「人によって」「所によって」など慣用的に使われる用法で、「いろいろな場合に応じて」「人それぞれ」「場所が変わればその場所に応じて」などのような意味を表す。

例文：

①季節**によって**風景が変わり、年中目を楽しませてくれます。

②民族**によって**習慣が違うのは当然のことだか

①〜一方だ

解說：表示某種狀況持續進行，即使想停止也無法控制。多半用於不好的情況。

例句：

①隨著地球暖化，年平均溫度不斷上升。

②兒童人數年年一直減少，幼稚園的經營者叫苦連天。

②〜としたら

解說：屬於假定條件的用法，和「もし」或是「仮に」一起出現，表示「假設那是事實的話」的意思。「〜とすれば」也是同樣的用法。

例句：

①假如中了３億元樂透的話，你會怎麼辦？

②假設今天是地球末日的話，你要做什麼？

③〜によって

解說：例如「場合によって」「人によって」「所によって」，是慣用的說法，表示「因各種情況而異」「因人而異」「因地點而有不同」等意思。

例句：

①風景會因季節而改變，一年到頭都可以賞心悅目。

②習慣因民族而異是理所當然的，因此相互尊重非常重要。

ら、お互いに尊重することが大事だ。

④〜にしたら

解説：人、あるいは人格を持つ名詞（団体や組織）に付いて、「その立場だったら」という意味を表す。「〜にすれば」も同じように使われる。

例文：

①電気も水道も止まっている被災地の方にしたら、今何が一番ほしいのだろう。

②優勝チームにしたら、最下位チームとの対戦は物足りないものだったに違いない。

⑤〜となると

解説：「そのようになった場合は」「そう決まったら」などの意味を表す条件表現。動詞や形容詞、名詞から接続する用法のほか、直接文頭に置く用法もある（例文②）。

例文：

①早い者勝ちとなると、つい急いで列に並んでしまうんです。

②（相手：ドアは内側からロックされていた。）となると、ここは完全密室だった。

⑥〜次第

解説：未来のことを述べる表現で、「〜したらすぐに」ということを表す。接続は、動詞のます形（例文①）と名詞（例文②）からで、ともに完了の意味を持つものに限られる。

解説：

①会議が終わり次第、そちらに向かいます。

②あの1年生は入部次第、レギュラーになった。

④〜にしたら

解説：加在人或具備人格的名詞（團體或組織）後面，表示「如果處於其立場的話」的意思。「〜にすれば」也是同樣的用法。

例句：

①如果你是停電又停水的受災地的居民的話，現在最想要的是什麼？

②如果是冠軍隊伍的話，和最後一名隊伍比賽一定會覺得很不過癮。

⑤〜となると

解説：條件的表達方式，表示「變成那種情況的話」「既然如此」之類的意思。除了接在動詞、形容詞或名詞後面的用法外，也有直接放在句首的用法（例句②）。

例句：

①既然先到先贏，自然就會急著排隊。

②（對方：門從內側鎖住了。）既然如此，這裡就變成完全密閉的空間了。

⑥〜次第

解説：描述未來情況的表達方式，表示「〜的話立刻就」。只能接於帶有完了的意思的動詞「ます形」（例句①）或名詞（例句②）之後。

例句：

①會議一結束，立刻就過去那邊。

②那個一年級生一加入社團，就變成正式選手。

●造句練習

①A：＿＿＿＿＿＿＿＿＿＿＿＿＿＿＿＿＿＿と、ストレスがたまる一方(いっぽう)なんですよ。

　B：それは仕方(しかた)ないですね。＿＿＿＿＿＿＿＿＿＿＿＿＿＿＿＿＿＿から。

②A：＿＿＿＿＿＿＿＿＿＿としたら、＿＿＿＿＿＿＿＿＿＿か分かります？

　B：＿＿＿＿＿＿＿＿＿＿＿＿＿＿＿によって違(ちが)うでしょうけど、

　　　＿＿＿＿＿＿＿＿＿＿＿＿＿＿＿＿＿＿＿＿かなあ。

③A：＿＿＿＿＿＿＿＿＿＿＿＿＿＿＿次第(しだい)、すぐ連絡(れんらく)入(い)れますからね。

　（ケータイにメールが届(とど)いて）

　B：あれ、＿＿＿＿＿＿＿＿＿＿＿＿＿さんからのメールだ。何々(なになに)…

　　　＿＿＿＿＿＿＿＿＿＿＿＿＿＿＿＿＿＿＿って。早(はや)っ！！

④自分(じぶん)が住(す)みたい部屋(へや)の条件(じょうけん)を友達(ともだち)と一緒(いっしょ)に話(はな)す会話(かいわ)を作(つく)ってみよう。

➡＿＿＿＿＿＿＿＿＿＿＿＿＿＿＿＿＿＿＿＿＿＿＿＿＿＿＿＿＿＿

＿＿＿＿＿＿＿＿＿＿＿＿＿＿＿＿＿＿＿＿＿＿＿＿＿＿＿＿＿＿＿

＿＿＿＿＿＿＿＿＿＿＿＿＿＿＿＿＿＿＿＿＿＿＿＿＿＿＿＿＿＿＿

＿＿＿＿＿＿＿＿＿＿＿＿＿＿＿＿＿＿＿＿＿＿＿＿＿＿＿＿＿＿＿

＿＿＿＿＿＿＿＿＿＿＿＿＿＿＿＿＿＿＿＿＿＿＿＿＿＿＿＿＿＿＿

＿＿＿＿＿＿＿＿＿＿＿＿＿＿＿＿＿＿＿＿＿＿＿＿＿＿＿＿＿＿＿

＿＿＿＿＿＿＿＿＿＿＿＿＿＿＿＿＿＿＿＿＿＿＿＿＿＿＿＿＿＿＿

＿＿＿＿＿＿＿＿＿＿＿＿＿＿＿＿＿＿＿＿＿＿＿＿＿＿＿＿＿＿＿

引っ越し
搬家

●課前問題

友達や家族の手伝いをしますか？どんな手伝い？知らない人が困っていたら？

_____

_____

●請聽完CD會話後回答

問1　林さんが電話した時、辻さんは何をしているところでしたか？

_____

問2　新しい部屋はいつ掃除しましたか？

_____

問3　新しい部屋の掃除は誰に手伝ってもらいましたか？

_____

問4　新しい部屋の掃除はどうして夜遅くまでかかったのですか？

_____

問5　引っ越しの作業が終わった後の辻さんのお礼の言葉は？

①_____

②_____

問6　辻さんのお礼の言葉に対する林さんの言葉は？

①_____

②_____

●請聽CD填入空格

一人暮らしすることを決め、いい部屋がみつかった辻さん。今日は引っ越しの日です。林さんが車を出して手伝いに来てくれることになりました。

CD27-2 （ある日曜日の朝。辻さんのケータイが鳴る）

辻：もしもし、林さん。おはよう。

林：おはよう。どう、荷物の方は？そろそろ行ってもいいですか？

辻：すみません。今日は①＿＿＿＿＿＿＿＿＿ます。えーと、今、最後の掃除をしている最中なので…。うん、そろそろこっちに向かってもらっていいかな。

林：オッケー。じゃ、これから家を出ますね。掃除、がんばって。

辻：はい、ありがとう。じゃ、気をつけて運転して来てくださいね。②＿＿＿＿＿＿＿＿＿ないように…。

林：えっ？何？何か言いました？

辻：いえいえ、何でもないです。

林：私、③＿＿＿＿＿＿＿＿＿ませんよ。いつだって安全運転なんですから。

辻：聞こえてるじゃん！

CD27-3 （車に荷物を積んで、引っ越し先に着く）

林：わあ、きれいになってる。辻さん、掃除したんですか？

辻：ええ。荷物を入れる前に掃除だけはしておこうと思って、きのう来たんですよ。

林：結構大変だったでしょう？

辻：ええ。予想以上に汚れがひどくて、夜遅くまでかかっちゃって。④＿＿＿＿＿＿＿＿＿になりました。

林：やっぱりねえ。辻さん、なんか朝から⑤＿＿＿＿＿＿＿＿＿に見えたんですよね。言ってくれたら、掃除も手伝いに来たのに…。よし。じゃ、荷物運びましょうか。

辻：すみません。車、運転してもらったうえに、荷物の運び入れまで…。ほんと助かります。

林：部屋を紹介した以上は、引っ越しも手伝わないとね。

辻：すみません。⑥＿＿＿＿＿＿＿＿＿＿手伝ってもらっちゃって。

CD27-4（荷物の運び入れが終わる）

林：ふう。終わりましたね。

辻：ええ。林さんの⑦＿＿＿＿＿＿＿＿＿＿、あっという間に終わりました。本当にありがとうございました。

林：いいえ、どういたしまして。でも、この後の片付けのほうが結構大変じゃないですか。

辻：うん、そうかもしれないけど、後は、自分でゆっくりやります。でも、林さんには、何かあるたびに、お世話になって、ほんと感謝しています。

林：いいえ、お互い様ですよ。⑧＿＿＿＿＿＿＿＿＿＿こそ、勉強のこととかいつも教えてもらっているし。

辻：いえいえ。でも、こんなにいい部屋に引っ越せたのは、やっぱり林さんの⑨＿＿＿＿＿＿＿＿＿＿から。

林：うん。いい部屋ですね、ここ。見れば見るほど、そう思いますよ。明るいし、広さもちょうどいいし、⑩＿＿＿＿＿＿＿＿＿＿付きで、⑪＿＿＿＿＿＿＿＿＿＿も揃ってるし…。

辻：私が気に入ってるのは、新品のキッチンと⑫＿＿＿＿＿＿＿＿＿＿ですね。楽しく料理ができそうで。

林：そうか。辻さん、⑬＿＿＿＿＿＿＿＿＿＿んでしたね。何かおいしいもの作る時、呼んでくださいね。

辻：もちろん。じゃ、今からでも作りましょうか？おいしいもの。

林：⑭＿＿＿＿＿＿＿＿＿＿がないでしょ！！

辻：そうでした！

●会話のココに注意

林さんに引っ越しを手伝ってもらった辻さんは、何度となくお礼を言っています。お礼を言う表現は「ありがとう」以外にも、「助かります（ました）」「林さんのおかげで～」「感謝しています」「すみません」など多数あります。相手に対して上手にお礼が言えるということは大切ですね。

●重要文法表現

①～最中だ

解説：「今まさにちょうどその行為が進行している時」ということ。「名詞＋の＋最中」あるいは「動詞＋している＋最中」のどちらかになる。

例文：

①友達の家へ行ったら、ちょうどお昼ご飯の最中でした。

②私がシャワーを浴びている最中に、彼は何度も電話をかけてきたらしい。

②～気味

解説：「少しだけそのような傾向がある」という意味。悪い傾向を表すことが多い。名詞からは直接接続され、動詞はます形から。読み方「～ぎみ」に注意。

例文：

①今日はちょっと風邪気味なので、薬を飲んで早く休むことにします。

②最近太り気味なので、食べる量をなるべく減らそうと思っている。

③～うえに（上に）

解説：「その上～」と同じように、「それに加えて～」という意味を表す。名詞からの接続には注意を要し、「名詞＋である＋うえに」となる。その他は、名詞を修飾する形と同じ。

例文：

①彼は男前であるうえに、勉強もスポーツもよくできるので、学校一の人気者だ。

②あの店は料理がうまいうえに、値段も安いので、毎日行列ができています。

①～最中だ

解説：「現在正在進行某個行為」的意思。採「名詞＋の＋最中」或是「動詞＋している＋最中」的句型。

例句：

①去朋友家時，他正好在吃中飯。

②我正在洗澡的時候，他好像打了很多通電話來。

②～気味

解説：「有一點那種傾向」的意思。大多指不好的傾向。直接接在名詞後面，或動詞的ます形之後。要注意讀法是「～ぎみ」。

例句：

①今天好像有點感冒，所以決定吃藥早點休息。

②最近好像有點發胖，所以想儘量減少食量。

③～うえに（上に）

解説：和「その上～」一樣，表示「加上～」的意思。要注意接在名詞後面時，採「名詞＋である＋うえに」的形式。其它則和修飾名詞的形態相同。

例句：

①他長的很帥，而且功課跟運動都很行，所以是學校最受歡迎的人。

②那家店的料理很好吃，加上價格又便宜，所以每天都大排長龍。

④〜以上は

解説：「このような状態になった（このようなことをした）ので、当然次のようにする」ということを表す。後件には、「そのようにする義務がある」というような表現が続く。「以上は」の「は」が省略され「以上」だけで使われることもある。

例文：

①医者になった以上は、患者をたすけることを第一に考えなければならない。

②一人で出来ると言った以上、最後まで他人の手を借りずにやらなければ。

⑤〜たびに

解説：「それをすると、その時はいつも」というような意味を表す。動詞の外、名詞からも接続される（名詞＋の＋たびに）。漢字を書く場合は「度」。

例文：

①懐かしいこの歌を聴くたびに、少年時代が思い出される。

②彼女は不思議な人で、旅行のたびに新しい帽子とサングラスを買っています。

⑥〜ば〜ほど

解説：ある物事の程度（前件）が高まると、それと同時に後件に置かれる物事の程度が高まることを意味する。前件は条件形で、後件は普通形。ただし形容動詞の場合、「〜なら〜なほど」となることもある（例文②）。

例文：

①病気の発見が早ければ早いほど、治る確率も高くなる。

②魚や貝などのシーフードは新鮮なら新鮮なほど、おいしいですよ。

---

④〜以上は

解説：表示「已經是這種狀態（做了這種事），所以接下來理所當然要如此做」。的意思。後面接「有如此做的義務」的說法。有時會省略「以上は」的「は」，只說成「以上」。

例句：

①既然都當醫生了，一定要把幫助病患放在第一。

②既然說是一個人就行，就必須堅持到最後，不要找別人幫忙。

⑤〜たびに

解説：表示「每次〜總是會」的意思。除了動詞以外，也可以接在名詞後面（名詞＋の＋たびに）。漢字寫成「度」。

例句：

①每次聽到這首懷念的歌，就會想起少年時代。

②她這個人很不可思議，每次去旅行都會買新的帽子與太陽眼鏡。

⑥〜ば〜ほど

解説：表示某一事物的程度（前項）提高的話，後項的事物程度也會隨著提高。前項採條件形，後件則為原形。但如果是形容動詞，有時會採取「〜なら〜なほど」的形式（例句②）。

例句：

①疾病越早發現，治癒率愈高。

②魚與貝類等海鮮越新鮮越好吃。

●造句練習

①A：あれ？＿＿＿＿＿＿＿＿＿＿さん、＿＿＿＿＿＿＿＿＿＿気味に見えますよ。

　B：えっ本当ですか？実は、＿＿＿＿＿＿＿＿＿＿＿＿＿＿＿＿＿んです。

②A：すみません。＿＿＿＿＿＿＿＿＿＿＿＿＿＿＿＿＿＿てもらったうえに、

　　＿＿＿＿＿＿＿まで＿＿＿＿＿＿＿＿＿てもらって。ほんと助かりました。

　B：いいえ、お互い様ですよ。私のほうこそ、いつも

　　＿＿＿＿＿＿＿＿＿＿＿＿＿＿＿＿＿＿＿＿＿＿てもらってるし。

③A：ありがとう。こんなに＿＿＿＿＿＿＿＿のは＿＿＿＿＿さんのおかげです。

　B：いえ、どういたしまして。本当に＿＿＿＿＿＿＿＿＿＿＿ですね！

　　＿＿＿＿＿＿＿＿＿ば＿＿＿＿＿＿＿＿ほど、そう思いますよ、私も。

④友達に何かを手伝ってもらってお礼を言う会話を作ってみよう。

➡＿＿＿＿＿＿＿＿＿＿＿＿＿＿＿＿＿＿＿＿＿＿＿＿＿＿＿＿＿＿＿＿＿＿

＿＿＿＿＿＿＿＿＿＿＿＿＿＿＿＿＿＿＿＿＿＿＿＿＿＿＿＿＿＿＿＿＿＿＿

＿＿＿＿＿＿＿＿＿＿＿＿＿＿＿＿＿＿＿＿＿＿＿＿＿＿＿＿＿＿＿＿＿＿＿

＿＿＿＿＿＿＿＿＿＿＿＿＿＿＿＿＿＿＿＿＿＿＿＿＿＿＿＿＿＿＿＿＿＿＿

＿＿＿＿＿＿＿＿＿＿＿＿＿＿＿＿＿＿＿＿＿＿＿＿＿＿＿＿＿＿＿＿＿＿＿

＿＿＿＿＿＿＿＿＿＿＿＿＿＿＿＿＿＿＿＿＿＿＿＿＿＿＿＿＿＿＿＿＿＿＿

＿＿＿＿＿＿＿＿＿＿＿＿＿＿＿＿＿＿＿＿＿＿＿＿＿＿＿＿＿＿＿＿＿＿＿

＿＿＿＿＿＿＿＿＿＿＿＿＿＿＿＿＿＿＿＿＿＿＿＿＿＿＿＿＿＿＿＿＿＿＿

KTVに行こう
去KTV吧

●課前問題

よくKTVに行きますか？日本語の歌も歌いますか？十八番は何ですか？

_____

_____

●請聽完CD會話後回答

問1　林さんは辻さんをデートに誘いましたか？

_____

問2　誰と一緒にKTVに行きますか？

_____

問3　辻さんは歌が上手いですか？

_____

問4　林さんはどうして「やっぱり日本人ですね」と言ったのでしょうか？

_____

問5　台湾人と日本人、歌い方の違いとは？

曲を選ぶ時　台湾人：_____

　　　　　　日本人：_____

誰かが歌い終わった時　台湾人：_____

　　　　　　　　　　　日本人：_____

●請聽CD填入空格

> ギター同好会に入っている辻さんと林さん、同好会の皆でカラオケに行くことになりました。当日はずいぶん盛り上がって、のどが痛くなるまで歌ったようです。

CD28-2 （ある日、ギター同好会の練習後）

辻：じゃ、林さん、お先に。

林：あっ、辻さん、ちょっと待って。

辻：はい？なになに？デートの誘い？

林：違いますって。何言ってるんですか（少し照れて）。さっき①＿＿＿＿＿＿＿に皆で話してたんですけど、今度の土曜日にKTVに行こうって……。

辻：KTV……？あっ、カラオケですか？うーん、楽しそうだけど、②＿＿＿＿＿＿＿だからなー……。

林：大丈夫ですよ。よく③＿＿＿＿＿＿＿なんだから、上手い下手はともかくとして、楽しみましょうよ。

辻：そうですね。今まで同好会の皆と出かけることもあまりなかったし。いい④＿＿＿＿＿＿＿だから、皆の歌、聞かせてもらいます。

林：良かった。決まりね。じゃ、皆に言っときますね、辻さんが日本語の歌、歌ってくれるって。

辻：だめだめ！そんなこと言っちゃ。皆に⑤＿＿＿＿＿＿＿されたら、緊張するじゃないですか。

林：はい、はい。内緒にしときます。⑥＿＿＿＿＿＿＿ということで。じゃ、楽しみにしてますからね。

CD28-3 （土曜日。KTVの帰り道）

林：あー、あー、⑦＿＿＿＿＿＿＿なっちゃった。ちょっと歌いすぎたかなー。

辻：うん、間違いなく。よく歌いましたねー、皆。5時間も歌うとは思いもしなかったですよ。

林：辻さんも⑧＿＿＿＿＿＿＿と言いつつ、実はあんなに上手いんだから。

辻：いや、今日歌った曲は歌いやすいのばかりだったから、上手に聞こえたんじゃないですか。

林：またまた、⑨＿＿＿＿＿＿＿を。そんなところはやっぱり日本人ですね、辻さん。

辻：そうなのかなあ……。そうそう、日本人と台湾人、カラオケの歌い方が違いますよね。

林：カラオケの歌い方？例えば、どんなふうに？

辻：例えばね、台湾の人は、歌える歌えないにかかわらず、好きな曲はどんどん入れるんです。

そして、歌いかけてあまり歌えない曲だったら、すぐ止めちゃう。

林：ああ、そうですけど。日本人はそんなことないんですか？

辻：うん、ないですね。曲を選ぶ時は、結構⑩＿＿＿＿＿＿＿＿＿ですよ。もちろん自分が得意な

歌を入れるんですけど、先輩がいたら先輩より先に入れないとか、一緒に来てる人が皆一通

り一曲ずつ入れてから、二曲目を入れるとか……。

林：へえ、何か⑪＿＿＿＿＿＿＿＿＿ですね。じゃ、同じ人が続けて二曲歌っちゃいけないんですか。

辻：いけないことはないけど、あんまり⑫＿＿＿＿＿＿＿＿＿ですね。それから、こっちでは誰か

が歌った歌を後で違う人がもう一度歌ったりするじゃないですか。あれは日本じゃ御法度で

すね。

林：えー？一度歌われた曲はもう歌えないんですか？

辻：そう。もし同じ歌を歌おうものなら、何か⑬＿＿＿＿＿＿＿＿＿があるのかなあって思われち

ゃいますよ。

林：そうなんですか。知らなかった。

辻：それから、時間の⑭＿＿＿＿＿＿＿＿＿のためだとは思いますけど、歌詞の最後の部分を歌い

終わるか終わらないかのうちに、すぐ音楽を切っちゃうでしょう？あれも最初は驚きまし

た。日本人は最後の音楽を聞きながら、皆で拍手するんですよ。そうそう、⑮＿＿＿＿＿＿＿

＿＿の時も必ず拍手を入れますし。

林：そう言えば、辻さん、ずっと拍手して

て偉いなあって思いました、さっき。

辻：考えてみたら、ずいぶん違いますよね。

林さん、いつか日本でカラオケボック

スに行くことがあったら、ちょっと思

い出してくださいね。それじゃあ、こ

こで。お休みなさい。

林：はい。お休みなさい。

●会話のココに注意

「あんまり（→あまり）歓迎されないですね。」、「あれは日本じゃ（→では）御法度で

すね。」の２つは、「してはいけない」ことを意味する禁止の表現です。御法度とは、

武家時代に出された禁令、禁制の事で、規則やおきてとして禁じられているという意味で

現在も使われています。

●重要文法表現

①〜はともかくとして

解説：「それはしばらく問題にしないで」という意味で、後件のことを優先させて話を進める時に用いられる。「として」は省略可能。

例文：

①結果はともかくとして、目標に向かって一生懸命頑張ることが大切です。

②将来のことはともかく、明日の試験準備をやりなさい。

②〜つつ

解説：「〜ながら」と同義で、やや書き言葉的。「〜ながら」に２つの用法があるのと同様に、「〜つつ」も前件と後件とが平行して同時に行われることを表す場合と、逆接の意味で使われる場合とがある。逆接の場合は、「〜つつも」のように、「も」を伴うこともある。

例文：

①当時を懐かしみつつ、酒を酌み交わした。

②歯医者へ行かなきゃと思いつつも、なかなか足がそっちに向かないんです。

③〜にかかわらず

解説：「〜に関係なく」という意味。二つの対立する事柄を表す表現を受けて、「どちらであっても」というような意味になる。動詞の場合は会話文の例のように肯定形＋否定形から。形容詞の場合は例文①のように反対語を続ける。また、「性別」「晴雨」など対立する事柄を含む名詞やそれに類する名詞も受ける（例文②）。

例文：

①柔道というスポーツは、背の高い低いにかかわらず、強くなれる可能性がある。

②季節にかかわらず、いつでも食べたい果物が食べられるようになりました。

①〜はともかくとして

解説：表示「這暫時不討論」的意思，用在以後項為優先的話題來談論時。「として」可以省略。

例句：

①先別管結果，重要的是朝目標努力。

②先別管將來的事，快準備明天的考試。

②〜つつ

解說：和「〜ながら」意思相同，稍具書面語色彩。和「〜ながら」有兩種用法一樣，「〜つつ」也有表示前項和後項同時進行的用法以及表逆接的用法。用於逆接時，也時會伴隨「も」變成「〜つつも」。

例句：

①一邊懷念當時，一邊對酌。

②雖然知道不去看牙醫不行，但就是提不起勁去。

③〜にかかわらず

解說：表示「和〜無關」的意思。接在表示兩個對立事物的說法之後，表示「不管是哪一方都」的意思。如果是動詞，就和會話中的例句一樣採肯定形＋否定形。如為形容詞，則像例句①一樣以兩個相反詞接連呈現。此外，也可接於「性別」「晴雨」等包含對立事物的名詞或類似的名詞之後（例句②）。

例句：

①柔道這種運動，和個子高矮無關，都有可能變成高手。

②無關季節，不管何時都能吃到想吃的水果。

④〜かける

解説：意志動詞を伴った場合、その動作をし始めて途中の状態にあることを表す（進行中の場合と中断している場合とがある）。また、状態動詞を伴うと、完全にはその状態にはなっていない、その前の状態であることを表す。「〜かけの」「〜かけだ」は名詞としての用法。

例文：

①朝起きて、たばこを吸いかけた時に、昨日から禁煙していることを思い出した。

②彼は今にも止まりそうな壊れかけのバイクで毎日大学に通っています。

⑤〜ようものなら

解説：動詞の意向形から接続する一種の条件表現。「もしそのようなことをしたら」という意味で、後件には「大変な事態が発生してしまう」というように悪い事が続くことが多い。

例文：

①ネット上に安易にメルアドを書こうものなら、大量の迷惑メールが届くことになる。

②時間に厳しい社風で、会議の時間に遅刻でもしようものなら、入室できないんです。

⑥〜か〜ないかのうちに

解説：動詞の肯定形と否定形を続けて、「それをするのとほぼ同時に」ということを表す。実際にどちらが先なのか分からないくらいの微妙な段階であることを表し、多くは後件の動作が素早く行われたことを強調する。

例文：

①サッカー部の部員は、夜が明けるか明けないかのうちに、ボールを蹴り始めている。

②ふとんに入ったか入らないかのうちに、いびきをかいて眠っていました。

④〜かける

解説：和意志動詞一起出現時，表示動作做到一半的狀態（有尚在進行中或已經中斷兩種情況）。另外，和狀態動詞一起出現時，表示並未完全成為該狀態，而是那之前的狀態。「〜かけの」「〜かけだ」是當名詞用的形式。

例句：

①早上起床開始吸煙時，才想到昨天就開始戒菸了。

②他每天騎著就快不行隨時可能拋錨的機車上大學。

⑤〜ようものなら

解説：接於動詞意向形之後的一種條件表達方式。意思是「如果這樣做的話」，後項通常接「會發生嚴重的情況」之類不好的結果。

例句：

①在網路上如果輕易留下電子信箱地址，就會收到大量的垃圾信件。

②公司的風氣是對時間要求很嚴格，如果開會時遲到，就無法進入會議室內。

⑥〜か〜ないかのうちに

解説：接在動詞的肯定形與否定形之後，表示「和該動作幾乎同時」的意思。表示處於實際上無法分辨先後的微妙狀態，大多用來強調後項的動作迅速進行。

例句：

①足球隊的隊員，在天快亮還沒亮的時候就開始踢球。

②才一鑽進棉被裡，就打呼睡著了。

●造句練習

①A：＿＿＿＿＿＿＿＿＿＿＿＿さん、＿＿＿＿＿＿＿＿＿＿＿＿と言いつつ、

　　実は＿＿＿＿＿＿＿＿＿＿＿＿＿＿＿＿＿＿＿＿＿＿＿＿＿＿＿＿。

　B：いえ。＿＿＿＿＿＿＿＿＿＿＿＿＿＿＿＿＿＿＿＿＿＿から……。

②A：日本の方は、＿＿＿＿＿＿＿＿＿＿にかかわらず、＿＿＿＿＿＿＿＿＿ね。

　B：ああ、そうですけど。台湾の方はそんなことないんですか？

　A：うん、ないですね。＿＿＿＿＿＿＿＿＿＿＿＿＿＿＿＿＿＿＿＿＿＿＿よ。

③A：＿＿＿＿＿＿＿＿＿＿＿＿＿＿＿＿さん、それは台湾じゃ御法度ですよ。

　B：えっ？＿＿＿＿＿＿＿＿ちゃいけないんですか（なくちゃいけないんですか）？

　A：ええ、＿＿＿＿＿＿＿＿＿＿＿＿＿＿＿＿＿＿って思われちゃいますよ。

　B：そうなんですか。知らなかった。

④台湾と日本の違い（習慣などの）を友達と話し合う会話を作ってみよう。

➡＿＿＿＿＿＿＿＿＿＿＿＿＿＿＿＿＿＿＿＿＿＿＿＿＿＿＿＿＿＿＿＿＿＿

＿＿＿＿＿＿＿＿＿＿＿＿＿＿＿＿＿＿＿＿＿＿＿＿＿＿＿＿＿＿＿＿＿＿＿

＿＿＿＿＿＿＿＿＿＿＿＿＿＿＿＿＿＿＿＿＿＿＿＿＿＿＿＿＿＿＿＿＿＿＿

＿＿＿＿＿＿＿＿＿＿＿＿＿＿＿＿＿＿＿＿＿＿＿＿＿＿＿＿＿＿＿＿＿＿＿

＿＿＿＿＿＿＿＿＿＿＿＿＿＿＿＿＿＿＿＿＿＿＿＿＿＿＿＿＿＿＿＿＿＿＿

＿＿＿＿＿＿＿＿＿＿＿＿＿＿＿＿＿＿＿＿＿＿＿＿＿＿＿＿＿＿＿＿＿＿＿

＿＿＿＿＿＿＿＿＿＿＿＿＿＿＿＿＿＿＿＿＿＿＿＿＿＿＿＿＿＿＿＿＿＿＿

＿＿＿＿＿＿＿＿＿＿＿＿＿＿＿＿＿＿＿＿＿＿＿＿＿＿＿＿＿＿＿＿＿＿＿

新入生歓迎会
迎新

●課前問題

新入生歓迎会や送別会ではどんなことをしますか？何か思い出がありますか？

_____

_____

●請聽完CD會話後回答

問1　林さんは最近どうして忙しいのでしょうか？

_____

問2　卒業生を送る会のことを何と言いますか？

_____

問3　新入生を迎える会のことは？

_____

問4　誰が「辻さんにスピーチをしてもらいたい」と言っていますか？

_____

問5　そのことを聞いて、辻さんは同意しましたか？どうして？

_____　_____から

問6　辻さんはスピーチじゃなくて、何をすることになりましたか？

_____

問7　辻さんの台湾語はどうですか？

_____

● 請聴CD填入空格

新一年生入学の季節。大学では各学科、クラブやサークルなどで、新入生歓迎会が催されます。林さんもその準備で忙しそうです。そして辻さんも林さんに誘われますが……。

CD29-2 （ある日の放課後、キャンパス内で）

辻：最近、忙しそうですね、林さん。

林：え、うん、来週、日本語学科の新入生歓迎会をするから、準備がいろいろあって。

辻：ああ、もうそんな時期ですか……。この前は、追いコンでしたもんね。

林：追いコン？？何ですか、それ？

辻：追い出しコンパ、略して追いコン。① ＿＿＿＿＿＿＿＿＿のことですよ。

林：卒業生を追い出すってことですか？何かヒドイ言い方ですね。

辻：いや、そんな悪い意味で使ってるわけじゃないんですよ。② ＿＿＿＿＿＿＿＿＿親しみを込めてる感じかな……。

林：そうなんですか。じゃ、歓迎会は？ゲイコン？

辻：プッ。それ、③ ＿＿＿＿＿＿＿＿＿が集まるコンパみたいじゃないですか。違いますよ。新歓です。

林：えっ、新歓？予想に反して、すごく④ ＿＿＿＿＿＿＿＿＿……ですね。

辻：⑤ ＿＿＿＿＿＿＿＿＿でいいじゃないですか。何かご不満でも？

林：いえいえ、そんなことありませんけど。それより、えーと、新歓、に来られますか、辻さん。

辻：えっ、私、行ってもいいんですか？

林：もちろんですよ。年齢、⑥ ＿＿＿＿＿＿＿＿＿を問わず、参加できます。

辻：⑦ ＿＿＿＿＿＿＿＿＿って、私だけでしょ、台湾人じゃないの？それに、年齢も、そんなに年取ってないですよ、私。

林：ごめんなさい、冗談です。でも、辻さんにはぜひ来てほしいって話してるんです。⑧ ＿＿＿＿＿＿＿＿＿制度の話題にもなると思うし。学科会長が、「できればスピーチしてもらいたいなあ」って。

辻：えっ、ス、スピーチ？だめですよ、そういうの、苦手なんですから。

林：じゃ、一言、あいさつくらいならいいでしょう？得意の台湾語も交えながら。

辻：得意じゃないですよ、まだまだ。でも、あいさつくらいなら大丈夫かな……。

林：よかった。じゃ、お願いしますね。辻さん、新入生から⑨＿＿＿＿＿＿＿＿＿＿になっちゃうかも……。

辻：⑩＿＿＿＿＿＿＿＿＿＿？うーん、いいかも……、じゃないですよ。そんなの要りませんって。

林：あら、そう？いいチャンスだと思うけどなあ……。まっ、とにかくよろしくー。

CD29-3（新歓合宿を迎え、二日目のコンパの席で）

林：えー、昨日の朝から二日にわたって、楽しい時間を過ごしてきましたが、この新歓合宿の最後は⑪＿＿＿＿＿＿＿＿＿＿新入生大歓迎コンパです。皆さんの前にはすでにおいしそうな料理が並んでいますが、少々お待ちください。誰ですか、そこでつまみ食いしているのは？では、開会に先立ちまして、学科主任の高先生より一言お話しいただきます。高先生、よろしくお願いします。

CD29-4（高主任の話が終わる）

林：ありがとうございました。高先生より⑫＿＿＿＿＿＿＿＿＿＿に関するお話がありましたが、現在⑬＿＿＿＿＿＿＿＿＿＿でうちの大学に来ている辻さんに、乾杯の音頭を取って頂こうと思います。では、辻さん、よろしくお願いします。

辻：えーと、タゲーホー！（大家好！）……

●会話のココに注意

　会話の中で、冗談を言う事はよくあります。今回は、林さんが辻さんに対して何度か冗談を言っていますが、その時の応対の仕方に注意してください。「～じゃないですか」、「～じゃないですよ」などと軽く否定しながら言い返しています。このように冗談を言ったり、言い返したりすることは、会話の楽しみの一つでもありますね。

●重要文法表現

①〜に反して

解説：「期待・予想・規則・目的・意向」などの名詞について、結果や状態がそれとは違うことを表す。主として残念な気持ち、そうでないほうがいいという気持ちを含む。但し、「予想」の場合は、もとの予想の良し悪しによる。名詞を修飾する際は「〜に反する」、「〜に反した」となる。

例文：

①神の意向に反して、人間はお互いを傷つけたり、自然環境を破壊したりしている。

②大方の予想に反して、総選挙は与党が圧勝しました。

②〜を問わず

解説：「〜の区別なく」、「〜は問題にしないで」という意味を表す。「老若・男女・昼夜」など対となる名詞を受けた場合は「どちらでも」、「四季・天候・学歴・年齢」などを受けた場合は「そのうちどれでも」ということになる。

例文：

①老若男女を問わず、大勢の信者を集める新興宗教団体がある。

②当社では学歴や経験を問わず、意欲ある社員を募集しています。

③〜くらい

解説：その物事が「たいしたことはないこと」「簡単なこと」などと捉えられる時に付される。名詞だけでなく動詞や形容詞にも付き、その語によって「〜ぐらい」と濁音化する。

例文：

①ちょっと痛いくらい我慢しなさい。注射打たないと治らないよ。

②ちょっと家にあがって行きませんか。お茶ぐらいしかありませんけど。

①〜に反して

解說：接於「期待・預料・規則・目的・意圖」等名詞之後，表結果或狀態與之相反。主要含有遺憾，或若不是這樣就好了的語氣。但表「預料」時，視原本的預料是好是壞而定。修飾名詞時，採「〜に反する」、「〜に反した」的形式。

例句：

①違反神的意向，人類互相傷害，破壞自然環境。

②與大部分人的預測相反，執政黨在大選中獲得壓倒性的勝利。

②〜を問わず

解說：表示「不分〜」、「不論〜」的意思。接於「老少・男女・日夜」等相對的名詞之後，表示「不管哪一邊都」，如接於「四季・天氣・學歷・年齡」等名詞之後則表示「不管其中哪個都」。

例句：

①有新興宗教團體吸引了不分男女老幼的眾多信徒。

②本公司不限學歷與經驗，招募有幹勁的職員。

③〜くらい

解說：接於被認為「沒什麼了不得」或「很簡單」的事物之後。不光只是名詞，也可接於動詞或形容詞之後，視前接詞語而定，有時會變成濁音「〜ぐらい」。

例句：

①只有一點痛忍耐一下。不打針就沒辦法治好喔。

②要不要來我家坐一下？雖然只有茶之類。

④～にわたって

解説：期間を表す語に付いて、その期間中、途中で途切れることなく続くことを表す。また、ある範囲を表す語に付き、その範囲全体をカバーすること、全体に及ぶことを表す。やや硬い表現で書き言葉的だが、改まったスピーチなどでは多用される。漢字は「亘って」。

例文：

①10年にわたって建設工事が続けて来られ、ようやく完成間近となった。

②今回の台風は勢力が非常に強かったため、日本列島全域にわたって被害を受けた。

⑤～に先立って

解説：「そのことを始める前に」という意味を表し、先にするべき事柄が後件に置かれる。会話文に見られるように、宴会などでは始める前に挨拶や話がなされるので、司会者によってよくこの表現が使われ、その場合は決まって「～に先立ちまして」となる。

例文：

①国際大会では、試合に先立って、両国の国歌が流されることが決まりとなっている。

②運動会の開会に先立ち、国旗が掲揚されて、日の丸が風にはためいています。

⑥～に関して

解説：「～について」と同じ意味であるが、少し改まった表現。名詞を修飾する際は、会話文に出てきた「～に関する」と「～に関しての」の二通りがある。主題を表す助詞「は」を取り、「～に関しては」となることもある（例文②）。

例文：

①新しい商品の開発に関して、皆さんのご意見を聞かせてください。

②その問題に関しては、担当の者から説明があるはずです。

---

④～にわたって

解說：接在表期間的詞語後面，表示在這段期間內，持續不斷進行。或是接於表某一範圍的詞語之後，表示涵蓋整個範圍或及於全部。是稍微生硬的書面語，但也常用於演講中。漢字寫成「亘って」。

例句：

①建築工程持續10年，終於快接近完工了。

②因為這次颱風威力超強，整個日本列島都蒙受災害。

⑤～に先立って

解說：表示在「某件事情開始之前」的意思，把應該先做的事放在後項。如同會話中所示，在宴會開始前會先致詞或講話，因此司儀經常會使用這種表達方式，這時固定說成「～に先立ちまして」。

例句：

①國際比賽中，比賽前都會先播放兩國國歌。

②在運動會開始前掛上國旗，太陽旗隨風飄揚。

⑥～に関して

解說：與「～について」意思相同，但稍微鄭重的表達方式。修飾名詞時，有會話中出現的「～に関する」和「～に関しての」兩種形式。有時也會後接表示主題的助詞「は」，變成「～に関しては」（例句②）。

例句：

①關於新商品的開發，請各位發表意見。

②關於那個問題，負責人應該會有所說明。

●造句練習

①A：_____さん、昨日合コンに行ったらしいですね。

　B：え、知ってたんですか？

　　　でも、予想に反して_____よ。

②A：_____さん、_____くらいなら_____でしょう？

　B：そうですね。_____くらいなら_____かな。

③A：_____さん、_____たら、

　　　_____からモテモテになるかも。

　B：モテモテ？うーん、いいかも……じゃないですよ。

　　　_____よ。

④中国語の俗語や略語を一つ思い出して、どうしてそう言うか友達に説明する会話

　　（冗談を交えながら）を作ってみよう。

➡_____

　_____

　_____

　_____

　_____

　_____

　_____

　_____

　_____

　_____

　_____

もったいない
好可惜

●課前問題
自分の食生活に注意していますか？どんなことに気をつけていますか？

_____

_____

●請聽完CD會話後回答

問1　辻さんは何を見て「もったいない」と感じましたか？

_____　と　_____

問2　林さんが買いに行っている間、辻さんは何をしていましたか？

_____

問3　辻さんが最近食べているカレーはどんなもの？

_____とか_____とか_____

問4　どうやって食材を選ぶことが大事と言いましたか？

_____と_____を考えて選ぶこと

問5　辻さんが子供の時に親によく言われたことは？

「_____」

「_____」

「_____」

問6　二人のごはんの食べ方はどうですか？

_____

●請聽CD填入空格

昼ごはんを一緒に食べる林さんと辻さん。今日は何やら難しいことを話しています。「食育」って聞いたことありますか？ある人もない人も辻さんの説明をよく聞いてみましょう。

CD30-2 （昼休み、学生食堂で）

辻：わあ、今日も① ＿＿＿＿＿＿＿＿＿＿＿でますね。席、あるかなあ？

林：なくても、すぐ空くから大丈夫ですよ。あ、あった。あそこ、空いてますよ。

辻：あそこ？食べかけの弁当がおいてあるけど……。

林：あ、あれ？もう食べ終わって、置いていったんですよ、誰かが。

辻：ええっ？置きっぱなし？しかも、こんなに② ＿＿＿＿＿＿＿＿＿＿てるじゃないですか。

林：これ見てください。お茶もこんなに③ ＿＿＿＿＿＿＿＿＿＿てますよ。もったいないですねえ。

辻：本当に。子供じゃあるまいし、信じがたいですね。

林：じゃ、私買ってきますから、席、取っててくださいね。カレーでしたよね？

辻：はい、チキンカレーで。お願いします。あ、④ ＿＿＿＿＿＿＿＿＿＿、お茶もね。

CD30-3 （林さんが戻ってきて、二人は食べ始める）

辻：いただきまーす。うん、うまい。昼ごはんはやっぱりカレーに限るねえ……。

林：辻さん、最近毎日カレーですね。まあ、中身はチキンとか、ポークとか、シーフードとか、⑤ ＿＿＿＿＿＿＿＿＿＿ですけど。

辻：そこが大事なんですよ。「⑥ ＿＿＿＿＿＿＿＿＿＿」と言って、自分で食べるものを正しく選ぶことが大切で……。

林：毎日のカレーが正しいんですか？

辻：え？まあ、ね……。それより、最近日本で「⑦ ＿＿＿＿＿＿＿＿＿＿」が重視されてるの、知ってますか？

林：⑧ ＿＿＿＿＿＿＿＿＿＿……？食の教育ということですか？

辻：そう。さっき言った「⑨ ＿＿＿＿＿＿＿＿＿＿」もその一つ。栄養を考えて選ぶことのほか、安全性を考えて食材を選ぶことも大切だと言われています。

林：外国から輸入される食材の問題については、ニュースで見たことがあります。

辻：輸入物だけじゃなくて、⑩＿＿＿＿＿＿＿＿＿物でも問題はあるんですけどね。肉を偽装したり……。

林：そう考えると、確かに自分の目で自分が食べる物を正しく選ぶ力はすごく大事ですね。

辻：ええ。それから、もう一つ大切なのが食事の⑪＿＿＿＿＿＿＿＿＿に関することですね。

林：あ、箸の持ち方とか、食べる時の⑫＿＿＿＿＿＿＿＿＿とかですか？

辻：そう。「⑬＿＿＿＿＿＿＿＿＿」という言葉があるでしょう？子供の時にちゃんと教わっておかないと困ると思いますね。「好き嫌いをするな」とか、「残さず食べろ」とか、「物を口に入れたまま話すな」とか、よく子供の時に親に言われましたけど。今思えば、言われてて良かったのかもね。

林：辻さん、いつもきれいに食べますもんね。いつも⑭＿＿＿＿＿＿＿＿＿て見てますよ。

辻：だから、さっきみたいに食べ物をあんなに残していくような人は、ちょっと信じられないんですよね。⑮＿＿＿＿＿＿＿＿＿問題にもかかわることだし……。ああ、ほんとにもったいない。

林：「もったいない」という言葉とその気持ちが広まればいいんでしょうね。

辻：あれ、もう食べ終わったの？そう言えば、林さんもいつも残さずきれいに食べますよね。

林：いつも辻さんと食べてるから、知らないうちに⑯＿＿＿＿＿＿＿＿＿ちゃったみたい……。さ、早く食べないと、もう時間ですよ。

●会話のココに注意

今や環境問題のキーワードとなっている言葉「もったいない」。環境分野で初のノーベル平和賞を受賞したケニヤ人女性、ワンガリ・マータイさんがこの言葉に共鳴していることが話題になりました。皆さんもこの言葉が世界に広まるようにどんどん使ってくださいね。

●重要文法表現

①〜っぱなし

解説：ある状態をそのままにして、放っておくこと。「するべきことをしない」という悪い意味で使われることが多いが、「ゴルフの打ちっぱなし」などの言い方もある。また、もう一つの意味で、ある状態がずっと続くことを表すこともある（例文②）。漢字は「放し」。

例文：

①夕べは、うっかり電気もテレビもつけっぱなしで寝てしまいました。

②開幕戦から勝ちっぱなしで12連勝したのは初めてで、チームの新記録となった。

②〜ではあるまいし(〜でもあるまいし)

解説：名詞に付いて、「〜ではないのだから、当然〜」という意味を表す。「〜まい」だけでは「そうではないだろう」という推量を表す（「彼はきっと知るまい」など）。

例文：

①あんな高いところに登れるはずがありません。猿じゃあるまいし…。

②女でもあるまいし、何キャーキャー騒いでいるんですか。

③〜がたい

解説：「難しい」のやや改まった語、「難い」を接尾語的に使った表現で、「そうすることが難しい（容易くない）」、「容易にすることが出来ない（不可能だ）」という意味。改まった表現なので、書き言葉で用いられることが多い。

例文：

①皆さんにお世話になった3週間のホームステイは忘れがたい経験となるでしょう。

②何の罪もない子供を虐待するなんて、まったく許しが

①〜っぱなし

解說：表示保持某個狀態，放著不管。多用於「該做的事卻不做」這種不好的意思，但也有「ゴルフの打ちっぱなし」〈猛打高爾夫球〉這種說法。此外，也有另一個意思是，表示某種狀態一直持續（例句②）。漢字寫成「放し」。

例句：

①昨晚沒注意，燈和電視還開著就睡著了。

②頭一次從開幕賽起就一直獲勝連勝12場，成為該隊的新紀錄。

②〜ではあるまいし(〜でもあるまいし)

解說：接在名詞後面，表示「不是〜，所以當然〜」的意思。「〜まい」表示「大概不是這樣」的推斷（例如「彼はきっと知るまい」〈他一定不知道吧〉）。

例句：

①不可能爬到那麼高的地方。又不是猴子……。

②又不是女孩子，是在尖叫什麼呀？

③〜がたい

解說：把比「難しい」稍微鄭重的「難い」一詞拿來當接尾辭使用，表示「這樣做很難（不容易）」、「無法輕易完成（不可能）」的意思。由於是鄭重的說法，所以多用於書寫。

例句：

①HOME STAY受各位照顧三個星期，大概會成為我難忘的經驗吧。

②虐待無辜的小孩，根本無法原諒。

たいことだ。

④ついでに～

解説：何か一つの機会を利用して、別のことを行うことを表す。本来の目的以外のことも行うこと。会話文に見られるように副詞として使われるほか、動詞に付いたり(例文①)、「名詞＋の」から続く例も見られる（例文②)。

例文：

① 毎朝ジョギングに行く**ついでに**、ごみを出してくるのが、日課となっている。

② 今日は久しぶりに、給油の**ついでに**、洗車をしてくるつもりです。

⑤～に限る

解説：「他ではなく、これが一番いい」、「最高だ」というような意味を表す。主観的な意見を述べて、相手に訴えたり、同意を求めたりする場合が多く、CMのキャッチコピーなどでもよく使われる表現。

例文：

① 暑い夏はビール**に限る**。だから、お中元もビール**に限る**。

② 失恋した時は、食べて、飲んで、そして、歌う**に限る**よ。さあ、行こう！！

⑥～にかかわる

解説：「～に関係する」という意味で、深刻な意味合いを持つ名詞（名誉・人命・合否・評判・勝敗など）に付くことが多い。漢字は「関わる、係わる、拘る」などを使う。

例文：

① 獣医の仕事は、相手が動物とは言え、生死**にかかわる**ことも多い。

② 定期試験の成績は、卒業はもちろん進学にも**かかわる**ので、気を抜いてはいけない。

④ついでに～

解説：表示利用某個機會，順便來做別的事情。指還做了原本目的以外的事。除了如會話中所示當副詞用之外，也常常可以看到接在動詞（例句①）、或「名詞＋の」後面的例子（例句②）。

例句：

① 每天早上慢跑順便倒垃圾，已經成為習慣了。

② 今天打算利用加油時順便洗一下好久都沒洗的車。

⑤～に限る

解說：表示「不是別的，就是這個最好」、「最棒」的意思。多用於敘述主觀意見，來打動對方或徵求同意，廣告的宣傳標題也常常使用。

例句：

① 炎熱的夏天就是要喝啤酒。所以中元節送禮也非啤酒莫屬。

② 失戀時，就是要吃，喝，然後唱歌。來，我們走吧！！

⑥～にかかわる

解說：「和～有關」的意思，多接於帶有嚴肅性的名詞（例如名譽・人命・合格與否・批評・勝敗等等）之後。漢字寫成「関わる、係わる、拘る」。

例句：

① 獸醫的工作，雖然說對象是動物，但很多時候也是攸關生死。

② 定期考試的成績，關係到畢業甚至於升學，所以不能鬆懈。

●造句練習

①A：昨日＿＿＿＿＿＿＿＿＿＿＿っぱなしで＿＿＿＿＿＿＿＿＿＿＿＿＿てしまったんです。

　B：ええ、本当に？＿＿＿＿＿＿＿＿＿＿＿＿＿＿＿＿＿＿＿＿＿じゃあるまいし…。

②A：あー、＿＿＿＿＿＿＿＿＿＿＿はやっぱり＿＿＿＿＿＿＿＿＿＿＿に限るねえ。

　B：そうですか？私は＿＿＿＿＿＿＿＿＿＿＿＿＿のほうがいいと思うけど。

③A：＿＿＿＿＿＿＿＿＿＿＿＿＿＿＿＿＿ような人は、ちょっと信じがたいですね。

　B：ええ、＿＿＿＿＿＿＿＿＿＿＿＿＿＿＿にもかかわることだし…、

　　　ああ、ほんとに＿＿＿＿＿＿＿＿＿＿＿＿＿＿＿＿＿＿＿＿＿＿＿＿＿。

④「もったいない」という言葉を使う環境問題をテーマにした会話を作ってみよう。

➡＿＿＿＿＿＿＿＿＿＿＿＿＿＿＿＿＿＿＿＿＿＿＿＿＿＿＿＿＿＿＿＿＿＿＿＿

＿＿＿＿＿＿＿＿＿＿＿＿＿＿＿＿＿＿＿＿＿＿＿＿＿＿＿＿＿＿＿＿＿＿＿＿＿

＿＿＿＿＿＿＿＿＿＿＿＿＿＿＿＿＿＿＿＿＿＿＿＿＿＿＿＿＿＿＿＿＿＿＿＿＿

＿＿＿＿＿＿＿＿＿＿＿＿＿＿＿＿＿＿＿＿＿＿＿＿＿＿＿＿＿＿＿＿＿＿＿＿＿

＿＿＿＿＿＿＿＿＿＿＿＿＿＿＿＿＿＿＿＿＿＿＿＿＿＿＿＿＿＿＿＿＿＿＿＿＿

＿＿＿＿＿＿＿＿＿＿＿＿＿＿＿＿＿＿＿＿＿＿＿＿＿＿＿＿＿＿＿＿＿＿＿＿＿

＿＿＿＿＿＿＿＿＿＿＿＿＿＿＿＿＿＿＿＿＿＿＿＿＿＿＿＿＿＿＿＿＿＿＿＿＿

＿＿＿＿＿＿＿＿＿＿＿＿＿＿＿＿＿＿＿＿＿＿＿＿＿＿＿＿＿＿＿＿＿＿＿＿＿

＿＿＿＿＿＿＿＿＿＿＿＿＿＿＿＿＿＿＿＿＿＿＿＿＿＿＿＿＿＿＿＿＿＿＿＿＿

＿＿＿＿＿＿＿＿＿＿＿＿＿＿＿＿＿＿＿＿＿＿＿＿＿＿＿＿＿＿＿＿＿＿＿＿＿

＿＿＿＿＿＿＿＿＿＿＿＿＿＿＿＿＿＿＿＿＿＿＿＿＿＿＿＿＿＿＿＿＿＿＿＿＿

第31課 ペットショップへ行こう
去寵物店吧

●課前問題

何かペットを飼っていますか？もし飼うなら、何を飼いたいと思いますか？

_____

_____

●請聽完CD會話後回答

問1　林さんは放課後時間がありますか？

_____

問2　辻さんはどうして林さんをペットショップに誘いましたか？

_____

問3　辻さんはどうやってペットショップを発見しましたか？

_____

問4　このペットショップの2階には何がありますか？

_____　と、　_____

問5　どんな動物を見に行きましたか？

____いぬ____　→　_____　→

_____　→　_____　→

_____

問6　最後にこれを飼うことに決めた理由は？

_____

●請聴CD填入空格

移動はいつも市内バスを利用している留学生の辻さん。ある日、バスの窓越しに大きなペットショップを発見。さっそく林さんを誘って行ってみなくちゃと思い……。

CD31-2 （放課後、教室で）

辻：林さん、今日はサークル休みだし、今から暇でしょう？

林：失礼な。人を①＿＿＿＿＿＿＿＿呼ばわりしないでください。

辻：あれ？何か用事でもあるんですか？

林：え、いや、それはないんだけど……。でも、いつもいつも暇なわけじゃないんですけど。

辻：あ、それは失礼しました。②＿＿＿＿＿＿＿ます。で、これから散歩がてらペットショップへ行きません？

林：ペットショップ？どうしたんですか、辻さん？何かペットでも飼うんですか？

辻：うーん、飼うかどうかはまだ分からないんだけど、ちょっと見に行きたいなあと思って。

林：分かった。③＿＿＿＿＿＿＿始めて、寂しいんでしょう？

辻：え、いや、それも少しあるかな……。ま、でも、もともと動物好きなほうだし……。

林：分かりました。寂しいんでしょ？無理しないで。④＿＿＿＿＿＿＿ますよ、ペットショップ。

辻：何か⑤＿＿＿＿＿＿＿呼ばわりだなあ……。

CD31-3 （ペットショップで）

林：わあ、広いですねえ。辻さん、どうやってここ知ったんですか？

辻：よくバスでこの前を通るんですよ。別に寂しいから探してたわけじゃないですよ。

林：分かってますよ。あ、これ、見てください。店内⑥＿＿＿＿＿＿＿。

辻：すごいですねえ。ペットコーナーを中心に、ペット雑貨、餌コーナー、美容院と⑦＿＿＿＿＿＿＿……。2階は……、クリニックに、ホテル！？

林：飼い主が旅行する時とか⑧＿＿＿＿＿＿＿るんですよ、きっと。しかし、何でもありますね。

辻：じゃ、まず、犬、見に行きましょうか、犬。あ、あっちだ……。

林：え、辻さん、犬飼うんですか？あのアパートで。禁止じゃなかったかなあ……。

辻：うん、一番飼いたいのは犬なんだけど。ちょっとあそこじゃ飼いようがないですかね。

林：ええ、無理でしょうね。⑨＿＿＿＿＿＿＿＿になりかねないし……。諦めたほうがいい

かもね。

辻：じゃ、猫……、も飼えないかな……。あ、やっぱりウサギかな……。わ、可愛い！あ、

こっちはハムスター。うーん、⑩＿＿＿＿＿＿＿なあ……。

林：ウサギもハムスターも結構世話が大変だと思いますよ。辻さん、飼ったことあります？

辻：いや、実はペットを飼うの初めてなんですよ。何が飼いやすいのか分かります？林さん。

林：そうだったんだ……。初めてか……。じゃ、初心者向きの、あれ、どうですか？

辻：え？あれ……。って、魚？しかも⑪＿＿＿＿＿＿＿で飼うんですか？

林：そう。「闘う魚」と書いて、「闘魚」っていうんですよ。ほら、ここ見て。

辻：「闘魚」。1匹でどうやって闘うんですか？

林：違いますよ。2匹一緒にすると闘っちゃうから、1匹ずつしか飼えないんですよ。

辻：へえ、おもしろいですね。初めて見ま

した。これなら、簡単そうですね。

林：ええ、チョー簡単。⑫＿＿＿＿＿＿

＿だけでいいはずですよ。

辻：じゃ、今日のところは「闘魚」にし

ます。きれいだし、値段も高くないで

すね。林さん、ありがとうございまし

た、教えてくれて。でも、よかった、

林さんに⑬＿＿＿＿＿＿＿てもらっ

て。もし一人で来てたら、ゴールデン

レトリバー買ってたかも……。

林：恐ろしいー！！

●会話のココに注意

相手に諦めることを勧める表現に注意して下さい。「諦めたほうがいいかもね」「大変だ

と思いますよ」「迷惑になりかねない（なるかもしれない）し」「無理でしょうね」など

いずれも婉曲的な表現です。相手の希望に反対することになるので、使われている終助詞

や発話する時のイントネーションにも気をつけましょう。

●重要文法表現

①〜呼ばわり

解説：動詞「呼ばわる」の名詞の形。人をけなしたり、悪く言う言葉に付き、そう決めつけてしまったり、いかにもそうであるように言い立てる表現。

例文：

①隣の人に消しゴムをちょっと借りただけで、泥棒呼ばわりされてしまった。

②そんなことは絶対していないので、ストーカー呼ばわりはやめてください。

②〜がてら

解説：動作性名詞や動詞のます形に付いて、「〜をかねて」「〜のついでに」というような意味を表す。後件にはどこかへ「向かう」「赴く」「行く」というような動詞がよく使われるが、こちらの方が話者の目的意識が強く、前件の動作はそれほど大切ではない事柄が置かれることが多い。

例文：

①運動がてら商店街をぶらぶらしてくるよ。

②主婦達は井戸の水を汲みがてら井戸の周りで世間話をするのが楽しみだった。

③〜を中心に

解説：物理的にそれが真ん中にあるということと、ある行為をする時の最も大事な事物や人を表す。「〜を中心にして」や「〜を中心として」という形になる場合もある。

例文：

①古本屋街はこの交差点を中心に、東西にのびています。

②会社に入って間もないある平社員を中心にして、このプロジェクトは始まった。

①〜呼ばわり

解說：動詞「呼ばわる」的名詞形。接在貶低別人或責備別人的詞語後面，加以指責或強調對方好像就是這樣的說法。

例句：

①只是向隔壁的人借了一下橡皮擦，就被叫做小偷。

②我絕對不會做那種事，所以請不要叫我跟蹤狂。

②〜がてら

解說：接於動作性名詞或動詞「ます形」之後，表示「兼〜」「順便〜」的意思。後面多使用朝某處去的動詞如「向かう〈朝向〉」「赴く〈前往〉」「行く〈去〉」等等，因為說話者強烈意識到這才是目的，所以前面的動作多是放一些不太重要的事情。

例句：

①我去運動順便去商店街晃晃喔。

②主婦們打井水時，順便在井邊閒話家常是她們的樂趣。

③〜を中心に

解說：表示物理上以這個為正中央，或是進行某種行為時最重要的事物或人。有時也會採取「〜を中心にして」或「〜を中心として」的形式。

例句：

①舊書街以這個交叉口為中心，往東西延伸。

②以一個剛進公司不久的小職員為中心，開始進行這個計畫。

④〜ようがない

解説：「したくてもすることができない」「する方法がない」「不可能だ」というような意味を表す。動詞のます形から接続されるが、例文②の「予習する」のように「する」を含む動詞の場合、「〜＋の＋しようがない」という言い方もする。

例文：

①ここまでバラバラに壊れてしまったら、直しようがありません。

②あの先生は次の授業で何をやるか全く言わないので、予習のしようがない。

⑤〜かねない

解説：動詞のます形に付き、「しないとはいえない」「するかもしれない」「その可能性がある」というような意味を表すが、主に話者のマイナスイメージを含むので、「する心配がある」「その危険性がある」というような意味になることもある。

例文：

①信号無視、蛇行運転……。交通ルールを守らないと、事故を起こしかねないよ。

②口が軽い彼女は、私の秘密をばらしかねないので、非常に心配だ。

⑥〜向き

解説：「〜に向いている」「〜に適している」という意味で、適性を表す。そのほかにも「南向き」「右向き」などのような方向を表す用法もある。

例文：

①この部屋は広すぎるし、しかも家賃も高いので、学生向きではありませんね。

②女性向きのお酒として、酎ハイやサワーも用意しています。

④〜ようがない

解説：表示「即使想做也沒辦法做」「無法做」「不可能」的意思。接於動詞「ます形」之後，但如果是像例句②「予習する」這種含有「する」的動詞，也可以採取「〜＋の＋しようがない」的說法。

例句：

①已經七零八落壞成這樣，沒辦法修理了。

②那個老師根本沒有說下次要上什麼，所以沒辦法預習。

⑤〜かねない

解說：接於動詞「ます形」之後，表示「不能說不會」「或許會」「有那個可能」的意思，因為主要含有說話者的負面色彩，有時也會有「擔心會」「有那個危險性」的意思。

例句：

①無視號誌，蛇行駕駛……。不遵守交通規則的話，有可能造成車禍喔。

②我非常擔心大嘴巴的她有可能會洩漏我的秘密。

⑥〜向き

解說：「適於〜」「適合〜」的意思，表示適合性。此外也有「南向き」「右向き」之類表示方向的用法。

例句：

①這個房間太大而且租金也太貴，所以不適合學生。

②適合女性的酒，我們準備了燒酒加蘇打水以及沙瓦。

●造句練習

①A：これから散歩がてら＿＿＿＿＿＿＿＿＿＿＿＿＿＿＿＿＿＿＿＿＿へ行きませんか？

　　B：＿＿＿＿＿＿＿＿＿＿＿＿＿？どうしたんですか、＿＿＿＿＿＿＿＿＿さん？

　　＿＿＿＿＿＿＿＿＿＿＿＿＿＿＿＿＿＿＿＿＿＿＿＿＿＿＿んですか。

②A：実は＿＿＿＿＿＿＿＿＿＿＿＿＿＿＿＿＿＿＿＿＿＿＿＿たいんですが、

　　ちょっとこの部屋じゃ＿＿＿＿＿＿＿＿＿＿＿＿＿＿＿ようがないですね。

　　B：ええ、無理でしょうね。近所迷惑になりかねないし…。

　　＿＿＿＿＿＿＿＿＿＿＿＿＿＿＿＿＿＿＿＿＿＿＿ないほうがいいかもね。

③A：実は、＿＿＿＿＿＿＿＿＿＿、初めてなんですよ。何か紹介してくれます？

　　B：そうですか。初めてなら、初心者向きの＿＿＿＿＿＿＿＿＿＿、どうですか。

④友達に何かを勧めたり、やめることを勧めたりして、何かを買ったり、したりする
　会話を作ってみよう。

➡＿＿＿＿＿＿＿＿＿＿＿＿＿＿＿＿＿＿＿＿＿＿＿＿＿＿＿＿＿＿＿＿＿＿＿＿＿

　＿＿＿＿＿＿＿＿＿＿＿＿＿＿＿＿＿＿＿＿＿＿＿＿＿＿＿＿＿＿＿＿＿＿＿＿＿

　＿＿＿＿＿＿＿＿＿＿＿＿＿＿＿＿＿＿＿＿＿＿＿＿＿＿＿＿＿＿＿＿＿＿＿＿＿

　＿＿＿＿＿＿＿＿＿＿＿＿＿＿＿＿＿＿＿＿＿＿＿＿＿＿＿＿＿＿＿＿＿＿＿＿＿

　＿＿＿＿＿＿＿＿＿＿＿＿＿＿＿＿＿＿＿＿＿＿＿＿＿＿＿＿＿＿＿＿＿＿＿＿＿

　＿＿＿＿＿＿＿＿＿＿＿＿＿＿＿＿＿＿＿＿＿＿＿＿＿＿＿＿＿＿＿＿＿＿＿＿＿

　＿＿＿＿＿＿＿＿＿＿＿＿＿＿＿＿＿＿＿＿＿＿＿＿＿＿＿＿＿＿＿＿＿＿＿＿＿

　＿＿＿＿＿＿＿＿＿＿＿＿＿＿＿＿＿＿＿＿＿＿＿＿＿＿＿＿＿＿＿＿＿＿＿＿＿

チャリティーバザー（上）
慈善義賣（上）

●課前問題

バザーやフリマに行ったことがありますか？何を買い（売り）ましたか？

_____

_____

●請聽完CD會話後回答

問1　辻さんはどうして林さんの手伝いをしていますか？

_____

問2　日本のフリーマーケットでは主にどんな物が売られていますか？

_____

問3　林さんの大学のバザーにはどんな品物が集まってきますか？

_____が多い。_____もある。

問4　林さんから「中国結び」が作れると聞いて、辻さんは何と言いましたか？

_____

問5　バザーの前日、二人はどこで話していますか？

_____

問6　いつ頃からバザーの規模が大きくなってきたのですか？

_____

問7　別れ際、辻さんは林さんに何を頼みましたか。

_____

●請聽CD填入空格

林さんが通う大学で行われる、年に一度の一大イベント「チャリティーバザー」の日がいよいよ迫ってきました。イベント好きの辻さんは林さんのお手伝いです。

CD32-2 （バザーを来週に控えたある日、バザー準備室に入りながら）

辻：いよいよ来週ですね、チャリティーバザー。

林：ええ。でも、すみません、辻さん。①＿＿＿＿＿＿＿＿＿＿でもないのに毎日手伝ってもらっちゃって。

辻：いえいえ。知ってると思うけど、私、イベントは好きなほうで……。それに、林さんが②＿＿＿＿＿＿＿＿＿＿になったからには、手伝わずにはすまないですよー。

林：ありがとうございます。ほんと助かります。辻さんの③＿＿＿＿＿＿＿＿＿＿は、すごい参考にもなるし。

辻：いえ、日本でもバザーとかフリマのようなイベントはよくあるから……。

林：フリ……、フリ・マ？

辻：ああ、フリーマーケットのこと。略して「フリマ」。知りません？休みの日なんかあちこちでやってて、④＿＿＿＿＿＿＿＿＿＿を探しにたくさんの人が集まってますよ。そして、誰でも⑤＿＿＿＿＿＿＿＿＿＿できるから、家で要らなくなったものを売ったりできるし、楽しいですよ。

林：分かった、フリーマーケット。「蚤の市」とも言いますよね。

辻：そうそう。難しい言葉の方を知ってるんですね。さすが林さん。

林：いいえ、それほどでも。たまたま知ってただけですよ。

辻：それにしても、たくさん集まってきましたねー。これ、全部みんなからの⑥＿＿＿＿＿＿＿＿＿＿なんでしょ？

林：ええ、学生のみならず大学の近所の方々も⑦＿＿＿＿＿＿＿＿＿＿してくださるから有り難い限りですよ。家で不要になった中古品が多いんですけど、中には手作り品もあって、⑧＿＿＿＿＿＿＿＿＿＿にけっこう悩まされるんですよね。

辻：わっ、これ、すごい！「中国結び」。これ、デパートでも売ってますけど、安くないですよね。

林：そう。すごいでしょ？それ。毎年うちのバザーのためにたくさん作って⑨＿＿＿＿＿＿＿＿＿＿てくださる方がいるんですって。「チャイニーズノット」って言うんでしたっけ？

辻：ああ確か、そうです。さすがは林さん、よく知ってる。もしかして林さんも作れるんですか？

林：ええ、時々作ってます。もちろんその「ノット」のように⑩＿＿＿＿＿＿＿のはまだ出来ませんけど……。

辻：すごい、林さん。尊敬します。私、手先が⑪＿＿＿＿＿＿＿だから、こんなのはたぶん全くだめですね。

林：教えてあげますよ、辻さん。簡単なのはすぐ覚えられますよ。自分で作れるようになったら、日本に帰った時、フリマ？ですか、フリーマーケットで売れるかもしれませんよ。

CD32-3（バザー前日、バザー会場になる運動場で）

林：よし、今日の準備は終わり。あとは明日の朝ですね。辻さんは朝弱いから無理しないでね。

辻：いやいや。明日は頑張って起きて来ますよ。任せてください。しかし、すごい⑫＿＿＿＿＿＿＿＿＿＿＿の数ですねー。こんなに大きいバザーだとは思いませんでした。

林：ええ。⑬＿＿＿＿＿＿＿にしたがって、だんだんと規模も大きくなってきたみたいです。

辻：最初の頃は一般の人には開放せずに学内だけでやっていたとか聞きましたけど……。

林：そうそう。今の学長が就任してからだそうです。「⑭＿＿＿＿＿＿＿との繋がりを密接にしたい」という考えから、今のような形になったとか……。

辻：いいことですね。へえ、見なおしました、学長。私の中で⑮＿＿＿＿＿＿＿です。

林：それじゃ、今日はこの辺で。辻さん、明日はよろしくお願いします。

辻：はい。じゃ、林さん、明日は、モーニングコールよろしくお願いしまーす。いいですか？

林：はいはい。オッケーです。

●**会話のココに注意**

相手を褒める表現が何回か出ています。「さすが林さん」「さすがは林さん」「すごい、林さん」「尊敬します」などなど。「さすが……」と言われると、嬉しいものです。また、褒められた時の応答は「いいえ、それほどでも」が定番ですね。謙遜して「たまたまですよ」と言えたら、上級者の仲間入りと言えるでしょう。

●重要文法表現

①～ずにはすまない

解説：「しないわけにはいかない」「しないで許されない」「しないと終わらない」などのような意味を表す。「すむ（済む）」は「終わる、解決する」という意味なので、そこからも意味が類推されるが、対応する他動詞「済ます」を使って「～ずにはすまされない」という言い方もできる（例文②）。

例文：

①どう考えても悪いのは君のほうなんだから、謝らずにはすまないと思うよ。

②図書館の本をなくしてしまったのだから、弁償せずにはすまされないでしょう。

②～ような（に）

解説：後に続く事柄の具体的な事物を例として示す用法。後続が名詞なら「ような」、動詞や形容詞なら「ように」となる。「よう」の前は、名詞を修飾する形（連体修飾）をとるので、会話文では「名詞＋の＋よう」となっている。

例文：

①韓国人が毎食キムチを食べるように、日本人もたくあんなどの漬物をよく食べる。

②スキーやスケートのようなウィンタースポーツはやったことがありません。

③～のみならず

解説：「のみ」は「だけ」の意であり、「～のみならず～も」は「～だけではなく～も」とほぼ同じ意味になる。異なる点は、例文②のように、文を一度区切って接続詞としても使われるところで、比べると、やや硬い表現で、書き言葉で用いられることのほうが多い。

例文：

①朝市の魚は新鮮であるのみならず、値段も比較的安

①～ずにはすまない

解説：表示「不能不」「不做就無法被原諒」「不做就無法了事」的意思。「すむ（済む）」是「結束、解決」的意思，由此可以推測其涵義。也可以用對應的他動詞「済ます」，說成「～ずにはすまされない」（例句②）。

例句：

①再怎麼想都是你不對，所以我覺得你不道歉不行。

②因為把圖書館的書弄丟了，所以不能不賠償吧。

②～ような（に）

解説：以具體的事物為例來說明後面提及的事項之用法。後面接名詞的話就用「ような」，接動詞或形容詞的話則用「ように」。「よう」的前面採修飾名詞的形式（連體修飾），所以會話句中說成「名詞＋の＋よう」。

例句：

①就像韓國人每餐都吃泡菜一樣，日本人也常常吃黃蘿蔔之類的醬菜。

②我沒做過像滑雪或溜冰那樣的冬季運動。

③～のみならず

解説：「のみ」是「只有」的意思，所以「～のみならず～も」跟「～だけではなく～も」幾乎是相同的意思。相異點就如同例句②所示，可以將句子切斷，當成接續詞來使用，相較起來是比較生硬的表達，因此多用於書面語。

例句：

①早市的魚不只新鮮，價格也比較便宜，因此非常吸引人。

いので、非常に魅力的だ。

②彼は初めて全国大会で優勝した。**のみならず**、世界大会でも優勝を勝ち取った。

④～限りだ

解説：感情を表す形容詞について、「非常にそう感じる」「強く思われる」という意味を表す。

例文：

①背が高くて、スポーツ万能、しかも成績もいい。あいつが羨ましい**限り**だ。

②入院中も友達が毎日お見舞いに来てくれたので、本当に嬉しい**限り**でした。

⑤～にしたがって

解説：名詞か動詞の辞書形に付いて、前件の事柄が変化、進行するのと並行して、後件の事柄が変化、進行することを表す。また、命令、規則、指示などを表す名詞に付いて、「それに逆らわずに、それを守って」というような意味を表す（例文②）。漢字は「～に従って」。書き言葉では、「～に従い」。

例文：

①原油の価格が上昇する**にしたがって**、様々な物の値段が高騰し始めました。

②先生のアドバイス**にしたがって**試験準備をしたおかげで、合格することができた。

⑥～とか

解説：確かではない内容の伝聞を表す。「～とか聞いた」「～とかいうことだ」「～とかいう話だ」などの文末表現を取るほか、会話文にも見られる「～とか。」で文を終える表現もある。

例文：

①辻本さんは双子だ**とか**伺いましたが、お姉さんがいらっしゃるんですか、それとも……。

②日本の漫画はアジアの国々をはじめ、世界各国で翻訳され読まれている**とか**。

②他第一次贏得全國大賽冠軍。不僅如此，他也奪得世界大賽冠軍。

④～限りだ

解說：接在表示感情的形容詞後面，表示「深有此感」「強烈覺得」的意思。

例句：

①身高又高，體育全能，而且成績也優異。那傢伙真令人羨慕。

②住院時朋友每天都來探病，所以真的是開心極了。

⑤～にしたがって

解說：接於名詞或動詞基本形之後，表示隨著前述事情的變化與進行，後述的事情也同時變化、進行。此外，如果接在表示命令、規則、指示等名詞後面，則表示「不違反，遵守～」的意思（例句②）。漢字寫成「～に従って」。書面語則為「～に従い」。

例句：

①隨著原油價格的上升，各種東西的價格也開始高漲。

②因為有照著老師的建議準備考試，所以考上了。

⑥～とか

解說：用來表達內容不確定的傳聞。除了「～とか聞いた」「～とかいうことだ」「～とかいう話だ」等放在句尾的表達方式外，也有像對話中的「～とか。」用來結束句子的表達方式。

例句：

①我聽說辻本好像是雙胞胎，是有姐姐，還是……。

②聽說日本的漫畫被亞洲各國以及世界各國翻譯且廣為閱讀。

●造句練習

①A：＿＿＿＿＿＿＿＿＿＿＿＿＿＿＿さん、すみません。手伝ってもらっちゃって。

　B：いえいえ。＿＿＿＿＿＿＿＿＿＿＿＿＿＿＿＿＿＿＿＿＿＿＿＿からには、

　　　手伝わずにはすまないですよ。それに、＿＿＿＿＿＿＿＿＿＿、好きだし。

②A：＿＿＿＿＿＿＿＿＿＿＿＿＿＿のみならず、＿＿＿＿＿＿＿＿＿＿＿＿も

　　　＿＿＿＿＿＿＿＿＿＿＿＿から、＿＿＿＿＿＿＿＿＿＿＿＿限りです。

　B：そうですね。本当に＿＿＿＿＿＿＿＿＿＿＿＿＿＿＿＿＿＿＿ですね。

③A：回を重ねるにしたがって、だんだんと＿＿＿＿＿＿＿＿＿＿みたいです。

　B：最初の頃は＿＿＿＿＿＿＿＿＿＿＿＿＿＿＿＿＿とか聞きましたけど。

　A：そうそう。＿＿＿＿＿＿＿＿＿＿＿＿＿＿から今のようになったとか…。

④「さすが」などの言葉を使って相手を褒めたり、褒められたら謙遜したりする会話

　を作ってみよう。

➡＿＿＿＿＿＿＿＿＿＿＿＿＿＿＿＿＿＿＿＿＿＿＿＿＿＿＿＿＿＿＿＿＿＿＿

＿＿＿＿＿＿＿＿＿＿＿＿＿＿＿＿＿＿＿＿＿＿＿＿＿＿＿＿＿＿＿＿＿＿＿＿

＿＿＿＿＿＿＿＿＿＿＿＿＿＿＿＿＿＿＿＿＿＿＿＿＿＿＿＿＿＿＿＿＿＿＿＿

＿＿＿＿＿＿＿＿＿＿＿＿＿＿＿＿＿＿＿＿＿＿＿＿＿＿＿＿＿＿＿＿＿＿＿＿

＿＿＿＿＿＿＿＿＿＿＿＿＿＿＿＿＿＿＿＿＿＿＿＿＿＿＿＿＿＿＿＿＿＿＿＿

＿＿＿＿＿＿＿＿＿＿＿＿＿＿＿＿＿＿＿＿＿＿＿＿＿＿＿＿＿＿＿＿＿＿＿＿

＿＿＿＿＿＿＿＿＿＿＿＿＿＿＿＿＿＿＿＿＿＿＿＿＿＿＿＿＿＿＿＿＿＿＿＿

＿＿＿＿＿＿＿＿＿＿＿＿＿＿＿＿＿＿＿＿＿＿＿＿＿＿＿＿＿＿＿＿＿＿＿＿

チャリティーバザー（下^げ）
慈善義賣（下）

●課前問題
屋台^{やたい}の料理^{りょうり}の中^{なか}で何^{なに}が一番^{いちばん}好^すきですか？もし夜市^{よいち}で自分^{じぶん}が店^{みせ}を出^だすとしたら？

_____

_____

●請聽完CD會話後回答

問1　お客^{きゃく}さんがバザーを楽^{たの}しみにしていることがわかる言葉^{ことば}は？

　　　「開門前^{かいもんまえ}から_____でしたよ。」

問2　たくさんの人^{ひと}が買^かい物^{もの}に来^きて、今^{いま}はどうして少^{すこ}し暇^{ひま}になりましたか？

　　　_____

問3　食券^{しょっけん}って何^{なん}ですか？

　　　_____

問4　辻^{つじ}さんは食券^{しょっけん}をもらって、何^{なに}を買^かいに行^いきましたか？

　　　_____

問5　売上金^{うりあげきん}はどこに寄付^{きふ}されますか？

　　　アフリカの

　　　_____の_____や

　　　_____、_____など

問6　辻^{つじ}さんのアフリカのイメージは？

　　　_____とか_____

●請聽CD填入空格

今日は、林さんが通う大学で行われる、年に一度の一大イベント「チャリティーバザー」の日です。辻さんも朝から手伝いますが、あまりの人に圧倒されて……。

CD33-2 （バザー当日。二人は朝から接客を担当し、お客さんが少し減ってきたところで小休憩）

林：辻さん、①＿＿＿＿＿＿＿＿＿。はい、コーヒー。疲れたでしょう？。

辻：ええ、少し。話には聞いてましたけど、ほんとにすごい人ですね。

林：ええ、②＿＿＿＿＿＿＿限りですよ。お客さんあってのバザーですからね。

辻：入口では、開門前から長蛇の列でしたよ。③＿＿＿＿＿＿＿＿＿もいたのかなあ？

林：まさか。新しいゲームの発売でもあるまいし……。

辻：そうですね。でも、それだけ皆楽しみにしているってことですね。

林：ええ。④＿＿＿＿＿＿＿さんは、掘り出し物目当てに、朝早くから並ぶみたいですよ。

辻：門が開くが早いか、一斉に走って入ってきましたもんね、ちょっと⑤＿＿＿＿＿＿＿＿ました。

林：ええ、でもこっちはやっと少し⑥＿＿＿＿＿＿＿てきましたね。今度はあっちがごった返してますけど。

辻：あ、模擬店のほうですね。しかし、バザーに加えて模擬店もあるとは、お客さんにとっては⑦＿＿＿＿＿＿＿でしょうね。欲しい物が買えて、食べたい物が食べられるなんて。しかも安く……。

林：模擬店も、地域住民の⑧＿＿＿＿＿＿＿にこたえて始まったらしいですよ。

辻：へえ。地域と大学の繋がりがほんとに⑨＿＿＿＿＿＿＿って感じですね。

林：あ、そうだ。辻さん、これ、食券。

辻：食券？あ、お金のかわりに食券で⑩＿＿＿＿＿＿＿＿＿＿＿てるんですか。

林：そう。あそこに食券売り場があるでしょ？バザー担当の学生には３枚ずつ配られるんですよ。

辻：へえ。それは嬉しいな！⑪＿＿＿＿＿＿＿＿＿＿のオアージェン（蚵仔煎）でも食べてこようかな……！

CD33-3 （バザー翌日。二人はバザー準備室で後片付け）

林：辻さん、昨日は朝早くから夕方までほんとお疲れ様でした。

辻：いえ、林さんのほうこそ、実行委員だから色々な⑫＿＿＿＿＿＿＿＿＿＿とかあって、大変だったでしょう。

林：まあ、少しだけね。それより、これ、見てくださいよ。昨日のバザーと模擬店の総売り上げ。

辻：えー！こんなにたくさん！！すごいですねー。

林：⑬＿＿＿＿＿＿＿＿＿＿ですって。これも辻さんはじめ、皆のおかげですよ。

辻：売上金はどこかに寄付するんでしたっけ？

林：ええ、アフリカの貧しい地域の孤児院や学校、診療所などに送られるようです。えーと、どこだったかな？あ、あった、あった。これ、今までの⑭＿＿＿＿＿＿＿＿＿＿。

辻：へえ。⑮＿＿＿＿＿＿＿＿＿＿か……。ライオンとか、キリンとかのイメージしかなかったなあ…。

林：私、これをきっかけに、今度この寄付金が届けられる時に一緒に⑯＿＿＿＿＿＿＿＿＿＿に行って、孤児院とか診療所の様子を見てこようかなって思ってるんです。

辻：えー？いいなあ。私も行きたい！！キリン、キリン！

林：こら！違うでしょ、⑰＿＿＿＿＿＿＿＿＿＿が。

●会話のココに注意

学校のイベントなどでよく使われる言葉に注意しましょう。「開門前から長蛇の列」は長い行列のこと、「徹夜組」は目当ての物や席などをゲットするために前の日から並ぶ人のこと、「人でごった返す」は人が多くて混雑する様子、「模擬店」は学園祭や園遊会などで屋台の形で飲食物を出す所。

●重要文法表現

①〜あっての

解説：前後に名詞を置き、「Ｘ（前の名詞）があるから、Ｙ（後の名詞）が存在する」ということを表す。「Ｘがあって始めてＹがあるのだ」「もしＸがなかったらＹはない」というようにＸがとても大切で、欠かす事ができないことをも表す。助詞「が」を伴い、「〜があっての」となることもある（例文②）。

例文：

①学生あっての大学なんだから、高校生が入りたくなるような魅力を持つ必要がある。

②健康があっての人生ですよ。病気にならないようにくれぐれも無理をしないように。

②〜が早いか

解説：すでに起きた事柄を客観的に描写する表現。動詞の辞書形から接続し、「それをするとすぐに」という意味を表す。前の動作が終わるのとほとんど同時に次の行動を始めるというように、その早さを強調する。

例文：

①子供達は「いただきます」と言うが早いか、給食をパクパク食べ始めた。

②子供達は学校から帰るが早いか、外へ飛び出して行きました。

③〜に加えて

解説：「それだけでなく、他のものもプラスする（される）」ということ。

例文：

①あのスーパーは食料品や日用品に加えて、衣料品の販売も始めました。

②このゲーム機は体を使うので、遊ぶ楽しさに加えて、運動になることが売りだ。

①〜あっての

解説：前後都放名詞，表示「因為有A（前面的名詞），所以B（後面的名詞）才存在」的意思。就如同「有了A後，才有B」、「如果沒有A就沒有B」，表示A相當重要，不可欠缺的意思。有時也會伴隨助詞「が」，變成「〜があっての」（例句②）的形式。

例句：

①有學生大學才能存在，因此必須具備讓高中生想要進來就讀的魅力。

②有健康才有人生。因此請千萬不要勉強以免生病。

②〜が早いか

解說：客觀描述已經發生的事情的表達方式。接在動詞基本形後面，表示「一做了那件事就立刻」的意思。前面的動作完成時，幾乎同時又開始下個動作，強調其迅速。

例句：

①小朋友們才剛說完「開動了」，就開始大口的吃起營養午餐。

②小孩們才剛從學校回來，就又飛奔出去了。

③〜に加えて

解說：「不只是這樣，還加上其他東西」的意思。

例句：

①那個超市不單只有食品跟日用品，也開始販賣起衣服。

②玩這個遊戲機會用到身體，因此賣點是除了遊玩的樂趣外，還可以兼顧運動。

④～とは

解説：予想もしなかった事実を知った時の驚きを表す。例文②のように、後件を省略する例もよく見られる。

例文：

①まさかここまでガソリン代が上がるとは、思いもしませんでした。

②告白しようと思っていたあの娘にボーイフレンドがいたとは！！

⑤～にこたえて

解説：名詞に付いて、「他からの要望や期待などを裏切ることなく、それを受け入れて」ということを表す。後件にはそれに応じた行動を表す語句が続く。漢字は「～に応えて」。

例文：

①地域社会と時代の要請にこたえて、新しい学科が開設された。

②では、アンコールにこたえて、もう一曲お贈りします。

⑥～かわりに

解説：会話文の例のように名詞から接続する場合、「それが果たすべき役目を他の物や人が代理となって果たす」ことを表す。そのほか、動詞からも接続されるが、その場合は「前件の行為をしないで後件の行為をする」という意味になる（例文①）。また、形容詞や状態を表す動詞に付いて、「前件の状態がある反面、後件の状態もある」ということを表す場合もある（例文②）。漢字は「代わりに」か「替わりに」。

例文：

①映画を見に行くかわりに、DVDを借りてきて家で見よう。

②このアパートは交通の便がいいかわりに、静かな環境とは言えない。

④～とは

解説：表示知道出乎意料外的事實時的驚訝。也常能看到如例句②般，把後項省略的例子。

例句：

①我萬萬沒想到油價竟然會漲到這種地步。

②我想告白的那個女孩居然有男朋友！！

⑤～にこたえて

解説：接在名詞後面，表示「不辜負他人的要求與期望加以接受」的意思。後面接表示所回應的行動的句子。漢字寫成「～に応えて」。

例句：

①為了回應地方社會和時代的要求，開設了新的科系。

②那麼，為了回應安可，再多贈送一曲。

⑥～かわりに

解説：如會話中的例子所示，接在名詞後面時，表示「應該由其完成的任務，改以其他的事物或人來代替完成」的意思。此外，接在動詞後面時，則變成是「不做前面的行為，改做後面的行為」的意思（例句①）。另外，接在形容詞或表示狀態的動詞後面，有時也表示「相對於前面的狀態，也存在後面的狀態」的意思（例句②）。漢字寫成「代わりに」或「替わりに」。

例句：

①沒去看電影，租DVD在家裡看。

②這個公寓交通便利，但相對地稱不上是安靜的環境。

●造句練習

①Ａ：話_{はなし}には聞_きいてましたけど、ほんとにすごい人_{ひと}ですね。

　Ｂ：ええ、有難_{ありがた}い限_{かぎ}りですよ。お客_{きゃく}さんあっての＿＿＿＿＿＿＿＿＿ですからね。

②Ａ：＿＿＿＿＿＿＿＿＿に加_{くわ}えて、＿＿＿＿＿＿＿＿＿もあるとは、

　　　＿＿＿＿＿＿＿＿＿にとっては＿＿＿＿＿＿＿＿＿でしょうね。

　Ｂ：そうですね。しかも、＿＿＿＿＿＿＿＿＿＿＿＿＿＿＿＿。

③Ａ：＿＿＿＿＿＿＿＿＿さん、はい、これ、＿＿＿＿＿＿＿＿＿。

　Ｂ：＿＿＿＿＿＿＿＿＿？あ、＿＿＿＿＿＿＿＿＿かわりに、

　　　＿＿＿＿＿＿＿＿＿＿＿＿＿＿＿＿んですか。

　Ａ：そう。＿＿＿＿＿＿＿＿＿＿＿＿＿＿＿＿でしょ？

④何_{なに}かのイベントに参加_{さんか}して、友達_{ともだち}といろいろなことを楽_{たの}しむ会話_{かいわ}を作_{つく}ってみよう。

➡＿＿＿＿＿＿＿＿＿＿＿＿＿＿＿＿＿＿＿＿＿＿＿＿＿＿＿

＿＿＿＿＿＿＿＿＿＿＿＿＿＿＿＿＿＿＿＿＿＿＿＿＿＿＿＿

＿＿＿＿＿＿＿＿＿＿＿＿＿＿＿＿＿＿＿＿＿＿＿＿＿＿＿＿

＿＿＿＿＿＿＿＿＿＿＿＿＿＿＿＿＿＿＿＿＿＿＿＿＿＿＿＿

＿＿＿＿＿＿＿＿＿＿＿＿＿＿＿＿＿＿＿＿＿＿＿＿＿＿＿＿

＿＿＿＿＿＿＿＿＿＿＿＿＿＿＿＿＿＿＿＿＿＿＿＿＿＿＿＿

＿＿＿＿＿＿＿＿＿＿＿＿＿＿＿＿＿＿＿＿＿＿＿＿＿＿＿＿

＿＿＿＿＿＿＿＿＿＿＿＿＿＿＿＿＿＿＿＿＿＿＿＿＿＿＿＿

＿＿＿＿＿＿＿＿＿＿＿＿＿＿＿＿＿＿＿＿＿＿＿＿＿＿＿＿

愛情入りおにぎり
愛的飯糰

●課前問題

恋人とのデートにいい場所はどこですか？友達とハイキングなどに行くなら？

_____

_____

●請聽完CD會話後回答

問1　季節はいつ頃でしょうか？

_____

問2　林さんはどうして来るのが早すぎたと思いましたか？

_____

問3　朝早く来て良かったのはどうしてですか？

_____

問4　辻さんが林さんを誘うことはよくありますか？

_____

問5　どうして林さんは照れてしまいましたか？

_____

問6　今日のサプライズは何でしたか？

　　①_____

　　②_____

●請聴CD填入空格

交換留学生として台湾の大学に来ている辻さん、今日は手作り弁当を用意して林さんを動物園に誘いました。何か大事な話があるようですが……。

CD34-2 （ある日曜日、動物園で歩きながら）

辻：ああ、いい天気だなあ。①＿＿＿＿＿＿＿＿＿春

めいてきましたね。

林：ええ、動物たちも②＿＿＿＿＿＿＿＿＿嬉しそう

にみえますね。

辻：そうですね。やっぱり早く来て良かったなあ。

林：でも、早すぎだったんじゃないですか、待ち合わせ時間。③＿＿＿＿＿＿＿＿＿から並

んでたの、私達だけでしたよ。

辻：いやいや、動物園は④＿＿＿＿＿＿＿＿＿に限りますよ。見たでしょ、ライオンとい

い、トラといい、みんな所狭しと歩き回ってて。あんな姿見られるのって、朝だけです

よ。

林：⑤＿＿＿＿＿＿＿＿＿れば、何回か来たことあったけど、動物たちは寝ていることが多

かったかも。

辻：そうそう。昼間はたいてい寝ていますよね、彼らは。

林：でも、どうして急に⑥＿＿＿＿＿＿＿＿＿ように「動物園行こう！」って誘ってくれた

んですか？辻さんから誘ってくれることなんて、めったにないことだし……。その様子

から見ると、何かサプライズがありそう……。ね、そうでしょう？

辻：今はお答えしかねます。

林：えー、何それ。その⑦＿＿＿＿＿＿＿＿＿な態度……。

辻：まあまあ、いいじゃない。前に一度「動物園に連れてって！」って言ってたじゃないで

すか。

林：え？あ、それは北海道の動物園のことでしょ！

辻：そうでしたっけ？ま、動物園には⑧＿＿＿＿＿＿＿＿＿し。ちょっとその辺に座りませ

んか。

CD34-3 （お昼になり、二人はお弁当を食べることに）

林：ええっ？何々、その大きな⑨＿＿＿＿＿＿＿＿＿は？

辻：ジャーン！お弁当作ってきましたー。

林：わあ、すごい！こんなにたくさん。しかも、どれもおいしそう！

辻：いつだっけ、前に林さんが手作り弁当作って食べさせてくれたことがあったでしょう？だから、今日は私が作って⑩＿＿＿＿＿＿＿＿＿しようと思って。おいしいですよ、愛情たっぷりのおにぎり。なんちゃって……。

林：…………。

辻：なんで⑪＿＿＿＿＿＿＿＿＿なんですか。恥ずかしいじゃないですか。何か言ってください よ。

林：え？ああ。冗談言わないでくださいよ。愛情だなんて、思ってもいないこと。照れるじゃないですか……。じゃ、おにぎり、いただきまーす。おいしいー！

辻：林さん……。早く言おう言おうと思いながらも、なかなか言う⑫＿＿＿＿＿＿＿＿＿がなくて、言えなかったんですけど……。

林：えっ、何ですか？急に⑬＿＿＿＿＿＿＿＿＿ちゃって。

辻：わたし……。

林：は、はい。

辻：来週の日曜日、日本に帰ることになったんです。

林：えっ？

●会話のココに注意

自然な会話を目指すために大切なこと。まず、上手にあいづちを打つこと。相手に「ちゃんと聞いていますよ」と伝えるサインになります。それから、「間」。言葉と言葉、話と話のあいだにどれくらいの時間をあけたらいいのか。CDを繰り返し聞いて、その感覚をつかんでください。

●重要文法表現

①〜めく

解説：特定の名詞に付き、その要素をもっているように感じることを表す。また、例文②のように、名詞以外の語にも付くことがあり、それらはすでに独立した動詞となっている例が多い。（「ほのめく」、「ひらめく」、「ときめく」など）。

例文：

①謎めいた事件が次々と起こり、警察は頭を悩ましていた。

②辞めさせられたはずの暴力教師が壇上に立ったので、会場はざわめき始めた。

②〜といい〜といい

解説：二つの例を挙げて、それに対して何かの評価を与える時に用いられる。それは「感心だ・素晴らしい」というような好評であったり、「呆れた・最低だ」というような批判であったりする。

例文：

①学歴といい、年収といい、言うことないよ。この人とお見合いしなさい。

②物価の上昇といい、環境の悪化といい、これからの生活には不安がいっぱいだ。

③〜から見ると

解説：「そのようなことから考えると」というように、何かを判断する時の根拠を表す。「〜からすると」、「〜から言うと」なども同義。

例文：

①彼のあの表情から見ると、試験はあまりうまくいかなかったようです。

②この筆跡や脅迫状の内容から見て、犯人はどうも子供のようだ。

---

①〜めく

解説：接於特定名詞之後，表示帶有那種成分的感覺。另外也有如例句②所示接在名詞以外的詞語的情況，其中很多都已經變成一個單獨的動詞。（例如「ほのめく」、「ひらめく」、「ときめく」等等）。

例句：

①謎團般的事件陸續發生，警察非常頭痛。

②理應被解聘的暴力教師站在台上，會場一陣騷動。

②〜といい〜といい

解說：用於舉出兩個例子並針對二者給予某種評價的情況。可以是「令人佩服、優秀」這種正面評價，也可以是「令人愕然、差勁」這一類批判。

例句：

①學歷也好，年收入也好，都沒話說。跟這個人相親吧。

②物價上升也好，環境惡化也好，今後的生活充滿了不安。

③〜から見ると

解說：跟「そのようなことから考えると」一樣，表示用來判斷時的依據。「〜からすると」、「〜から言うと」也是一樣的意思。

例句：

①從他那個表情看來，似乎考的不是很好。

②從這個筆跡跟威脅信的內容看來，總覺得犯人是個小孩。

④～かねる

解説：何らかの事情があって、そうしたくてもすることができないことを表す。接続は動詞のます形から。漢字を書く場合は「兼ねる」。

例文：

①我が党にも方針がありますので、その提案には同意しかねます。

②別れるつもりで話しに行ったが、なかなか言い出しかねて、結局何も言えなかった。

⑤なんちゃって

解説：親しい間柄で使われる会話表現。何かを話した後で最後に付け加えるように言って、「今話した事は冗談だ、本気ではない、うそだ」などということを相手に伝える。それは雰囲気を和らげるためであったり、照れ隠しであったりする。「などと言ってしまって」→「なんて言っちゃって」がくだけた表現。また、最近は後ろに名詞を置き、「本物ではない、簡略した」などの意味を表す例が多く見られる（例文②）。

例文：

①憧れの彼が受ける大学、私も受けようかな…、なんちゃって。レベルが違うよねー。

②私がなんちゃって料理人の辻です。これは私が発明した「なんちゃって天丼」です。

⑥～ながらも

解説：「～にもかかわらず」「～ではあるけれども」というような意味を表す逆接表現。動詞のます形のほか名詞や形容詞からも接続される。

例文：

①バイトながらも正社員と同じように働いている人が多くいるようです。

②狭いながらも念願のマイホームが手に入った。

④～かねる

解説：表示由於某些因素想做卻又無法做。接在動詞ます形後面。漢字寫成「兼ねる」。

例句：

①我們黨也是有方針的，所以無法同意這個提案。

②抱著分手的打算去談，但很難說出口，結果什麼也沒說。

⑤なんちゃって

解説：用於關係親近者之間的會話表達方式。在說了什麼話之後，加在最後面，告訴對方「剛才說的話是開玩笑的，不是認真的，是騙人的」。可以用來緩和氣氛，或掩飾難為情。由「などと言ってしまって」→「なんて言っちゃって」簡化而成。另外，最近也常可以看到不少例子是在後面加上名詞，表示「冒牌的、簡略的」等意思（例句②）。

例句：

①我也來考我心目中的他所考的那所大學吧……開玩笑啦。我們程度不一樣啊。

②我是冒牌廚師辻某某。這是我自創的「冒牌炸魚蝦蓋飯」。

⑥～ながらも

解説：跟「～にもかかわらず」「～ではあるけれども」意思一樣的逆接說法。除了接動詞ます形之外，也可以接於名詞或形容詞之後。

例句：

①好像有很多人雖然是打工卻和正式職員做一樣的工作。

②雖然小但終於擁有一棟夢寐以求的自己的房子。

●造句練習

①A：＿＿＿＿＿＿＿＿＿＿＿＿＿＿＿は＿＿＿＿＿＿＿＿＿＿＿＿＿＿に限りますよ。

　　　＿＿＿＿＿＿＿＿＿＿＿といい、＿＿＿＿＿＿＿＿＿＿＿といい、最高ですよ！

　B：そう言われれば、＿＿＿＿＿＿＿＿＿＿＿＿＿＿＿＿＿＿＿気がします。

②A：どうでした？あ、その様子から見ると、＿＿＿＿＿＿＿＿＿＿＿＿＿＿＿。

　　　ね、そうでしょう？

　B：今はお答えしかねます。

　A：えー、何それ。＿＿＿＿＿＿＿＿＿＿＿＿＿＿＿＿＿＿でしょう？！

③A：＿＿＿＿＿＿＿＿＿＿＿さん、前から言おう言おうと思いながらも、

　　　言うチャンスがなくて。

　B：えっ、何ですか？急にあらたまっちゃって。

　A：わたし、実は、＿＿＿＿＿＿＿＿＿＿＿＿＿＿＿＿＿＿＿んです！

④相手に何か大事なことを告白する（愛の告白など）会話を作ってみよう。

➡＿＿＿＿＿＿＿＿＿＿＿＿＿＿＿＿＿＿＿＿＿＿＿＿＿＿＿＿＿＿＿＿

　＿＿＿＿＿＿＿＿＿＿＿＿＿＿＿＿＿＿＿＿＿＿＿＿＿＿＿＿＿＿＿＿

　＿＿＿＿＿＿＿＿＿＿＿＿＿＿＿＿＿＿＿＿＿＿＿＿＿＿＿＿＿＿＿＿

　＿＿＿＿＿＿＿＿＿＿＿＿＿＿＿＿＿＿＿＿＿＿＿＿＿＿＿＿＿＿＿＿

　＿＿＿＿＿＿＿＿＿＿＿＿＿＿＿＿＿＿＿＿＿＿＿＿＿＿＿＿＿＿＿＿

　＿＿＿＿＿＿＿＿＿＿＿＿＿＿＿＿＿＿＿＿＿＿＿＿＿＿＿＿＿＿＿＿

　＿＿＿＿＿＿＿＿＿＿＿＿＿＿＿＿＿＿＿＿＿＿＿＿＿＿＿＿＿＿＿＿

日本帰国
回日本

●課前問題

辻さんが帰国することになりましたが…、二人はどうなると思いますか？

_____

_____

●請聽完CD會話後回答

問1　林さんは今どこにいますか？

_____

問2　林さんは空港で自分の気持ちを伝えられましたか？それはどうして？

_____

問3　急に帰国が決まった理由は何ですか？

_____

問4　留学の予定はどのくらいでしたか？結局どのくらいいましたか？

_____か_____ぐらい　→　_____

問5　二人が初めて会った日、どんな様子でしたか？

林さん_____

辻さん_____

問6　辻さんの手紙に何と書いてあったのでしょう？

_____

●請聽CD填入空格

交換留学生として台湾の大学に来ていた辻さんが今日留学生活を終え、日本に帰国しました。いつも一緒だった林さんは、……なんとも寂しそうです。

CD35-2 （空港で辻さんを見送り、家に戻った林さん）

林：あー、①＿＿＿＿＿＿＿＿＿＿＿＿帰っちゃったなあ、辻さん……。

辻さんが交換留学に来てからというもの、何か②＿＿＿＿＿＿＿＿＿時間が過ぎていった感じ……。

それにしても辻さん、あれはないよねー。最後のお別れだったから空港で少し話したかったのに、③＿＿＿＿＿＿＿＿＿＿＿＿入っていくんだもん。

ほんとの気持ち、伝えたかったけど、伝えられなかったなあ……。

CD35-3 （数時間前に空港で辻さんを見送ったところを思い出す林さん）

林：でも、本当に急に決まったんですね、帰国。

辻：ええ、この留学中は親の心配をよそに、④＿＿＿＿＿＿＿＿＿毎日を送ってたけど、私がこっちにいる間に父が定年退職したから、父に「帰って来い」と言われればそれまでだと思っていたんです。

林：それで、お父さんにそう言われた、ということですか。

辻：ええ、「もう少し居させて」と言ったところで、⑤＿＿＿＿＿＿＿＿＿くれるような父じゃあないから……。

林：そうだったんだ……。

辻：でも最初は、半年か長くても一年経ったら帰るつもりにしてたのが、あんまり⑥＿＿＿＿＿＿＿＿＿＿＿＿がいいもんだから、気が付いたらもう二年ですよ。

林：そうか……、もう二年経ったんですね。辻さんに初めて会った日が⑦＿＿＿＿＿＿＿＿＿＿＿のことのようです。

辻：あ、覚えてますよ、初めて会った日。あの時は、林さん、すっごく緊張してたでしょ？

林：えっ、そうでしたっけ？辻さんのほうこそ何か落ち着きなくキョロキョロしてたじゃないですか。

辻：そうだったかなあ……。でも、なんか⑧_____ですね……。あの日、知り

合ってからはいつも林さんにお世話になって、本当に感謝してます。

林：こっちのほうこそ。何かあるにつけ、手伝ってもらったり、教えてもらったり。落ち込

んで悩んでいるところを助けてもらったことも⑨_____ですよ。ありがと

うございました。

辻：いいえ。⑩_____ですよ。私の留学生活、林さんなしには語れませんよ、

ほんとに。

林：えっ、そんなふうに言われると、なんか照れちゃうな……。わたし……。

辻：あ、そろそろ時間だ。行かなきゃ。じゃ、林さん、ありがとう。お元気でね。お母さん

にも⑪_____……。

CD35-4 （我に返った林さん）

林：あれはないよねー、ほんとに……。あれ、なんだろ、これ？手紙が入ってる。辻さんが

入れたのかなあ。⑫_____入れたんだろ。なになに……。

CD35-5 （手紙を読み終えた林さん）

林：辻さーん、直接言ってよ、もー……。でも、辻さんらしいけど、手紙でなんて。あ、そ

うだ、返事⑬_____。メールでいいかな……。

CD35-6 （パソコンに向かう林さん）

メール：手紙、読みました。嬉しかったです。ありがと

う。実は、私もずっと同じ気持ちでした。

今度は私がそっちに留学に行くから、

絶対に。それまで待っててね。

辻さんが置いていった闘魚の⑭_____

_____ちゃん、大切に育てる

ね。

●会話のココに注意

会話はやっぱり楽しい方がいい。まじめに話さないといけない場面もあるけれど、気楽に会

話を楽しむ時は、冗談を言ったり、笑ったりしながら話すのは、健康にもいいことが科学的

にも明らかになっています。楽しく日本語を学んで、皆と存分に会話を楽しみましょう。

●重要文法表現

①～をよそに

解説：「そのことを考慮しないで、気にしないで、煩わされないで」というような意味で、他からの干渉や影響を全く受けないことを表す。

例文：
①県民や議員の反対をよそに、県庁舎を建て替えてしまったワンマン知事。
②益々便利になるケータイ文化をよそに、彼は「必要ない」の一点張りだ。

②～ばそれまでだ

解説：「その後はもうない、もう終わりだ」ということを表す。「～ば」のほか、「～たら」、「～なら」からも続く。

例文：
①気をつけろ！今怪我をしてしまえばそれまでだぞ。試合は３日後なんだから。
②応募資格は30歳未満だから、今年だめだったらそれまでです。

③～たところで

解説：動詞のた形を取り、前件の行為をしたとしても期待どおりの結果にはならないという意味を表し、後件には多く否定表現が続く。また、例文②のように、「仮にそうなったとしても問題はない」というような意味を表す用法もある。

例文：
①一夜漬けで勉強したところで、なかなか合格はできないだろう。
②試験に１回失敗したところで、落ち込むことはないよ。チャンスはまだあるから。

①～をよそに

解説：意思是「不考慮、不在意、不受其困擾」，表示完全不受到外界的干涉以及影響。

例句：
①獨裁縣長完全不顧縣民及縣議員的反對，將縣政府辦公室加以改建。
②完全無視於日益方便的手機文化，他還是堅持不需要手機。

②～ばそれまでだ

解說：表示「到此為止、已經結束」的意思。除了「～ば」之外，也可以接在「～たら」或「～なら」的後面。

例句：
①要小心！如果受傷的話一切就都完了。三天後就要比賽了。
②因為應徵資格為30歲以下，所以今年如果又被刷掉就再也沒有機會了。

③～たところで

解說：採動詞過去形，表示即使進行前項所說的行為也沒有辦法達到預期的結果，後項大多接否定形式。此外，也有類似例句②的用法，表示「即使是發生那樣的情況也沒有關係」。

例句：
①只臨時抱佛腳一個晚上，應該很難過關吧。
②即使考試失敗了一次也不需要沮喪啊。以後還會有機會。

④〜につけ

解説：「何事」、「何か」に付いて、「何かある
　　　たびに、どんな場合でも」というような意味を
　　　表す。また、動詞に付く場合は、「そうするた
　　　びに」という意味になる（例②）。
例文：
①何事につけ、一生懸命取り組む姿には感動させ
　られるものです。
②この曲を聴くにつけ、留学時代のことが思い出
　される。

⑤〜ところを

解説：ちょうどその状態にあることを表す。後件
　　　には「助ける」、「捕まえる」、「見つけ
　　　る」、「呼び止める」など、そのものに働きか
　　　けを与えるような動作を表す動詞が置かれる。
例文：
①あの泥棒は逃げる時に足を滑らせて二階の窓か
　ら落ちたところを捕まえられた。
②道を歩いているところを呼び止められてモデル
　になり有名になるケースがある。

⑥〜なしには

解説：後件に否定表現が続き、「それがなければ
　　　不可能だ、なかったらすることができない」と
　　　いうような意味を表す。例文②は決まり文句の
　　　ように使われる慣用表現。
例文：
①大学やバイト先など、どこへ行く時もバイクだ
　から、バイクなしには生活できない。
②（相手：あなたなしには生きていけません。）
　僕も君なしには生きられないよ。

④〜につけ

解説：接在「何事」或「何か」的後面，
　　　表示「每當有什麼情況、不管在什麼情
　　　況下」的意思。此外，接在動詞後面時
　　　則表示「每次都」的意思（例句②）。
例句：
①不管做任何事，拼命努力的態度都令人
　感動。
②每一次聽到這首歌，都會讓我回想起留
　學時代。

⑤〜ところを

解説：表示剛好處於某個狀態。後面接
　　　「幫助」「抓住」「找到」「叫住」之
　　　類表示對對方有所影響的動詞。
例句：
①那個小偷逃走時腳下一滑，從二樓窗戶
　掉下來，就被抓了。
②也有正好走在路上被叫住，當上模特兒
　而變有名的例子。

⑥〜なしには

解説：後面接否定形式，表示「沒有它就
　　　行不通，沒有的話就辦不到」之類的意
　　　思。例句②是有如常套句的慣用說法。
例句：
①不論是上大學或是去打工都騎摩托車，
　所以沒有摩托車就無法生活。
②「沒有你我就活不下去了。」「我也是
　沒有你就活不下去。」

217

●造句練習

①A：＿＿＿＿＿＿＿＿＿さんには、もう＿＿＿＿＿＿＿＿＿＿＿たんですか。

　B：ええ。でも、＿＿＿＿＿＿＿＿＿＿＿＿＿＿＿＿＿＿＿＿たところで、

　　　許_{ゆる}してくれるような＿＿＿＿＿＿＿＿＿＿＿＿＿じゃないから…。

②A：ドラえもんには、何_{なに}かあるにつけ、

　　　＿＿＿＿＿＿＿＿＿＿てもらったり、＿＿＿＿＿＿＿＿＿てもらったり。

　　　＿＿＿＿＿＿＿＿＿＿ところを助_{たす}けてもらったことも数_{かぞ}えきれないよ。

　　　ありがとう。

　B：いや、お互_{たが}い様_{さま}だよ。のび太君_{たくん}にはよく＿＿＿＿＿＿＿てもらったから。

③A：私_{わたし}の＿＿＿＿＿＿＿＿、＿＿＿＿＿＿＿＿＿＿なしには語_{かた}れません。

　B：そうですね。＿＿＿＿＿＿＿＿＿＿＿＿＿＿＿＿＿＿＿＿＿＿からね。

④誰_{だれ}かを空港_{くうこう}で見送_{みおく}る会話_{かいわ}を作_{つく}ってみよう。

➡＿＿＿＿＿＿＿＿＿＿＿＿＿＿＿＿＿＿＿＿＿＿＿＿＿＿＿＿＿＿＿＿＿

＿＿＿＿＿＿＿＿＿＿＿＿＿＿＿＿＿＿＿＿＿＿＿＿＿＿＿＿＿＿＿＿＿＿＿

＿＿＿＿＿＿＿＿＿＿＿＿＿＿＿＿＿＿＿＿＿＿＿＿＿＿＿＿＿＿＿＿＿＿＿

＿＿＿＿＿＿＿＿＿＿＿＿＿＿＿＿＿＿＿＿＿＿＿＿＿＿＿＿＿＿＿＿＿＿＿

＿＿＿＿＿＿＿＿＿＿＿＿＿＿＿＿＿＿＿＿＿＿＿＿＿＿＿＿＿＿＿＿＿＿＿

＿＿＿＿＿＿＿＿＿＿＿＿＿＿＿＿＿＿＿＿＿＿＿＿＿＿＿＿＿＿＿＿＿＿＿

＿＿＿＿＿＿＿＿＿＿＿＿＿＿＿＿＿＿＿＿＿＿＿＿＿＿＿＿＿＿＿＿＿＿＿

＿＿＿＿＿＿＿＿＿＿＿＿＿＿＿＿＿＿＿＿＿＿＿＿＿＿＿＿＿＿＿＿＿＿＿

＿＿＿＿＿＿＿＿＿＿＿＿＿＿＿＿＿＿＿＿＿＿＿＿＿＿＿＿＿＿＿＿＿＿＿

※PTSD(Post-traumatic stress disorder)とは

「心的外傷後ストレス障害」のこと。事故や地震、虐待などで、心に負った衝撃的な傷が元となり、後に、精神的不安定や不眠など、様々なストレス障害を引き起こす疾患のこと。

> ※PTSD(Post-traumatic stress disorder)
> 是指「心靈創傷後壓力失調」。由於遭遇事故或是地震、虐待，心理上受到重創，之後引起精神的不安定或是失眠等各種壓力失調的症候群。

※バリアフリー（Barrier free）とは

身体障害者や高齢者が生活をする際に支障となる物理的障害や精神的な障壁を取り除くことと、それが取り除かれた状態のこと。生活空間の段差をなくすこと、点字の表示、手話通訳などはよく知られているところ。近年は、このようなハード面だけでなく、人対人のソフト面、つまりコミュニケーションのバリアフリー化が重要視されている。

> ※バリアフリー(Barrier free)
> 指去除那些身體殘障及高齡者生活時會造成妨礙的物理性與精神性障礙，乃至於已經除去這些障礙的狀態。廣為人知的有消除生活空間的高低差，點字標示，手語翻譯等等。近年來，不只是這種硬體層面，人與人之間的軟體層面，也就是溝通的無障礙化也相當受重視。

※ジミ婚とは

派手ではなくあまりお金をかけずに地味に行う結婚、または式を挙げずに婚姻届を提出するだけの結婚のこと。リーズナブルで煩わしさがないということが理由で、徐々に増えているようだ。

> ※何謂「ジミ婚」？
> 是指不奢華、不太花錢低調舉行婚禮，或是沒有舉行婚禮只申報結婚的結婚方式。由於合理而且不繁瑣，這種結婚方式似乎逐漸增加。

第1課

I 請聽完CD會話後回答

問1 林さん　辻さん

問2 ロビー　教室　PCルーム　屋上　図書館

問3 立派な　広い　きれい　マナーもいい　いい眺め

問4 教室は2階から7階までです。PCルームも各階にあります。

問5 教室内は飲食禁止です。

問6 空いてさえいれば、自由に使えます。

問7 （天気がいい日に）海が見えます。

II 請聽CD填入空格

① と申します

② 案内させていただきます

③ できたばかりなんです

④ いっぱいになります

⑤ 校則も厳しくて

⑥ 自由に使えます

⑦ 方向も反対です

會話中文翻譯

在日本某大學主修中文的辻同學來到台灣的大學，進行為期半年的研習。今天是研習第一天，由林同學來做校園導覽介紹。

（在校舍前）

林：你好，我姓林。請多多指教。

辻：我姓辻。幸會。

林：今天就由我來做校園導覽。

辻：麻煩你了。

林：那我們就先從大門這邊的校舍來看。

辻：好的。好宏偉的校舍啊。

林：是啊，去年才剛落成的。一樓是大廳和辦公室。

辻：大廳好大啊。而且還有自動販賣機。

林：休息時間都會擠一堆人。樓梯在這邊。我們上二樓去吧。二樓到七樓主要都是教室。

（在2樓走廊）

辻：教室也好乾淨！

林：新的嘛。不過校規也很嚴就是了，教室內禁止飲食。

辻：難怪這麼乾淨。同學都很有規矩嘛。

林：還好而已啦。
還有，每層樓都有電腦室。

辻：啊？每一層樓？果然就是不一樣。也可以上網嗎？

林：那當然。只要有空位，都可以自由使用。我們到頂樓看看吧。風景很漂亮哦。

（在頂樓）

辻：哇，風景真的好漂亮哦。

林：天氣好的時候，還可以看到海呢。

辻：真的。搞不好還可以看到沖繩。

林：怎麼可能！而且方向也相反。

辻：哈哈哈，我開玩笑的。

林：嚇我一跳。說得一臉正經的樣子。來，接下來我帶你去看隔壁的圖書館。

辻：好。

第2課

I 請聽完CD會話後回答

問1 教室　食堂前　校門前の通り

問2 講義中にお腹が鳴りましたから。

問3 今朝、寝坊して、朝抜きでしたから。

問4 学外の店

問5 学外の店のほうが、ちょっと割高です。

問6 特にありません。

問7 牛肉麺です。

II 請聽CD填入空格

① 講義中　　② 朝抜き
③ 学食　　　④ 学外
⑤ 学外　　　⑥ 学食
⑦ 好き嫌い　⑧ 経ってない
⑨ 麺類　　　⑩ 居眠り

會話中文翻譯

辻同學預定來台灣的大學研習半年。中午通常都是和林同學一起吃飯。

（出教室，往學生餐廳走）

林：那我們去吃午餐吧。

辻：好啊，走吧。剛才上課時你有沒有聽到肚子叫的聲音？

林：啊，那原來是你啊。我還在想說是誰呢。

辻：真丟臉……。今天早上睡過頭，結果沒吃早餐……。

林：是這樣啊。那得多吃點才行，吃些什麼有份量的吧。

（學生餐廳前）

辻：學生餐廳中午的時候真熱鬧。好像會被擠扁一樣。

林：看這麼多人我都要反胃了。對了，要不要換個口味到校外的店去吃？

辻：校外？你是說校門口對面的那些店嗎？

林：嗯。雖然比學生餐廳貴了點，不過我覺得味道還不錯。你覺得呢？

辻：好啊，去吃看看吧。

（校門前的路上）

林：要吃哪一家？

辻：好多家店，還真不知道選哪一家好呢。

林：每家都還不錯吃。對了，你會不會挑食？有沒有什麼不敢吃的？

辻：沒有。我吃什麼都很好吃……或者應該說我還沒吃過多少台灣菜，所以也不太清楚。

林：說的也是。你來這裡都還沒一個月嘛。啊，那個怎樣？牛肉麵。

辻：牛肉麵？

林：嗯。就是加了很多牛肉的拉麵。應該可以算是台灣麵類的代表吧。

辻：看起來份量十足。

林：是啊，應該可以吃得很飽。

辻：那吃了這個下午肚子就不會再叫了吧。哈哈哈。

林：哈哈哈。一定沒問題的。不過這下可得小心別打瞌睡了。哈哈。

第 **3** 課

I 請聽完CD會話後回答

問1 教室 医務室 医務室前（部屋）

問2 1) お腹を壊して、お腹が痛いです。
2) 少し吐き気もします。

問3 1) 病院 医者 苦手
2) 中国語で症状を話す

問4 1) 私が付いて行って、通訳し
2) 万が一、悪い病気だっ

問5 1) 林さんは命の恩人です。
2) 清水の舞台から飛び降りるつもりで、医務室行ったのに…。

II 請聽CD填入空格

① 顔色　　　　② 食あたり
③ 吐き気　　　④ 苦手
⑤ 症状　　　　⑥ 症状
⑦ 通訳し　　　⑧ 万が一
⑨ 腹痛　　　　⑩ たいしたことがなさそう
⑪ 命の恩人　　⑫ とにかく

會話中文翻譯

辻同學在台灣的大學研習，今天好像身體不適。林同學建議他去醫務室……。

（下課時間、在教室）

林：咦，怎麼了？臉色不對哦。

辻：肚子有點痛。

林：食物中毒嗎？有沒有吃到什麼不對勁的東西？

辻：唔～，應該沒有吧。不過昨天晚上肚子很痛，起來上了三次廁所。

林：什麼？三次？真慘。一定是吃壞肚子

了。

辻：是啊。而且今天早上也開始有點想吐。

林：這樣啊。好像很嚴重的樣子。看來還是去一趟醫務室比較好吧。

辻：啥？我、我最怕醫院啊醫生那一類的了。

林：不要緊。學校的醫務室嘛，頂多說一下症狀而已。

辻：可是我也還不會用中文說明症狀……。

林：別擔心，我會跟去幫你口譯。

辻：這樣啊。總覺得不太想去……。

林：不行哦，萬一是什麼嚴重的毛病就不好了。

辻：別嚇我。只不過是肚子痛而已。

林：像是禽流感啦……。

辻：又在威脅我了。好啦，我去就是了。醫務室在哪裡呀？

（診察後、在醫務室前）

辻：謝謝你。看了醫生果然比較安心。

林：幸好似乎沒什麼大礙。

辻：嗯。我吃醫生開的藥之後就回房間休息。

林：不要太勉強。

辻：是。你真是我的救命恩人！看我都熱淚盈眶了。

林：你也太誇張了吧。重要的是，如果疼痛不止的話，就得上醫院了。

辻：啊？不會吧。我才抱著必死的決心去了醫務室說……。

林：哈哈哈。你真的是太誇張了。總之一定要多保重。

第4課

I　請聽完CD會話後回答

問1　大学前のバス停　バスの中　市内の
　　　学校

問2　市内の学校へ行きます。

問3　辻さんが台湾語を習っていると聞いて。

問4　去年研修に来ていた先輩が教えてく
　　　れました。

問5　せっかく台湾へ来たから、学内の研
　　　修だけではもったいないと思って。

問6　交換教授の先生

問7　（うまい）

II　請聽CD填入空格

① 寮　　　　　　　② バス停

③ 市内へ行く　　　④ 週に2回

⑤ 大きすぎ　　　　⑥ つい

⑦ 混みます　　　　⑧ 下校時間

⑨ せっかく　　　　⑩ 交換教授

⑪ 普段　　　　　　⑫ 乗り換える

會話中文翻譯

辻同學開始到台語班上課。在公車站巧遇林
同學。

（放學後，在大學前面的公車站）

林：咦，你要出門嗎？你都住在宿舍，我還
　　是第一次在公車站碰到你呢。

辻：是啊，還真是第一次呢，在這裡碰面。不
　　過我偶爾也會一個人去市區，搭公車去。

林：這樣啊。那你今天要去哪裡？

辻：其實我一星期兩天在市區的台語班上課。

林：什麼？真的？真是太驚人了！

辻：何必那麼誇張呢。聲音太大了啦。旁邊
　　的人都在看了。

林：啊，對不起。我真的嚇了一跳，不小心就
　　變大聲了。可是，你怎麼找到台語班的？

辻：是去年來研習的學長跟我說的，用電子
　　郵件。

林：哦，這樣啊。啊，公車來了，上車吧。

辻：嗯。

（在公車上）

辻：人好多。真是沙丁魚公車。

林：沒辦法，放學時間嘛。話說回來，你為
　　什麼會想再學台語？

辻：我想說難得來到台灣，只在學校裡研習
　　就太可惜了。

林：原來如此。

辻：而且，我在日本也學過一點點。

林：啊？在哪裡？

辻：在大學的選修課。上課的老師就是你們
　　學校以交換教授方式過來的老師。你不知
　　道嗎？

林：嗯，我一點都不知道。交換教授的老師
　　台語教得好嗎？

辻：那是一定的吧？台灣人嘛。

林：那不見得。平常會講，可不表示那麼簡
　　單就會教。

辻：這倒也是。要是有人叫我教日語，我也
　　會很頭大，一定的。

林：就是嘛。就是這樣啊。我先下車了，還
　　要轉車。台語好好學哦。

辻：多謝多謝。

林：不錯嘛。

第5課

I　請聽完CD會話後回答

問1　大学近くの喫茶店で。店内も明るく
　　　て、おしゃれで、クーラーもよくき
　　　いています。

問2　夏の終わり頃

問3　ボリュームが大きい
　　　昼間だけじゃなく、夜寝る時も
　　　ラップとかハードロックとか
　　　部屋で練習している　買わされた

問4　一言、言ってあげます。

問5　やっぱり林さんは恩人です。また、
　　　コーヒー、おごりますね。

II　請聽CD填入空格

① カフェ　　　　　② クーラー
③ 扇風機　　　　　④ 残暑
⑤ ルームメイト　　⑥ ボリューム
⑦ ラップ　　　　　⑧ ハードロック
⑨ 夢の中　　　　　⑩ ギター
⑪ 雑音　　　　　　⑫ ダブルパンチ
⑬ バンド　　　　　⑭ ライブ
⑮ 寮主任　　　　　⑯ 恩人

會話中文翻譯

有一次放假時，就讀大學的林同學被來台灣
短期留學的辻同學約出去。聽說好像有事要
商量。

（假日。在大學附近的咖啡店）

林：這家咖啡店感覺不錯。

辻：這家店裡面採光很好，又很時麾對不對？

林：而且冷氣也很涼。

辻：這點最棒了。宿舍的房間只有電扇，超

熱的說……。

林：台灣的夏天還沒結束呢。先不談這個，
　　你說要商量，是什麼事？

辻：其實是宿舍室友的事啦。

林：我記得你好像是跟學長同寢室。

辻：嗯。那個學長是個超級音樂迷。

林：喔，CD音量太大了嗎？

辻：是啊，還不只白天，連晚上睡覺的時候
　　也一樣。而且都是一些繞舌歌或是重搖滾
　　的音樂，聽得我腦袋都嗡嗡作響。

林：那真過分。

辻：就是嘛。害我連作夢的時候，好像都還
　　一直聽到咚咚鏘鏘的聲音。

林：那一定沒辦法好好睡覺吧。

辻：何止啊。學長自己也有在彈吉他，還在
　　房間裡練習呢。我本來就不喜歡搖滾樂，
　　那些對我來說都是噪音。

林：CD跟吉他……。兩面夾攻啊……，我真
　　同情你。

辻：而且……。

林：還有啊？

辻：是啊。他說他們樂團要表演，結果我還
　　被強迫推銷買了門票呢。

林：什麼？那就真的有點超過了。我幫你去
　　跟他說說。

辻：可以拜託你嗎？

林：當然沒問題。如果我說了他還不聽，我
　　再去跟宿舍主任說。

辻：謝謝，那就太好了。

林：你儘管放一百二十個心吧。

辻：是，你果然是我的貴人。下次再請你喝
　　咖啡。

第 6 課

I 請聽完CD會話後回答

問1 辻さんが林さんを訪問しました。

問2 料理を教えるために訪問しました。

問3 手土産です。おいしいって聞きましたから。

問4 ソース　マヨネーズ　かつおぶし　青のり

問5 1回　3年前

問6 おいしかったです。

問7 じゃ、気をつけて。

II 請聽CD填入空格

① スリッパ 　　② ケーキ

③ ケーキ 　　④ デザート

⑤ キッチン 　　⑥ 調味料

⑦ 本場の味 　　⑧ 3年ぶり

⑨ 思い出しました 　　⑩ バッチリ

⑪ そろそろ 　　⑫ もう少し

⑬ いらしてください 　　⑭ 気をつけて

會話中文翻譯

某個假日，林同學請日本來的留學生辻同學教做日本料理。

（林同學的家・在玄關）

辻：打擾了。

林：請進。請穿這拖鞋。

辻：謝謝。這個，請笑納。我買了蛋糕來。

林：你不必那麼客氣嘛。

辻：因為我聽說這家蛋糕很好吃……。而且，我也想吃吃看。

林：這樣啊。那，就在飯後當點心一起吃吧。請往這邊走。廚房在這裡。

（在廚房）

林：材料都準備好了。做大阪燒比我想的需

要更多的材料呢。

辻：是啊。因為光是調味料，就需要醬汁、美乃滋、柴魚片、青海苔。倒是很不好意思，所有的材料都讓你買。

林：沒關係啦。我沒想過居然可以請你教我大阪燒的做法呢。自從我旅行時在大阪吃過後到現在，就一直忘不了那個味道呢……。

辻：大阪的是道地的口味，特別好吃，會上癮也是理所當然的吧。

林：也不能說是上癮吧。因為從那次以來，就一次也沒再吃過。今天是第二次。中間相隔三年了。

辻：這樣啊。那把做法學會的話，就可以時常自己做來吃了。

林：那才說不定會上癮……。

（餐桌上）

林：啊，真好吃。

辻：味道怎麼樣呢？　和你三年前吃的大阪燒一樣嗎？

林：嗯，讓我回想起那個味道了。真的是很好吃。

辻：不怎麼難做，自己一個人也可以做吧？

林：嗯，筆記也做了，完全OK。我打算下次做給家人吃。

辻：好主意！那我也差不多該告辭了。

林：啊？再多待一會兒嘛。

辻：謝謝。不過，我還有一點事。

林：這樣啊。那，歡迎下次再來。

辻：好的，一定。下次請你教我做台灣料理好了……

林：好啊。就這麼決定。

（在玄關）

林：那麼，路上小心。

辻：好的。非常謝謝你。打擾了。

第 7 課

I 請聽完CD會話後回答

問1 今から時間があるかどうか聞きました。

問2 スピーチを聞いてもらって、アドバイスをしてもらいたいと頼みました。

問3 覚えていますね タイトル 内容 アクセント 発音

問4 慌てないでゆっくり気持ちを込めて話した
自分の感情に合わせて手振りを付けるの

問5 日本で中国語弁論大会に出たことがありますから。

II 請聽CD填入空格

① 全国大会　② ポスター　③ アドバイス
④ 喜んで　⑤ 審査員　⑥ 完璧
⑦ 暗唱　⑧ 感動　⑨ テーマ
⑩ 発音　⑪ アクセント　⑫ 気持ち
⑬ 感情　⑭ 感情　⑮ 自信
⑯ 入賞　⑰ 優勝　⑱ とにかく

會話中文翻譯

預定參加演講比賽的林同學。在比賽前，拜託留學生辻同學聽聽他演講並提供建議。

（下課後，在教室裡）

林：辻同學，現在有時間嗎？

辻：嗯，有啊。什麼事？

林：不瞞你說，我這次要參加演講比賽。

辻：啊？是下個月舉辦的那個全國大賽嗎？

林：辻同學，你怎麼知道呢？

辻：辦公室的佈告欄不就有貼有海報嗎？

林：啊，對喔。 我想請辻同學聽我演講一次，並且給我建議……。

辻：嗯，好啊，我很樂意。雖然不知道能不能給你什麼建議。

林：謝謝。那就馬上開始了喔。能不能請你坐這邊。

辻：好的。感覺好像評審哪。

（聽完演講之後）

辻：好厲害喔，好厲害。背的滾瓜爛熟呢。

林：謝謝。對於背誦我還算在行。
那，你覺得怎麼樣呢？

辻：嗯，題目跟內容都非常棒。很感動。

林：你又說的太誇張了。

辻：不不，真的。這不是一般人會想到的題目，所以我想評審也應該會給予很高的評價。

林：如果是這樣的話真令人開心。那發音怎麼樣呢？

辻：這個嘛。重音都沒有錯誤，發音也沒有問題。只是有些地方沒有抑揚頓挫，最好不要慌張，帶著感情慢慢說，我想這樣會更好。

林：對喔。被你這麼一說，我在演講的時候真的是會的越講越快。

辻：最重要的就是感情，所以配合自己的感情再加上一些手勢或許也不錯。

林：有道理。託辻同學給我建議的福，我覺得我有自信了。謝謝你。不過辻同學你對演講倒真是很精通呢。

辻：其實，我在日本也參加過中文演講大賽喔。雖然很遺憾沒有得獎。

林：怪不得這麼精通。

辻：林同學，既然要參加比賽，就以得獎為目標加油吧。

林：好的。既然要參加，就以入圍為目標。

辻：不是入圍是奪冠。目標要訂高一點。

林：奪冠？是，是的。總之我會努力。

I 請聽完CD會話後回答

問1 CDショップの店頭　Jポップコーナー
　　台湾語(たいわんご)のCDコーナー

問2 演歌(えんか)　アニメソング

問3 芸能界(げいのうかい)　マンガ　アニメ　ゲーム
　　ファッション

問4 韓国(かんこく)の俳優(はいゆう)　年配(ねんぱい)の方(かた)

問5 歌(うた)を聴(き)きながら、台湾語(たいわんご)の練習(れんしゅう)をし
　　ようと思(おも)いましたから。

II 請聽CD填入空格

① ポスター
② ポスター
③ 売(う)り切(き)れてる
④ 売(う)り切(き)れる
⑤ あの奥(おく)
⑥ アニメソング
⑦ ファン
⑧ 芸能界(げいのうかい)
⑨ 現象(げんしょう)
⑩ 韓流(はんりゅう)
⑪ 年配(ねんぱい)
⑫ 俳優(はいゆう)
⑬ イケメン
⑭ 本音(ほんね)
⑮ 確(たし)かに

會話中文翻譯

聽說留學生的辻同學有想買的CD，所以林同學帶他來到大型的CD店。

（在CD店的店門口）

林：辻同學，就是這裡。這家CD店。

辻：好大喔。人也很多……。

林：是啊。因為辻同學你說想買CD，所以我想說這家店或許不錯。

辻：咦？也有張貼日本歌手的海報耶，你看。

林：對呀。在台灣也是很有人氣的歌手呢。

辻：有海報，就是說也有在賣CD囉？

林：當然囉。只是，銷路太好的話，有時也會有賣光的情形。

辻：那就是說不光只有賣，還很受歡迎甚至會賣光是不是？

林：沒錯。進去看就知道了，那種受歡迎的程度。

（CD店內）

林：這邊這邊。日本流行歌曲的專區在那裡面。

辻：啊，我看到了。日本流行歌曲專區。哇。數量好多喔，真的是。

林：這一排全部都是日本流行歌曲呢。不過，演歌跟動畫歌曲之類的也放在同一排。

辻：沒想到有這麼齊全。而且，買的人不少呢。

林：一旦成為那歌手的歌迷，似乎就會變的非買不可。這是哈日族的一種。

辻：哈日族？那是什麼啊？

林：咦，辻同學你不知道嗎？ 對那些熱愛日本文化的人，包括演藝圈及漫畫、動畫、遊戲、流行時尚等等，就是這麼稱呼的。

辻：啊，我有聽說過。其實，日本現在也有類似的現象發生喔。

林：啊，我知道。是指韓流吧？

辻：沒錯沒錯。那些追著韓國明星跑的女性讓我覺得非常不可思議。而且中年婦女佔大多數，真叫人吃驚。

林：那個明星在台灣也相當有人氣喔。

辻：哦？在台灣也是嗎？在我看來，雖然很受歡迎，但也不是長得多帥啊。

林：辻同學，今天難得你說話比較辛辣耶。

辻：沒有沒有。不知不覺就說出了真心話。先不說這些，台語的CD在哪邊？

林：咦？辻同學，你不是要買日語CD，而是台語CD？

辻：是啊。我想要邊聽歌邊練習台語。

林：確實是可以練習。不過你要的不是國語而是台語？

辻：是啊，台語的。我也可以說是十足的哈台族吧！？

第9課

I　請聽完CD會話後回答

問1　前から誘われていて。それに中学時
代からやっていましたから

問2　バレー部（バレーボール）に入って
いました。

問3　はい、興味がないことはないです。

問4　いいえ、ありませんでした。

問5　上手なほう　センス　何曲かマスター
歌手　作曲家

II　請聽CD填入空格

① 中学時代
② もしよかったら
③ 別として
④ バレーボール
⑤ 県大会
⑥ 興味がない
⑦ 練習場
⑧ 初心者
⑨ マスター
⑩ ビギナー
⑪ 歌手
⑫ 作曲家
⑬ 夢見て

會話中文翻譯

來台灣的大學留學的辻同學從以前就想要參
加社團。今天他決定去參觀林同學所參加的
吉他同好社的練習……。

（早上，在教室內）

辻：林同學，怎麼了？怎麼帶著吉他？

林：啊，這個嗎？我參加了吉他同好社啦。

辻：哦，同好社嗎？

林：對啊。從以前就一直被邀。其實，我國
中就開始彈了。

辻：是喔。那我是不是也來參加個什麼社團。

林：不錯啊。對了，辻同學，如果方便的
話，今天要不要來參觀一下我們同好社？

辻：哦，可以嗎？

林：當然可以。先別管參加與否，就先來看
一下吧。

辻：好。那麼，務必讓我參觀一下。

（下課後，前往吉他同好社的練習地點）

林：辻同學，你在日本沒參加什麼社團嗎？

辻：有啊。「バレー」的社團。不是跳芭蕾舞
的「バレー」，是打排球的「バレー」。

林：原來你是體育類的。真是看不出來。

辻：是嗎？我可是正式選手，還參加過縣運會呢。

林：那真是厲害耶。那，吉他呢？

辻：並不是說沒興趣，但老實說，我連碰都
沒碰過。

林：哦，這樣啊。那今天根本就是頭一遭
囉。到了，就是這裡，練習地點。請進。

辻：好的。打擾了。

（在練習地點，練習了一下）

辻：呼，好難喔。

林：休息一下吧，喝個茶什麼的。來，請喝。

辻：謝謝。

林：不過，辻同學，就初學者來說，你算是
很厲害的呢。說不定很有潛力。

辻：真的嗎？你別捧我了。

林：沒有，我可是真心的。練習個兩三個月
的話，我想你一定可以精通個幾首。

辻：不管怎麼說，你稱讚過頭了吧。我可是
不折不扣的初學者呢。

林：但是，藉由這個機會，說不定會往歌手
或是作曲家的道路發展……。

辻：不可能啦。但如果能彈自己喜歡的歌，
我想一定會很開心。

林：那麼，就夢想著那一天的到來，努力練
習吧！！

I 請聽完CD會話後回答

問1 いいえ、お母さんにハガキを書いて
　　 いました。

問2 一緒に台湾へ来ます。

問3 すぐ返事が来て、それから「返事が遅
　　 い」って催促の手紙が来ますから。

問4 手紙を書いたりする

問5 筆不精

問6 速い　お金もかからない　便利

問7 手紙やメールの返事が来ること

II 請聽CD填入空格

① ラブレター　　② ラブレター

③ ハガキ　　　　④ 親孝行

⑤ ハガキ　　　　⑥ 返事

⑦ 返事　　　　　⑧ 筆まめ

⑨ 筆まめ　　　　⑩ 筆不精

⑪ 筆不精　　　　⑫ 電話

⑬ メール　　　　⑭ メール

⑮ 手紙　　　　　⑯ ハガキ

⑰ 年賀状　　　　⑱ 満足感

⑲ 返事　　　　　⑳ メール

㉑ 返事　　　　　㉒ 手紙

㉓ メール

會話中文翻譯

在台灣留學的辻同學，今天在咖啡店裡寫
信。剛好林同學也進來了……。

（禮拜六下午，在大學附近的咖啡店。辻同
　學正在給母親寫風景明信片。）

前略　媽媽妳最近好嗎？

很開心妳可以跟爸爸一起來台灣。

到目前為止您夫妻倆好像還沒一起旅行過
……？

由於妳們兩個人都是第一次出國，所以一定
要先去辦護照喔。

詳細行程決定之後，請記得通知我。我非常
的期待。

對了，最近因為林同學的邀請，我加入了吉
他同好社。

那麼，請注意季節變化不要感冒了。幫我向
大家問好。　草此

（恰巧，林同學也進來同一家咖啡店）

林：咦，這不是辻同學嗎？你在寫什麼呀？
　　信嗎？啊，是情書吧。

辻：對對，是情書。當然不是啦。又沒有對
　　象……。

林：哦，真的嗎？

辻：是‧真‧的。是我媽啦。我在寫明信片
　　給老家的媽媽。

林：喔，原來是寫給媽媽啊。真是孝順呢。

辻：哪有，說老實話，是不得不寫啊。

林：哦？為什麼這麼說？

辻：我才寄明信片過去，媽媽那邊一收到，
　　就立刻回信給我。之後，過了一個禮拜左
　　右，又來了封催促的信說「回信很慢喔」
　　……。

林：原來是這樣啊。那麼、就不能不寫了。

辻：對吧？我明明不是那麼「下筆勤快」。

林：「下筆勤快」？

辻：對，就是指那種勤於寫信的人。相反的

就叫做「懶於動筆」。

林：那我就是那種真正懶於動筆的人。這幾年來，完全沒印象我有寫過信。

辻：那你都是打電話或是發電子郵件嗎？

林：對。幾乎都是利用電子郵件。又快又不花錢，真的很方便。

辻：我是那種不大懂高科技的人，所以並不討厭寫信或是明信片之類的。

林：這麼說來，你寫了很多的賀年卡囉。

辻：對啊，一張一張的用心寫，總覺得可以感到滿足。從各地收到回信，也很開心。

林：嗯，我好像可以了解。收到電子郵件的回信時，也是很開心呢。

辻：寫信也好電子郵件也好，總之和熟人朋友互相連絡很重要不是嗎。

第11課

I 請聽完CD會話後回答

問1 明日のお昼ごはんを一緒に食べることを誘うため

問2 おにぎり 卵焼き ウィンナー ハンバーグ

問3 味のほう 食べてみてから

問4 梅干し うれしい（おいしい）

問5 ご馳走様でした

問6 涙が出る

II 請聽CD填入空格

① 夜分遅く ② 全然
③ お昼 ④ 急に
⑤ 念のため ⑥ 手作り
⑦ 日本風 ⑧ 保証
⑨ 間違いなし ⑩ 召し上がって
⑪ 中身 ⑫ 中身
⑬ コンビニ ⑭ コンビニ
⑮ おそまつさま ⑯ 涙
⑰ 光栄

會話中文翻譯

在台灣的大學主修日文的林同學，今天要來挑戰做日式便當。從日本來的留學生辻同學是否會說「好吃！」呢？

（在宿舍。辻同學的來電鈴聲響了。）

辻：喂。

林：喂。辻同學。這麼晚打給你真不好意思。

辻：不會。因為我都很晚睡。完全沒關係。

林：啊，對喔。呃……明天的中午，要不要

一起吃飯？

辻：怎麼了？突然這麼鄭重其事的。每天不
是都一起吃嗎？

林：嗯。話是沒錯啦。只是預防萬一。那，
晚安。

辻：晚安。（總覺得哪裡怪怪的……）

（隔天的午休。在校舍的屋頂。）

林：鏘鏘。我自己做的便當。

辻：哇，真了不起。飯糰、加上煎蛋、燻肉
香腸、漢堡排。這完全就是個日式便當
嘛？看起來好好吃……。

林：對吧？我想如果都只吃外食，容易營養
不均衡。不過，味道我可不能保證唷。因
為有的東西也是第一次做……。

辻：你太客氣了。因為是愛好料理的林同學
所做的，一定是超級好吃。

林：不過，不吃吃看的話，到底好吃還是不
好吃可是不知道的喔。那，請用，請嚐嚐
看。

辻：好，那麼，我就不客氣了。開動。嗯，
真好吃！這個煎蛋。如果沒了煎蛋，就稱
不上是便當了。

林：是這樣啊。那，我也吃一個。開動～。
嗯，好吃。煎的很完美真是太好了。

辻：那，我來吃個飯糰。裡面包什麼呢
……？

林：說到飯團的餡就想到……？

辻：梅乾嗎？哇，真開心。我好一陣子沒吃
了。嗯，好好吃！

林：那就好。便利商店或是其他地方有賣各
式各樣的飯糰，所以我想說多做些種類比

較好……。

辻：不不，說到飯糰，還是想到梅乾。便利
商店那些包烤肉或是鮪魚美乃滋的飯糰好
吃是好吃，該說會吃膩或……。

林：真是太好了，讓你這麼高興。

（吃完後。）

辻：啊，真好吃。承蒙你的招待。

林：沒有啦，只是些簡單的東西。轉眼間，
就都吃光了呢。

辻：對。真的是好吃到我都快流淚了。

林：又來了，又來了。辻同學你誇大的毛
病。

辻：沒有，是真的。請相信我嘛 。

林：好好，我相信。能得到你的讚美真是光
榮。那，也差不多該回教室囉。

第12課

I 請聽完CD會話後回答

問1 夫婦水入らずの邪魔になると思っています。

問2 辻さんの妹が両親を心配している

問3 両親が心配している

問4 おいしいショーロンポー 有名なスイーツの店

問5 故宮博物院 台北101ビル

問6 林さんのお母さんにご馳走になりましたから。

問7 家族4人水入らずの旅が出来ましたから。

II 請聽CD填入空格

① ご両親　　　　② 邪魔して
③ 海外　　　　　④ 不安
⑤ ショーロンポー　⑥ スイーツ
⑦ 下調べ　　　　⑧ スケジュール
⑨ 世界一　　　　⑩ 無事着いた
⑪ 通訳　　　　　⑫ お口に合った
⑬ 食いしん坊　　⑭ 羨ましい

會話中文翻譯

台灣留學中的辻同學的父母，即將要來台灣旅行。當初應該是兩個人來的，但突然妹妹也要一起來。如果是個快樂的旅行就好了……？

（休息時間。在教室。）

辻：啊，今天也是好天氣。心情真好。

林：對啊。如果下禮拜也是好天氣就好了。

你爸媽來，是下禮拜對吧？

辻：是啊。結果妹妹也要一起來。本來只有夫妻倆的旅行她卻當電燈泡……。

林：有啥關係？很擔心不是嗎？他們第一次出國旅行……。

辻：什麼？別人還不敢說，我爸媽沒這回事。而且他們英文也還可以。

林：不是。我是說你妹妹啦。只讓爸媽兩個人來，她或許會不放心……。

辻：不可能。不可能。她只是自己想來玩而已。實際上，她已經提出了很多要求。郵件裡面不是「想吃好吃的小籠包」，就是「帶我去有名的甜點店」什麼的……。

林：這不是很可愛嗎。都先調查好了呢。

辻：真是的，明明是個大學生，卻只知道吃的。不知道她知不知道「故宮博物院」……。

林：不會吧。別人還不敢說，你妹妹不會不知道傲視全球的「故宮」吧。

辻：嗯，真的是希望如此。

林：有排入這次的行程嗎？

辻：嗯，當然。因為去掉「故宮」的話，就稱不上是台灣觀光了。

林：台北101大樓呢？

辻：這個嘛，好不容易來這一趟，在想說是不是去看看。我沒上去過展望台，而且怎麼說它也是世界第一。

林：對啊。89樓眺望出去的景色真是太美了～。

（辻同學家人回國的隔天。在教室。）

林：啊，辻同學。他們平安回去了嗎？

辻：嗯。昨天很晚有打電話說平安到達了。我媽媽說也要跟你問好。

林：謝謝。不過，你很累吧？跟著到處去。

辻：是啊，真的是。而且爸媽跟妹妹都只會說「謝謝」，所以不得不全程翻譯。這倒是其次，前天晚上還真是謝謝你，讓你請了一頓。

林：不，別客氣。因為我媽說什麼也想要招待你們。我媽一直很擔心，不知道合不合大家的胃口，如何呢？

辻：很好吃呢。我那貪吃的妹妹也好感動呢。

林：那就好。因為是很大眾化的店，口味不是特別針對外國人，所以我還在想不知道你們覺得如何。

辻：不不，這樣反而比較好。真的是承蒙你招待了。

林：不客氣。不過，真令人羨慕。可以自家四個人一起旅行。

辻：這麼說也是。妹妹一起來可能還是來對了。

第13課

I 請聽完CD會話後回答

問1 窓の外を見ながら話しています。雨が降っています。

問2 傘を電車に忘れました。今月2回目です。

問3 いいえ。ボロ傘（古い傘）だから誰も届けてくれないだろうと思って。

問4 台湾へ来て2、3か月経った頃　バスで　財布を　知らない男の人が　バス停近くのコンビニに　ちゃんと入っていた

問5 本当にいい人だったんですね。

II 請聽CD填入空格

① 気分　　　② 傘
③ ボロ傘　　④ 落し物
⑤ 傘　　　　⑥ 諦める
⑦ お気に入り　⑧ リュック
⑨ リュック　⑩ 半信半疑
⑪ 諦め　　　⑫ お礼
⑬ 拾う　　　⑭ ケータイ
⑮ 持ち主

會話中文翻譯

大家應該都有在電車或是公車上遺失東西，或是走在路上時撿到了某人的遺失物這種經驗吧。這個時候該怎麼辦呢？讓我們來聽聽辻同學遇到的好經驗。

（午休。從餐廳的窗戶向外眺望）

林：最近可真會下雨呢。

辻：是啊。再這樣每天一直下，心情很容易變得鬱悶。

林：對了對了。辻同學你聽我說。我又把傘忘在電車裡了。這是這個月的第二次了。

辻：什麼？又掉了？你有向車站詢問過嗎？

林：沒有。不會找到的啦。那種破傘，除非遇到很親切的人是不會送去招領的。

辻：不見得啦。因為在日本，被送到車站招領的遺失物第一名就是雨傘。

林：哦，這樣子啊？我以為東西一旦掉了就完了只好死心。

辻：沒這回事。世界這麼大，可是有很多親切的人唷。

（辻同學拿出自己的錢包給林同學看並開始說了起來。）

辻：這個錢包，我很喜歡。當它回到自己身邊時，真的高興的不得了。

林：遺失過嗎？

辻：是啊。大概是來台灣兩三個月左右的時候。搭客滿的公車回宿舍時，放在背包口袋裡的錢包不見了。

林：啊，是扒手嗎？

辻：是啊。因為在公車裡背著背包，我想說一定是被扒走了。結果隔天有個男的打電話跟我說：「我在公車站撿到了錢包，寄放在公車站前的便利商店，請你去拿」。之後，我半信半疑的去了那家便利商店……結果真的找到錢包。

林：那真是太好了。那，裡面的東西呢？

辻：都好好的放在裡面。雖然我都已經半放棄了。

林：那真是個好人。

辻：是啊。但是我完全沒有問他姓名或什麼的，所以無法向他道謝。

林：那也是沒辦法。

辻：嗯。但是自從那之後，「撿到遺失物一定要送去招領」的想法就變得很強烈，不管撿到什麼遺失物都會送去招領。

林：那是好事。也有人即使看到遺失物，連撿都不撿呢。

（辻同學收起錢包，邊看著手錶）

辻：好吧，該走了吧。

林：好。咦，那邊的手機，是不是誰的遺失物啊？

辻：真的呢。手機的主人一定很困擾。送去哪邊招領比較好啊？

林：是總務處。反正還有時間，我們走吧。

I 請聽完CD會話後回答

問1 林さん　昨日給料が出ましたから。

問2 父の知り合いがやっている日本料理店で

問3 社会勉強　働く経験を　日本人のお客さん

問4 飲食店のウェイター　家庭教師　ビルの清掃員　24時間営業

問5 勉強がおろそかになりましたから。

問6 アパートの家賃　生活費

II 請聽CD填入空格

① おごり　　　　　② 割り勘

③ バイト　　　　　④ 週末

⑤ 小遣い　　　　　⑥ 仕送り

⑦ 一人暮らし　　　⑧ 時給

⑨ 子守り歌　　　　⑩ 本分

⑪ お小遣い　　　　⑫ チャンス

會話中文翻譯

拿到打工薪水的林同學似乎打算請辻同學吃些什麼。後來也談到了辻同學的打工經驗。那麼，兩人的打工目的是什麼呢……？

（下課後。大學附近的簡餐店）

林：辻同學，想吃什麼？今天我請客。

辻：咦？不好意思啦。兩人各付一半吧。

林：不用、不用。不瞞你說，昨天發薪水了。所以今天就讓我請客吧。

辻：哦？林同學，你有在打工嗎？

林：啊，還沒跟你說。其實從上個月開始，

週末在我爸朋友開的日本料理店裡工作。

辻：喔，是這樣啊。

林：對啊，所以別客氣。

辻：好。那麼今天就接受你的好意吧。

（二人招喚服務生點餐）

辻：台灣的學生也是有很多人在打工嗎？

林：嗯。我想應該相當多。

辻：大家都是為了賺零用錢嗎？

林：對啊。我想大部分都是這樣。但是，其中也有自己賺錢來支付伙食費及生活費的人。例如那些家裡沒有供給生活費的外宿生。

辻：那，跟我一樣。

林：咦？辻同學也是？

辻：對啊。因為我來留學前，是離開家裡一個人在外生活。學費雖然是爸媽幫忙付的，但房租跟生活費則是自己想辦法賺的。

林：哇，真是了不起。

辻：沒有啦，我有些朋友不只是生活費，連學費都是自己付的呢。

（服務生將點的餐點送來。）

二人：開動～。

林：辻同學你打過什麼樣的工？

辻：我打過各式各樣的工。有餐廳的服務生或是家教，或是大樓的清潔員等等。因為比白天的時薪高，也到過24小時營業的店上過夜班……。

林：不會耽誤課業嗎？

辻：一定會的吧。即使去上課，老師的話聽

起來就像是搖籃曲，一睡不起⋯⋯。完全沒辦法唸書。

林：這是⋯⋯本末倒置吧。

辻：沒錯。所以，很快就辭掉了。不管怎麼說，學生的本分就是唸書對吧。
那，林同學你也是一樣為了賺零用錢？

林：不如說，是學習待人處世。我認為學生時代先有工作的經驗是很重要的。而且，因為有很多日本客人，偶而也有談話的機會。辻同學，下次來吃看看吧。到時候也由我來請客。

辻：真的嗎？！最近想念日式料理。例如壽司跟生魚片！！

林：⋯⋯。（那些很貴呢。老兄。）

第15課

I 請聽完CD會話後回答
問1 病院へ 林さんのお見舞いに
問2 バイク 交差点 トラック
問3 左足 1か月半から2か月
問4 果物 雑誌 ゲーム
問5 感激しました。
問6 思ったより元気そうで安心しました。

II 請聽CD填入空格
① お加減　② 重傷
③ 重傷　④ 5、6メートル
⑤ 意識　⑥ 信号無視
⑦ 交通ルール　⑧ 不幸中の幸い
⑨ 養生する　⑩ 食べきれない
⑪ 退屈　⑫ 退屈
⑬ 高価　⑭ 宝物
⑮ 早くよくなっ　⑯ わざわざ
⑰ 思ったより　⑱ お大事に

會話中文翻譯
辻同學前往醫院探病。因為林同學騎機車出車禍住院。希望不是重傷就好了⋯⋯。

（在林同學住院的醫院）

辻：你好。

林：請進。啊，辻同學你來了啊？

辻：是啊。我很擔心呢。啊，你躺著就好。身體狀況如何？

林：謝謝。好多了。

辻：聽到林同學你被車撞成撞傷，我真是嚇死了。

林：不好意思，讓你擔心。不過雖然說是重傷，也不過只是骨折。

辻：不過我聽說你被撞得飛個老遠。

林：嗯，大概有5、6公尺吧。我騎機車騎到十字路口時，旁邊突然冒出一輛卡車。被撞的那一剎那，就沒有知覺了。

辻：卡車撞你的嗎？

林：對啊。那個司機闖紅燈。

辻：那真的是很過分。不能原諒。

林：嗯，希望他能遵守交通規則。不過，當時的情況死也不足為奇，幸好只是左腳複雜性骨折而已。

辻：真是不幸中的大幸。不過，要完全康復看來得花上好一段時間。

林：醫生說要一個半月到兩個月。唉，也只能靜下心來慢慢休養了。

辻：啊，對了。我帶了許多東西來探病喔。

林：不好意思。讓你花這麼多心思，真是抱歉。

辻：沒關係。先是……這個，水果。

林：這麼多？一個人吃不完啦。

辻：沒關係，沒關係。慢慢吃。然後是……雜誌。

林：哇，真開心。我已經無聊到快受不了了。

辻：看吧？還有最後是……，這個。

林：什麼？電玩？雖然你特意帶來，不過，電玩我不太會……。

辻：噢，這個不只是電玩，也可以聽音樂。

林：哇，這樣好嗎？送我這麼貴的東西……。

辻：啊？不是不是，這個只是借給你……。

不好意思，因為是我的寶貝……。

林：不好意思。不過，真的很感謝你。幫我設想那麼多。

辻：沒有沒有。我想說你一個人會很閑……。要早點康復喔。

林：好的。真的謝謝你。今天特地來看我，我真的很高興。

辻：我也是，看到你比想像中的有精神，我放心多了。那，我會再帶水果來。

林：什麼，水果？吃不完啦……。

辻：開玩笑啦。我會再帶些好吃的東西來。那麼，請保重。

第16課

I 請聽完CD會話後回答

問1 病院 寮

問2 話を聞いてもらいたいと思って。

問3 ライオン 虎 豹

問4 誰か 岸壁 海

問5 疲れがたまった ストレスもある

問6 気持ちが楽になりました。

II 請聽CD填入空格

① 退院　　　　② 公衆

③ 数日　　　　④ ジャングル

⑤ 囲まれ　　　⑥ 四方八方

⑦ ビッショリ　⑧ 大声

⑨ 手を伸ばし　⑩ 入院生活

⑪ リラックスする　⑫ ぐっすり

會話中文翻譯

住院中的林同學最近好像會做噩夢。想找人聽他說話，所以打了電話給辻同學。那可怕的夢是什麼呢？

（辻同學的手機響起）

辻：喂。

林：喂。我是小林。

辻：哦，林同學嗎？好久不見！已經出院了啊？

林：不，還沒出院。我是打醫院的公共電話。現在，方便說話嗎？

辻：可以啊。我剛回宿舍。發生什麼事了？

林：其實，想請辻同學聽我說說……。

辻：好啊，是什麼呢？

林：這幾天，我會做噩夢。

辻：噩夢啊……。還記得是怎麼樣的夢嗎？

林：嗯。昨晚是夢到，我一個人走進叢林。越往裡面走去，出現了各式各樣的動物。然後最後走到一片寬廣的草原，等我發現時，已經被凶猛的動物給包圍了。有獅子也有老虎和豹。被十幾頭動物一動也不動的盯著，就像被蛇盯住的青蛙一樣，想逃也逃不了……。就這樣過了很久的時間。結果突然一頭獅子開始行動，同時其他動物也四面八方一起飛撲過來……。

辻：飛撲過來……？然後結果呢？

林：於是我就醒了。

辻：呼—。光聽就令人感到緊張。真的是可怕的夢呢。

林：嗯。醒來時，我一身冷汗。

辻：這樣啊。還有其他的嗎？

林：有啊。之前還有夢到被人追趕。是誰我不清楚，一邊哇哇大叫一邊追著我跑。我一直逃一直逃，最後逃到了岸邊，往下一看，居然是高達100公尺左右的懸崖。那個男子手一直伸過來想要抓我，所以我猛然往海裡跳去，那瞬間就醒了。

辻：嗯，真是令人捏把冷汗。

林：對啊。是不是因為有遇到車禍，才會做這樣的夢？

辻：嗯，或許這也是原因之一，不過不習慣住院生活，會不會造成你疲勞累積？而且可能也有壓力……。

林：是嗎？是指那個有時會在新聞上聽到的ＰＴＳＤ嗎？我會不會也得了那個……。

辻：不用這麼擔心啦。嗯。即使是ＰＴＳ

D，最重要的就是要放鬆，不要想太多。
如果想找人商量或是說話，有什麼事隨時
都可以打電話給我。

林：謝謝。辻同學你這麼說，我心情變得輕
　　鬆多了。

辻：對對。放鬆、放鬆。

林：辻同學果然很可靠。有時間的話，可以
　　再來看我嗎？

辻：我會去、我會去。我明天會飛奔過去。
　　所以你放心。

林：好。真是謝謝你。今天看來可以睡的很
　　好了。那，晚安。

辻：晚安。

聽！說！校園生活日語會話

第17課

I 請聽完CD會話後回答

問1 林さんが退院して初登校する日でし
　　たから。

問2 ゆっくり　ゆっくり　無理し　かばん

問3 障害者に優しい

問4 エレベーター　専用トイレ　専用駐
　　車場　専用の席　スロープ

問5 高齢化社会にもなってきますから。

II 請聽CD填入空格

① 入院中　　　　② 予定

③ リハビリ　　　④ バイク

⑤ 新鮮な　　　　⑥ 教室棟

⑦ 不自由　　　　⑧ 施設

⑨ 施設整備　　　⑩ 整備中

⑪ 環境作り　　　⑫ 差し伸べ

⑬ 水くさい

會話中文翻譯

住院的林同學出院後，第一天上學的日子。
由於腳部骨折尚未痊癒，似乎仍需持續一段
時間拄著拐杖生活。

（早上，校門口。林同學由母親開車送來，
　在校門口下車。）

辻：早啊，林同學、林媽媽。早安！

林：早安。你在等我嗎？

辻：是啊。小心點。慢慢來，別急。那麼，
　　林媽媽，再見！
　　林同學，恭喜你出院。

林：謝謝。住院時，你來探病那麼多次，我

239

真的很高興。

辻：不謝。身為朋友這是理所當然的事啊。先不說這些，你比預計提早很多出院不是嗎？

林：對啊，因為我每天很認真的在復健。拐杖也是，原先不大會用非常辛苦，現在已經很習慣了。你看，就像這樣。

辻：危險、危險。後面有機車來。我知道你已經習慣了，不過也不可以勉強喔，真的。那，我們走吧。我幫你拿包包。

林：嗯，不好意思。拜託你了。

（兩人進入教室。）

林：哇，也好久沒進教室了。覺得很新鮮。

辻：來，林同學你坐吧。拐杖就放在這邊。走了很多路，累了吧？

林：嗯，有一點。不過沒關係。因為還好有斜坡，不用爬樓梯。而且，進了教學大樓之後，只要搭電梯就行了。

辻：不愧是標榜「體貼殘障的大學」對不對？

林：對啊。常會看到坐輪椅的學生不是嗎？為了不良於行的人，不用說是電梯，還有專用廁所與專用停車場，連圖書館的閱覽室也有專用的座位呢。

辻：這樣啊。平常是沒有注意到，不過聽你這麼一說，斜坡也很多呢。

林：這就是所謂的無障礙空間。聽說五年前換上現任校長後，就以「體貼殘障的大學」為目標，改善設備。

辻：這真是件好事。那一般的公家機構及觀光地等，也跟這所大學一樣設備完善嗎？

林：還沒有吧。像台北的捷運雖然設備完善，但其他地方還在整建的階段。

辻：原來如此。

林：今後會變成高齡化的社會，因此創造一個老年人和殘障容易居住的環境特別是無障礙空間，我認為是今後最需要的。而且，與此同時更重要的，就是像辻同學這樣伸出援手的人。

辻：（有點不好意思地）沒有啦。不過，真的是這樣。我認為日本也是一樣。

（下課後，在校門口。）

辻：啊，你母親的車子來了。這是你的包包。

林：謝謝。明天不用來接我了啦。我自己會去。

辻：別說這種客氣話了。那，林同學、林媽媽，明天見！慢走！

第18課

I 請聽完CD會話後回答

問1　1．大学祭前日夕方　キャンパス
　　　2．翌日語劇終了後　舞台裏で

問2　台詞を忘れないか心配になりました。

問3　12人　30人ぐらい

問4　はい、大きな花束を渡しました。

問5　ステージで輝いていました（ほんと
　　　に良かったです）

問6　自分が日本の大学で語劇に出た時の
　　　ことです。

問7　いいえ。

II 請聽CD填入空格

① 本番　　　　　② ドキドキ
③ 主役　　　　　④ 主役
⑤ プレッシャー　⑥ 成功
⑦ 大成功　　　　⑧ 本番
⑨ 大成功　　　　⑩ 主人公
⑪ スポットライト　⑫ コンテスト
⑬ 祝賀会　　　　⑭ 一致団結
⑮ 主役　　　　　⑯ 脇役
⑰ 脇役

會話中文翻譯

大學校慶的季節。林同學大學的外語學系每年都會舉辦話劇公演。聽說林同學也要擔任主角參與演出……。

（大學校慶前一天的傍晚。在校園裡。）

辻：就是明天了，話劇的正式演出。

林：對啊。之前完全不會緊張，現在還是會開始覺得忐忑不安。擔心忘了台詞該怎麼辦。

辻：沒問題啦。因為今天的彩排也很完美。林同學是大家推薦出來的主角，果然厲害。那麼多的台詞都背得起來。

林：沒有，沒這麼厲害。不過，並不是只有我台詞特別多，當主角畢竟責任重大，多少也會有壓力。

辻：說的也是。上台表演者有12人，加上工作人員有30人左右。可說是全班總動員呢。

林：對啊。班上的每個人，這一個月都在排練中渡過，所以絕對希望這齣戲能成功。

辻：沒問題。明日一定會非常成功。那麼，為了明天作準備，今天請好好休息。期待正式演出喔。

林：好。謝謝。那麼，明天見。

（隔天，日語系話劇結束後。在後台。）

辻：林同學，非常成功，恭喜！來，請笑納。（遞上一束花）

林：哇，這麼大一把花！好感動。謝謝你。

辻：哪裡，別客氣。我真的好感動哦。擔綱演主角，真是辛苦你了。

林：沒有啦。總算順利完成，鬆了一口氣。

辻：林同學，你在舞台上真是耀眼呢，聚光燈的焦點。

林：別開我玩笑了。辻同學。你讓我很不好意思。

辻：不會啦，你真的很棒。周圍的女孩子們，大家都眼眶泛紅，很感動。

林：真的嗎？那真令人高興。

辻：我看了之後，也突然想起自己在日本的

大學參加話劇演出時的情景。

林：我記得辻同學參加是二年級的時候吧？

辻：嗯。在我的大學是屬於比賽性質，所以宣佈我們奪冠時真是開心的不得了呢。由於開心過頭，在慶祝會上喝太多而醉倒。

林：這樣子啊。不過，不光只是結果，透過和同伴們一起完成話劇演出，讓我學到了很多。

辻：我也有同感。外語能力不用說，另外還有演技、大夥團結一致的重要性等等……。

林：是啊。辻同學也是擔任主角嗎？因為你中文相當流利。

辻：沒有沒有。是小配角。因為台詞只有３句。

林：是喔。不過。今天真是累了。想好好休息。

辻：對啊。早點回去休息比較好。啤酒不要喝太多喔。

林：我不喝！

第19課

I　請聽完CD會話後回答

問1　林さんのいとこの披露宴です。

問2　全然知らないというわけではありません。

問3　いいえ、遅れて始まります。

問4　一種の台湾の習慣です。

問5　レストラン　ホテル　自宅の前

問6　新郎新婦が大好きな歌手に歌ってもらう計画です。

問7　仲間内だけで簡単にするジミ婚です。

II　請聽CD填入空格

① 父　　　　　　② 兄

③ 娘　　　　　　④ 決まり

⑤ ３００　　　　⑥ 友達

⑦ 友達　　　　　⑧ 喜んで

⑨ ３０　　　　　⑩ 一種

⑪ ３０　　　　　⑫ スイカ

⑬ テント　　　　⑭ 舞台

⑮ サプライズ　　⑯ 盛大

⑰ 入場

會話中文翻譯

想在台灣參加一次結婚典禮的辻同學，在林同學的邀請下，出席了林同學堂姊的結婚喜宴。好像和日本的喜宴有些不同……。

（下課後。在校園裡。）

林：辻同學、辻同學。下下週的星期天，你有空嗎？

辻：下下週的星期天，呃……是12號對吧。

有空啊，什麼事？

林：不瞞你說，那天是我堂姊的結婚典禮。

辻：堂姊的結婚典禮……？

林：對啊。我爸爸的哥哥的女兒，應該是28歲了吧。辻同學，你在台灣參加過喜宴嗎？

辻：沒有。我一直想說有機會的話一定要出席一次看看。

林：那正好。就這麼決定了！請務必要來參加。

辻：等、等一下。我根本沒有見過林同學你堂姊，我這樣的人冒昧參加好嗎？

林：沒關係！典禮中親戚以及朋友、認識的人大約會有300多人參加，例如朋友的朋友之類，新郎新娘不認識的人也會來參加。在台灣的喜宴是很常有的事。而且，我常跟堂姊提到辻同學，所以也不是完全不認識。

辻：既然如此，我很樂意參加。

林：那麼，當天請直接到會場來。這是邀請函。你知道這家餐廳嗎？啊，對了對了，照上面的時間來的話會太早，所以請慢個30分鐘再到。

辻：什麼？晚一點？是說喜宴會延遲開始嗎？

林：就是這樣。這也是台灣的一種習慣吧……。那，因為我還有約，我先回去了。

（結婚喜宴當天。在會場的餐廳）

辻：就如同林同學你說的，過了30分鐘都還沒開始。

林：是啊。大概要1小時左右吧。很多人都配合這個時間才來，你看。我們就邊啃瓜子邊慢慢等吧。來，請用。

辻：謝謝。而且，桌數好多啊。大約有30桌左右吧？

林：對啊。這個餐廳很大，所以好像常被拿來當成喜宴場地。因人而異，有的在飯店請客，有的在自家門前，場地可說是各式各樣。

辻：也有人在自家門前請客？

林：嗯。搭起大大的帳棚。還搭舞台請歌手。

辻：什麼？還請到歌手來參加？

林：對了，今天新郎的朋友好像大家合請了他們兩人最喜愛的歌手來喔。聽說對他們兩人保密，要到喜宴的最後再登場獻唱。這是今天的驚喜企劃。

辻：哦，真了不起。朋友，真是好啊。

林：是啊。真的是應該好好珍惜朋友。

辻：不過，這真是個盛大的典禮呢。

林：對啊，這樣的典禮雖然不錯。不過，我總覺得樸實的婚禮很好。

辻：啊，我也是。找一些熟朋友簡簡單單的就好。

林：沒錯沒錯。沒想到我們想法相同呢。雖然說這個有點太早。啊，新郎新娘進場了。

第20課

I 請聽完CD會話後回答

問1 校庭 校舎の屋上

問2 幽霊（白いワンピースの女の子）を
探していました。

問3 噂が本当かどうか気になって、探さ
ないではいられません。（お化けマ
ニアですから）

問4 いいえ。

問5 6階 601号室 血まみれ
白いワンピース

問6 いいえ。

問7 さあ、帰りましょう、お化けが出る
前に。

II 請聽CD填入空格

① 気付か
② びっくり
③ 代表
④ カモシカ
⑤ 幽霊
⑥ 気になっ
⑦ 子供
⑧ 子供
⑨ 悪趣味
⑩ 薄気味悪い
⑪ 勝手な
⑫ 怖い
⑬ おどかし
⑭ おどかし

會話中文翻譯

辻同學留學的大學裡最近好像傳說鬧鬼。但
其實辻同學似乎很喜歡這類的話題。

（下課後。走在校園裡的林同學，發現了在
校舍屋頂上的辻同學。）

林：咦，辻同學耶。在那種地方做什麼啊。
喂！辻同一學！……完全沒注意到我啊。

打他的手機看看。

辻：（手機來電鈴聲響起）喂喂。

林：辻同學，你在幹嘛？上到屋頂去。

辻：嗯，有點事……。對了，你怎麼知道我
在屋頂上啊？

林：樓下啦，樓下。我現在在樓下啦。你往
下看。

辻：啊，林同學。原來你從樓下看到我啊。
嚇我一跳。林同學要不要也上來？

林：你在那種地方做什麼啊？在找漂亮的女
孩子嗎？

辻：什麼？漂亮的女孩子？嗯，也算是吧。
哈哈哈……。不過，不見人影啊。林同
學，你就代表漂亮的女孩子上來吧。

林：好好。那我現在上去囉。等我一下下。
（掛斷手機）

（林同學來到校舍的屋頂。）

辻：來了、來了。真是快呢。果然是有著羚
羊一般腳程的漂亮女孩子啊……。

林：別嘲笑我了。倒是你在這種地方做什麼
啊？

辻：我在找東西喔。唔，就是最近傳說的那
個「白洋裝的女孩」。

林：啊，就是大學裡到處在說的那個鬼魂的
傳聞？辻同學，你相信那樣的傳聞啊？

辻：對啊，自從聽到那個傳言後，就很在意
這件事情是真是假，忍不住就想尋找。林
同學要不要一起幫我找啊？

林：啊？要我也一起找？不可能出現什麼鬼
魂啦。辻同學你好像小朋友喔。

辻：小朋友？才不是呢。應該是鬼怪迷……

吧。

林：什麼？鬼怪迷？真是個不好的嗜好啊。沒聽過這種癖好者……。

辻：其實，我還聽過另一個「學校的鬼故事」喔。雖說不是學校，是宿舍。

林：什麼？是怎樣的內容啊？有點毛骨悚然哪……。

辻：那邊可以看到女生宿舍對吧？那裡頂樓的６樓601號房聽說從很久以前一直就沒有在使用。很奇怪吧？

林：對啊。不過應該是有什麼理由吧。

辻：雖然這是我自己的猜想……。一定是有那個出現。

林：你在說什麼啊。你想太多了，辻同學。

辻：那個房間裡，有個滿身是血穿著白色洋裝的女人……。

林：等等，等一下，別再說了。很恐怖耶。

辻：你看，沒在使用的601號房的電燈亮著……。

林：咦？騙人！真的耶—！怎麼辦……辻同學！

辻：騙你的。開玩笑的。那邊是五樓。你看清楚。

林：什麼？開玩笑？辻同學你真過份，居然嚇唬我。真是的！

辻：抱歉抱歉。嚇唬你。那麼，我們回去吧，在鬼出來前。

林：別扯了。

第 21 課

I　請聽完CD會話後回答

問1　世界で活躍した台湾人野球選手（王建民）

問2　グローブ　ボール

問3　学科対抗球技　ソフトボール

問4　最下位　最低でも一勝すること

問5　相手の胸を目掛けて投げること

問6　実際に試合で打席に立っているつもりでやること

II　請聽CD填入空格

① 活躍し　　　　② 活躍して

③ キャッチボール　④ キャプテン

⑤ キャプテン　　⑥ 二年連続

⑦ 名誉　　　　　⑧ 奇跡

⑨ メンバー　　　⑩ キャッチボール

⑪ 相手の胸　　　⑫ キャッチボール

⑬ キャッチボール　⑭ ピッチャー

⑮ さすが

會話中文翻譯

林同學的大學最近要舉辦球賽。林同學參賽的壘球，聽說日文系似乎相當弱。因此，辻同學提出建議。

（下課後。辻同學正在閱讀台灣的雜誌。）

辻：這是什麼？去年活躍於世界的台灣人……。什麼？棒球選手？啊，沒錯。在美國大聯盟很活躍的那位。啊，也有刊出他的成績……。嗯，真是了不起的成績。這算是台灣人的驕傲吧……。

（林同學拿著手套和球跑了過來。）

林：辻同學、辻同學，可不可以陪我練習投接球？

辻：咦？林同學你也玩棒球？果然是受到這個的影響嗎？（將雜誌拿給林同學看）

林：啊，或許這也有些關係吧。其實應該是說，系際球賽就快到了。因此，我被選為壘球的隊長。

辻：哦，壘球啊？而且還是隊長？那不加油可不行。

林：對啊。說實話，我去年跟前年都有參加，連續兩年都是最後一名。

辻：什麼？是真的嗎？日文系真的很弱呢。難不成是全輸……？

林：嗯、嗯……。不要說我們弱啦。該說是籤運不好吧……。

辻：啊，真是抱歉。說的這麼直。我並沒有惡意。

林：沒關係。不過，好歹今年至少也要拿個一勝，真想擺脫最後一名。

辻：對啊。也不是說光參加就夠了。這也是學系之間的比賽呢。這可是關係到日文系的名聲，今年拿個好名次吧！

林：好、好名次？！嗯、嗯……。總覺得除非出現奇蹟實在很難……。

辻：不行不行。這麼氣餒怎麼行。不把目標訂高點不行。好，既然這麼決定了、就立刻去練習吧。

林：喔，好。

（兩人走到球場，開始練習壘球。）

辻：很厲害嘛，林同學。接球跟投球都沒問題啊。

林：這樣嗎？給我些建議吧。我也想教教其他的隊員。

辻：嗯，這個嘛。投接球應該算是基本中的基本吧。然後，投球的時候，為了讓對方容易接到，要朝著對方的胸口投過去。

林：原來是這樣。並不單只是把球投出去就好。

辻：對啊。而且比賽中也一樣，擔任防守的時候，要以平常練習投接球的心情上陣。應該就是這些了。

林：基本就是投接球對吧。我了解了。那打擊呢？

辻：嗯－、打擊的基本就是揮棒……吧。林同學，你試著揮棒看看。

林：好。我試試看。（揮棒）是這樣嗎？

辻：對。還不賴呢。這也一樣，並不只是揮棒就好，要當成是實際站在比賽的打擊位置上來練習。想像投手把球投出，來打擊這個球。球是快是慢，偏高偏低，都要在腦海裡好好想像。我認為這是很重要的。

林：原來如此。我懂了。我會好好教導大家。

辻：反正啊，就先儘可能每天練習一下下揮棒。加油吧。

林：謝謝。能接受辻同學指導果然是太好了。真是厲害呢。

辻：沒有啦。不算什麼。倒是球賽希望你們能好好表現。一定要贏！！

I　請聽完CD會話後回答

問1　寝坊してしまいましたから。

問2　１．練習量は間違いなく一番

　　　　２．コーチがいい

問3　すべて辻さんのおかげです。一生懸命
　　　　頑張ったからにほかならないですよ。

問4　決勝戦、３対２で、準優勝

問5　何が起こるかわからない。

問6　去年やおととしは一勝もできなかっ
　　　　たからです。

II　請聽CD填入空格

① 寝ぐせ　　　　② 主役
③ 泥　　　　　　④ 上達する
⑤ 名誉　　　　　⑥ 投げ
⑦ 立派　　　　　⑧ 逆転
⑨ 三振　　　　　⑩ 三振
⑪ エラー　　　　⑫ 三振
⑬ 責め　　　　　⑭ 祝勝会
⑮ カンパイ

會話中文翻譯

球賽當天終於到來，是個適合運動的好天氣。林同學代表日文系參加壘球比賽。辻同學的特訓會有成果嗎……。

（球賽當天早上。球場上。）

林：辻同學，這邊這邊。

辻：（跑過來）啊，趕上了。我睡過頭了……
　　一起床就立刻趕來。

林：看也知道，一副剛睡醒的樣子。那頭睡

亂的頭髮……。

辻：什麼？真的嗎？算了。今天的主角是你
　　們。情況如何？

林：嗯。到昨天為止大家拼命練習，所以目
　　標的一勝，或許可以吧……。

辻：不是或許可以，是一定可以。因為每天
　　都辛苦的練習到一身泥巴。

林：說的也是。從練習量看來，我們一定是
　　第一，而且，不管怎麼說，我們的教練也
　　很棒。

辻：沒有沒有，我根本不好。看著你們的進
　　步真的很令人驚訝。好了，時間快到了
　　吧。要加油喔。

林：好。為了日文系的名譽，大家合力加油！

辻：對對，就是要這樣。

（比賽全部結束，閉幕典禮後。）

辻：林同學。恭喜拿到亞軍！！

林：謝謝。這都是託辻同學的福啊。

辻：哪裡。這完全是大家非常努力的關係。
　　而且，身為投手的林同學你到最後為止都
　　投的非常好喔。辛苦你了。

林：謝謝。我也想稱讚自己表現不錯。

辻：起初只是以一勝為目標，但贏了第一場
　　後，就一路晉級到決賽，漂亮的拿到亞
　　軍，真是太優秀了。

林：嗯，真的超開心。不過、老實說，開心
　　的另一面，也覺得有點懊悔……。

辻：這樣啊，也是啦。決賽一開始是領先，
　　最後卻情勢逆轉，結果以３比２一分之差
　　輸了。嗯，真可惜。

林：滿壘的機會卻被三振，真是懊惱……。

辻：對啊……。嗯。我了解你的心情。我也曾經在同樣的情況下被三振，守備也接連出現失誤，球隊最後輸了比賽。

林：這樣子啊。你也會被三振……。

辻：當然啦。跟練習不同，你不知道比賽中會發生什麼……。或許就是因為這樣才有趣吧。

林：喔，是這樣吧。

辻：對啊。所以你也就別自責了。跟大家一起享受亞軍的喜悅吧。

林：說的也是。和連一勝都沒有的去年相比，真的很像做夢呢。

辻：的確就是這樣。那，今天的慶祝勝利會就熱烈的舉行吧。

林：OK。那你今天就和隊員一個一個乾杯。

辻：什麼？！

第23課

I　請聽完CD會話後回答

問1　いいえ、実地試験に7回落ちました。

問2　よかったら、一緒にドライブにでも行きませんか？

問3　林さんの運転の腕を少し信用していないから。

問4　空気もきれい　気持ちよかった

問5　眺めもよかった　花もきれいに咲いていた

問6　初めての遠出で、しかも隣に辻さんが乗っていて。

問7　ドライブ行きましょうね　是非

II　請聽CD填入空格

① 教習所　　② 言わない
③ 機会　　　④ 腕
⑤ タイプ　　⑥ ブツブツ
⑦ 運転歴　　⑧ 教官
⑨ ドキドキ　⑩ 言わない
⑪ 降り　　　⑫ 冗談
⑬ 冗談

會話中文翻譯

一邊上學一邊參加駕訓班的林同學，通過考試拿到了駕照。於是，立刻邀辻同學去兜風……。

（某天早上。教室裡。）

林：辻同學，你看這個。鏘鏘！

辻：啊，駕照。你拿到了啊？恭喜！！

林：謝謝。上了一個月的駕訓班後，終於考

過了。

辻：後來你路考到底被刷下幾次啊？

林：不是講好不說的嗎？到底是幾次啊？
　　啊，是7次。這可是秘密喔，辻同學。

辻：什麼，7次！也失敗太多次了吧。我還
　　是第一次聽到有人被刷下這麼多次……。

林：噓！太大聲了啦，辻同學。這是秘密
　　啊，秘密。

辻：啊，抱歉。因為我太驚訝了。

林：那也未免驚訝過頭吧。不過，好不容易才
　　考上駕照，卻沒有什麼機會開車……。辻
　　同學，可以的話，要不要一起去兜個風？

辻：嗯，這個……。好……。

林：什麼嘛，一副不放心的樣子……？你不
　　相信我的技術嗎？

辻：沒、沒有，根本沒這回事。去吧！去吧！

林：你放心吧。其實正式上場時我可是很強
　　的。

辻：正式上場？有點搞不懂你的意思啊……。
　　都拿到駕照了，不就已經是正式上場了嗎
　　……。

林：你在嘀咕什麼啊？那就這個禮拜天好嗎？
　　我會去接你。

辻：喔，好。

（兜風當天，在回程的車內。）

林：今天的兜風感想如何啊？

辻：很愉快呢。山上果然空氣很好，心情很
　　舒暢呢。

林：對啊。風景漂亮，花也開的很美。

辻：你開車的技術也很好。好像有多年開車
　　經驗似的。

林：真的嗎？你這麼說真是開心。老實說，
　　為了第一次出遠門，我今天早上可是很緊
　　張哪。何況你還坐在旁邊。

辻：這是什麼意思？難不成我像駕訓班的教
　　練？

林：不是那樣啦………。不知道為什麼，心
　　裡七上八下的。啊，不過太好了。努力拿
　　到駕照還是值得的。

辻：雖然被刷下7次………。

林：說好不說的吧。你真過份啊。

辻：啊，危險。前面，看前面。我跟你道
　　歉。對不起。我不會再提了。

林：下次你再說，就叫你下車！

辻：什麼，唯獨這個你就饒過我吧。我真的
　　不會再提了。

林：開玩笑的啦。下次再去別的地方兜風吧。

辻：好啊，務必要找我。今天真是謝謝你。
　　真的很開心。

第 24 課

I 請聽完CD會話後回答

問1 ある日の昼休み　キャンパス内

問2 喫煙エリアを増やし　愛煙家にとって肩身が狭い

問3 5、6杯

問4 母が喘息で、父のタバコの煙に悩まされているのを小さい頃から見てきたからです。

問5 本数も減った　ベランダで吸ってくれる

問6 マナーが守れないなら吸うな

II 請聽CD填入空格

① 野次馬
② 呼びかけ
③ 訴え
④ 逆行し
⑤ 喫煙者
⑥ ピカピカ
⑦ あいかわらず
⑧ カフェイン
⑨ ヘビースモーカー
⑩ モクモク
⑪ 悩まされ
⑫ 拒否反応
⑬ ポイ捨て
⑭ 百害
⑮ 一利

會話中文翻譯

小林和辻同學對香菸的看法一致──有百害而無一利。兩人的意見是：「最好不要抽菸，如果要抽，希望能遵守規矩。」

（某日午休。校園內。）

辻：啊，一堆人。他們在做什麼？要不要去看一下啊，小林。

林：辻同學，你很喜歡嘛，這種事。該說是愛湊熱鬧吧……。

辻：啥？小林你剛說了什麼嗎？

林：沒有，我啥都沒說。走吧，我們去看看。

辻：咦，是香菸的海報……。是勸導戒煙吧？

林：不，剛好相反。他的訴求是「最近大學也吵著要禁菸，對愛抽菸的人來說無法抬頭挺胸，所以希望增加抽菸區。」

辻：哦，這和禁菸的風潮背道而馳嘛。所以才聚集了這麼多人……。

林：雖說抽菸與否是個人的自由，但我認為也不必如此……。

辻：對啊，而且是大學。不過，對吸菸者的抨擊應該是滿強烈的吧。

林：的確如此。我們的大學可是打著乾淨校園的口號呢。

辻：沒錯。教室跟走廊都閃閃發亮呢。

林：對啊。居然在校園裡抽菸，真是豈有此理。

辻：小林你對抽煙還是挺嚴厲的嘛。

林：哦，是嗎？啊，我去超商買個果汁。

辻：喂，我也要去。

（兩人從校園裡的超商買完飲料出來。）

林：辻同學，又是咖啡？你一天喝幾罐啊？

辻：啊？這個嘛……連同早上或晚上在宿舍裡喝的一起算，大概5、6杯吧……。

林：那喝太多了。咖啡因對身體有害喔。

辻：嗯，對啊。最近喝的量好像有些增加。不過戒不掉啊。

林：這樣不好喔。這樣就跟我老爸抽菸一樣。

辻：咦，小林你爸爸，印象中有在抽菸嗎？

林：哎呀，你不知道嗎？他可是真正的老菸

槍。

辻：哦，這樣子啊。我不知道。

林：現在菸量減少了，抽菸也會到陽台抽，
　　不過我小時候房子裡總是煙霧瀰漫。其實
　　我媽媽氣喘的跡象，香菸的煙霧讓她很困
　　擾。

辻：有氣喘的人，即使一點點煙也會發作吧？

林：是啊。不知道是不是因為從小就看到我
　　媽難受的樣子，我對香菸總是很排斥。

辻：那也沒辦法啊。因為香菸會危害周遭的
　　人啊。

林：嗯，如果是在規定的吸菸場所內抽菸就
　　還好，但是我絕對無法容許邊走邊抽或是
　　隨手亂丟菸蒂的人。我很想跟他們說「沒
　　辦法遵守規矩就不要抽菸。」

辻：香菸明明是「有百害而無一利」，但就
　　是很難戒掉吧……。

第25課

I　請聽完CD會話後回答

問1　林さんの両親が行くツアーのパンフ
　　　レット　ノートブックパソコン（動
　　　物園のホームページ）

問2　林さんの両親です。

問3　旭山動物園です。

問4　周り　上　横　下

問5　ペンギン　アザラシ　ホッキョクグマ
　　　ヒョウ

問6　夏場の月間入園者数です。

II　請聽CD填入空格

① 直通便　　　② 色取り取り
③ 話題　　　　④ アイデア
⑤ アイデア　　⑥ 立体的
⑦ 餌　　　　　⑧ 立体的
⑨ わざわざ　　⑩ 発想
⑪ 肉球　　　　⑫ 発想
⑬ 理想　　　　⑭ 理想
⑮ 楽しみ

會話中文翻譯

說到北海道的觀光景點就想到……？雖然會
浮現各種答案，但最近受到矚目的，就是日
本最北邊的動物園。辻同學和林同學在網路
上看瀏覽成為話題的動物園。

（某日下課後。在校園的學生會館。）

林：辻同學，你看這個。我爸媽參加的旅行
　　團簡介手冊。

辻：咦好。哦，是北海道啊？真好。現在很

多人去北海道旅行不是嗎。也有直飛班機。

林：對啊。從以前就一直說想去看看薰衣草田。

辻：因為很漂亮啊。從春天到夏天，除了薰衣草之外，還可以看到各色各樣的花朵。

林：這個啊還有加選的行程去動物園參觀，那好玩嗎？

辻：啊，是旭山動物園吧？那可是現在日本很受歡迎的動物園喔！一定要去！

林：這樣啊？我完全不知道呢。你有去過嗎？

辻：有啊，在剛開始成為話題時。據說一度因為遊客很少，幾乎被迫關門大吉，後來因為有新奇的點子，陸續增添新設備而重整旗鼓。

林：哦。是什麼樣的點子呢？

辻：和其他動物園相比，在動物的展示方法上似乎動了不少腦筋。該說是可以從各種角度以立體的方式觀看吧……。可以在動物的四周走動，從上面、側面，或是下面觀看喔。而且，還讓大家觀看餵食的樣子，其中還有各種的設計。

林：立體的方式……。總覺得好像沒辦法想像那個畫面。

辻：說的也是……。不實際看看的話，或許就很難了解吧。啊，應該有網頁，所以我們一起上網看看。你等我一下。我去拿筆記型電腦來。

（辻同學回宿舍把自己的電腦拿來。）

辻：讓你久等了。等一下下，我現在立刻打開。

林：不好意思還讓你特地這樣。之前新聞裡介紹的可以看到企鵝在園內散步的動物園，就是這個動物園嗎？

辻：啊，沒錯。冬天時每天都會讓企鵝散步喔。這可是只有北國才會有的點子。好，網頁出來了。你看看。

林：哇，好可愛！這是海豹嗎？哇，北極熊也好可愛！

辻：什麼？北極熊可愛？看起來很兇猛……。

林：說到兇猛，你看這個啦，猛獸館。可以從圍欄的正下方看豹，甚至連腳上的肉球都可以觀察，這可真是任誰都想不到的主意。

辻：我有聽說過喔。就快被迫關門大吉時，所有飼育員都用素描畫出自己理想中的動物園。然後根據那些素描設計出現在的設備。

林：原來如此。也就是說這座動物園是所有飼育員理想的結晶囉。也難怪來參觀的遊客很多。上面寫著夏天一個月的入園人數是「日本第一」呢。

辻：真的耶。這樣你爸媽的樂趣又增加了一個。

林：我也很想去喔。你改天帶我一起去吧。

辻：啊？嗯，好吧，改天吧……。（會是哪一天呢？）

第26課

I 請聽完CD會話後回答

問1 次の日の朝相談したいことがあったからです。

問2 部屋さがしを手伝うことです。

問3 おやすい御用ですよ。

問4 4千　7千

問5 家賃が安い　風呂付き　台所付き

問6 同じ日の夜です。

II 請聽CD填入空格

① どうしたのかな
② 例の
③ 気が合わなくて
④ 解決し
⑤ 深刻
⑥ 深刻
⑦ きっかけ
⑧ 情報
⑨ 広さ
⑩ 新しさ
⑪ 交換留学
⑫ 部屋代
⑬ 最低限
⑭ ワンルーム
⑮ 浴室
⑯ 台所
⑰ 自炊
⑱ 退寮

會話中文翻譯

原本住在宿舍裡的交換留學生辻同學，似乎下定決心要搬出宿舍一個人生活。於是，林同學出馬了。他要幫忙找房子。

（某天早上。教室裡。）

辻：啊，林同學，你看到昨晚的伊媚兒了嗎？

林：有啊，我看到了。因為那麼晚寄mail來，我還以為發生什麼事了……。

辻：啊，不好意思。因為我想早點跟你說……。

林：你想和我商量的是什麼？

辻：嗯，其實是宿舍的事。

林：宿舍？啊，是你之前提到的那室友的事嗎？

辻：是啊。其實他人也不是不好，但就是合不來……。只要在一起，壓力就會一直累積。

林：那也是沒辦法啦。任誰都會有合得來或合不來的時候。

辻：所以，我昨天考慮再三，如果不搬出宿舍，我想問題還是解決不了的。

林：什麼？搬出宿舍？噢，原來有這麼嚴重啊。

辻：嗯。與其說嚴重，不如說我覺得開始一個人生活好像也不賴。

林：如果是這樣的話，這或許是個不錯的機會吧。

辻：對啊。所以，我想是不是要請你幫忙我找房子……。

林：那沒問題！問一下同學或學弟妹，應該可以得到各種資訊。

辻：謝謝。我什麼都不大清楚，如果是租大學附近的公寓的話，你知道房租大概要多少嗎？

林：這個嘛。看房間的大小和新舊會有不同，大概是4千到7千元左右吧……。就你們日本人來說，大概會覺得很便宜吧？

辻：哪有，跟日本比起來或許沒錯。但因為我是透過交換留學制度來的，所以現在會幫我出住宿費，但如果搬出宿舍的話，一定得自己負擔房租……。

林：所以沒辦法住豪華的房子……囉？

辻：當然沒辦法啊。能過最低限度的生活就

足夠了。

林：那，說具體一點。一個房間就好嗎？

辻：當然。一個房間就足夠了。不大也沒關係、反正我在日本也是住很小的房間。

林：浴室呢？不介意共用？

辻：嗯……我想是沒關係，但可以的話，還是不要共用比較好。

林：那廚房也是可以自己自由使用比較好嗎？

辻：對啊。我想自己煮飯。都在外面吃會膩，錢也可能不夠用……。

林：我知道了。那條件就是附廚房跟浴室，我立刻問問看。一找到好房間我馬上跟你聯絡，你就等著聽好消息吧。

（同一天晚上。辻同學收到mail。）

辻：咦，林同學來的mail來了。什麼什麼……已經有好房間了。問說要不要明天就去看……真快！！我這邊也得趕快準備退宿了。

第 27 課

I　請聽完CD會話後回答

問1　最後の掃除をしているところでした。

問2　昨日です。

問3　自分一人でやりました。

問4　予想以上に汚れがひどかったですから。

問5　①林さんのおかげで、あっという間に終わりました。本当にありがとうございました。
　　②何かあるたびに、お世話になって、ほんと感謝しています。

問6　①いいえ、どういたしまして。
　　②いいえ、お互い様ですよ。

II　請聽CD填入空格

① お世話になり　　② 事故ら

③ 事故り　　④ ヘトヘト

⑤ 疲れ気味　　⑥ 何から何まで

⑦ おかげで　　⑧ 私のほう

⑨ おかげです　　⑩ エアコン

⑪ 家具　　⑫ ガス台

⑬ 自炊する　　⑭ 材料

會話中文翻譯

決定一個人生活，並找到好房子的辻同學。今天是搬家的日子。林同學提供車子來幫忙。

（某個星期天的早上。辻同學的手機響起。）

辻：喂，林同學。早！

林：早。行李整理的如何了？現在去可以嗎？

辻：不好意思。今天就麻煩你了。呃……，
　　現在正在做最後的打掃……。嗯，差不多
　　可以麻煩你過來了。

林：OK。那麼我現在就從家裡出發囉。打掃
　　多加油！

辻：好，謝啦。那請你小心開車。可別出車
　　禍……。

林：咦？什麼？你剛說了什麼？

辻：沒有，沒事。

林：我才不會出車禍呢。不管啥時都是安全
　　駕駛。

辻：那你聽到了嘛！

（把行李裝上車，抵達新家。）

林：哇，變的好乾淨。你打掃過嗎？

辻：是啊。我想說要在行李搬進來前先打掃
　　一下，昨天就過來了。

林：相當辛苦吧？

辻：是啊。比我想像的髒很多，一直掃到半
　　夜，筋疲力盡。

林：果然。總覺得你早上看起來有點疲倦。你
　　告訴我的話，我也會來幫忙打掃啊……。
　　好。那我們來搬行李吧。

辻：麻煩你了。幫我開車，還幫我把行李搬
　　進來……。真是幫了我大忙。

林：既然都幫你介紹了房子，不幫忙搬家怎
　　麼行。

辻：不好意思。所有事都讓你幫忙。

（行李全部搬完。）

林：呼。終於結束了。

辻：是啊。托林同學的福，一下子就搬完了。

真的很謝謝你。

林：不會，別客氣。不過，之後的整理更是
　　辛苦吧。

辻：嗯，或許是吧，接下來我會自己慢慢
　　弄。不過林同學，我每次有事，總是受你
　　照顧，真的很感謝。

林：別這麼說，彼此彼此。我才總是麻煩你
　　教我功課。

辻：沒有啦。但是能搬來這麼棒的房間，還
　　真的是托你的福呢。

林：嗯。這個房間真的不錯。越看越這麼覺得
　　呢。又明亮，大小也適中，還附有冷氣跟
　　家具……。

辻：我中意的是這個新的廚房跟瓦斯爐。看
　　起來可以開心的煮飯。

林：對喔。你都自己煮嘛。你有做什麼好吃
　　的料理時，要通知我一聲喔。

辻：當然啊。不然，我現在來煮。煮一些好
　　吃的東西。

林：沒有材料吧！！

辻：對喔！

第28課

I 請聽完CD會話後回答

問1 いいえ。

問2 ギター同好会の皆と行きます。

問3 はい、上手いです。

問4 辻さんが謙遜しながら話すからです。

問5 好きな曲をどんどん入れる　結構慎重に曲を選ぶ＆先輩より先に入れない＆皆1曲ずつ歌い終わってから2曲目を入れる＆誰かが歌った曲はもう選ばない

すぐ音楽を切っちゃう　音楽を聴きながら皆で拍手をする

II 請聽CD填入空格

① 休憩中　　　② 音痴

③ 知った仲　　④ 機会

⑤ 期待　　　　⑥ サプライズ

⑦ 声が出なく　⑧ 音痴

⑨ ご謙遜　　　⑩ 慎重

⑪ 面倒くさい　⑫ 歓迎されない

⑬ 対抗心　　　⑭ 節約

⑮ 間奏

會話中文翻譯

參加吉他社的辻同學和林同學要和社團的人一起去KTV唱歌。當天氣氛相當熱烈，唱到喉嚨都痛了。

（某天，吉他社練習結束後。）

辻：那林同學，我先走了。

林：啊，辻同學，等等。

辻：嗯？什麼事？你要找我約會嗎？

林：不是。你在胡說什麼啦（有點害羞）。剛剛休息時大家在說，這個禮拜六要去KTV……。

辻：KTV……？啊，卡拉OK嗎？嗯，好像很有趣，不過我五音不全……。

林：沒關係啦。大家都這麼熟了，先別管會唱不會唱，一起玩嘛。

辻：也對。目前為止也很少和社團的人一起出去。這是個好機會，來聽聽大家的歌聲吧。

林：太好了。一言為定。那我就跟大家說囉，辻同學要唱日文歌給我們聽。

辻：不行！不行！不可以那樣說啦！讓大家有所期待的話，會很緊張啊。

林：好、好。我會保密。就讓大家驚喜吧。那麼，期待你的歌聲喔。

（禮拜六，從KTV回家的路上。）

林：啊～，啊～，嗓子都啞了。有點唱過頭了吧。

辻：嗯，沒錯。大家可真會唱。沒想到居然唱了5小時。

林：辻同學雖然你說自己五音不全，但實際上很會唱嘛。

辻：不是，是因為我今天唱的都是好唱的歌，所以聽起來才好像很會唱。

林：又來了，這麼謙虛。這一點，你畢竟是日本人。

辻：是這樣嗎……。對了，日本人和台灣人唱卡拉OK的方式不一樣呢。

林：唱卡拉OK的方式？比如說，是怎麼不一

第29課

辻：例如啊，台灣人不管會不會唱，就一直
　　點喜歡的歌。然後，開始唱了之後發現不
　　大會唱，就立刻切歌。

林：啊，是這樣沒錯。日本人不會這樣嗎？

辻：嗯，不會喔。點歌的時候非常謹慎。一
　　定是點自己拿手的歌，但是有前輩在的時
　　候不會比前輩先點，或是一起來的人大
　　家都先各點一首歌之後再點第二首等等
　　……。

林：什麼，好像蠻麻煩嘛。那，同一個人不
　　能連續唱兩首歌囉？

辻：也不是說不可以，但這樣不太受歡迎。
　　還有，這邊不是會有某人唱過的歌之後還
　　會有不同的人再唱一次嗎？這在日本是不
　　行的。

林：咦？唱過一次的歌就不能再唱了嗎？

辻：對。如果唱一樣的歌的話，就會被認為
　　是不是有什麼競爭的意思。

林：這樣子啊。我不知道呢。

辻：另外，我想應該是為了節省時間，歌詞
　　最後的部分快唱完時，不是會立刻切歌
　　嗎？我第一次也很驚訝。日本人是一邊聽
　　最後的音樂，大家一起拍手。對了，間奏
　　的時候也一定會拍手。

林：這麼說來，我剛剛還在想說辻同學你一
　　直拍手真是了不起。

辻：仔細想想，還真是不一樣呢。你哪天有
　　機會在日本唱卡拉OK的話，要記得喔。那
　　麼，就在這邊分手。晚安。

林：好。晚安。

I　請聽完CD會話後回答

問1　日本語学科の新入生歓迎会の準備が
　　ありますから。

問2　追いコン（送別会）です。

問3　新歓です。

問4　学科会長です。

問5　いいえ、同意しませんでした
　　苦手です

問6　あいさつ（乾杯の音頭）です。

問7　（おもしろいです）

II　請聽CD填入空格

① 送別会　　　　　② 逆に
③ ゲイ　　　　　　④ 普通
⑤ 普通　　　　　　⑥ 国籍
⑦ 国籍　　　　　　⑧ 交換留学
⑨ モテモテ　　　　⑩ モテモテ
⑪ 恒例の　　　　　⑫ 交換留学
⑬ 交換留学

會話中文翻譯

又到了一年級新生入學的季節了。大學裡每
個科系、同好會跟社團，都會辦迎新。林同
學好像也忙著準備迎新。辻同學也受到林同
學邀約……。

（某日下課後，在校園內。）

辻：那林同學你最近看起來很忙呢。

林：嗯，是啊，下禮拜要舉行日文系迎新，
　　有很多事要準備。

辻：啊，已經到了這個時候了……。這之前

也才辦了「追いコン」呢。

林：「追いコン」？那是什麼呀？

辻：就是「追い出しコンパ」，簡稱「追い
　　コン」。也就是送舊啊。

林：是說把畢業生趕出去的意思嗎？這種說
　　法好像有點過分呢。

辻：不是不是，不是用在那種不好的意思
　　喔。相反的還帶有親密的感覺呢……。

林：是這樣嗎。那麼，迎新會呢？叫做「ゲ
　　イコン」？

辻：噗哧。那聽起來不是很像很多GAY聚集的
　　歡迎會嗎。不是啦。叫做「新歡」。

林：什麼？「新歡」？跟我的預料相反，非
　　常的……普通。

辻：普通不好嗎。你有什麼不滿意嗎？

林：不、不，沒這回事。倒是，那個，辻同
　　學你會來參加迎新會嗎。

辻：咦，我去好嗎？

林：當然啊。不限年齡國籍，都能參加。

辻：說到國籍，也只有我不是台灣人吧？而
　　且，我的年紀也沒有太大呀。

林：抱歉，開玩笑啦。不過我們都說希望你
　　一定要來。也想說可以談談交換留學制
　　度。學生會長還說「可以的話希望幫我們
　　演講」。

辻：什麼？演、演講？不行啦，我最怕這個
　　了。

林：那麼，講幾句話，打個招呼什麼的總可
　　以吧？還可以夾雜你拿手的台語。

辻：哪有拿手，還差的遠呢。不過講幾句話
　　或許還可以吧……。

林：太好了。那就拜託你了。辻同學，說不

定你會很受新生歡迎喔……。

辻：受歡迎？嗯，或許還不錯……才怪。我
　　不需要這樣。

林：啊呀，是嗎？雖然我覺得這是個好機會
　　……。總之，拜託你囉。

（迎新露營終於到來，第二天在歡迎會上。）

林：呃，從昨天早上到現在這兩天中，我們
　　度過了很愉快的時光，在迎新露營的最後
　　是慣例的迎新大會。各位面前排滿了許多
　　看起來很可口的餐點，但請稍待一下。是
　　誰啊，在那邊偷吃小菜？那麼，在迎新大
　　會開始前，我們請系主任高老師為我們說
　　幾句話。高老師，麻煩您了。

（高老師說完話。）

林：謝謝。高老師說了些關於交換留學的話
　　題，那現在我們請交換留學來到我們大學
　　的辻同學帶領大家乾杯。那麼，辻同學，
　　麻煩你了。

辻：那麼，打ㄍㄟ後！（大家好！）……

第30課

I　請聽完CD會話後回答

問1　食べかけの弁当　飲み残されたお茶

問2　席を取っていました。

問3　チキン　ポーク　シーフード

問4　栄養　安全性

問5　好き嫌いをするな　残さず食べろ
　　　物を口に入れたまま話すな

問6　いつも残さずきれいに食べます。

II　請聽CD填入空格

① 混ん　　　　　　② 残っ

③ 残し　　　　　　④ ついでに

⑤ 日替わり　　　　⑥ 選食

⑦ 食育　　　　　　⑧ 食育

⑨ 選食　　　　　　⑩ 国産の

⑪ マナー　　　　　⑫ 作法

⑬ しつけ　　　　　⑭ 感心し

⑮ 環境　　　　　　⑯ 影響され

會話中文翻譯

林同學和辻同學一起吃午餐。今天在好像在談論什麼艱深的話題。你聽說過「食育」嗎？聽過或沒聽過的人都仔細聽看看辻同學的說明吧。

（午休時間，在學生餐廳裡。）

辻：哇，今天也很多人呢。有沒有位子啊？

林：即使沒有也會很快空出來，別擔心啦。啊，有了。那邊空著。

辻：那邊？但是還放著沒吃完的便當耶……。

林：啊，那個嗎？不知道是誰吃完放在那邊的。

辻：咦？丟著不管？而且，不是還剩很多嗎？

林：你看看。茶也剩這麼多。真是浪費呢。

辻：對啊。又不是小孩子，真是難以置信。

林：那我去買，你把位子佔好。是咖哩對吧？

辻：對，是雞肉咖哩。拜託你了。啊，順便還要茶。

（林同學回來，兩人開始吃飯。）

辻：開動。嗯，好吃。午餐果然吃咖哩最好……。

林：辻同學，你最近每天都吃咖哩呢。雖然裡面的菜每天會變換，好比雞肉，豬肉，海鮮等等。

辻：就是這個最重要。正確選擇自己吃的食物非常重要，稱為「選食」……。

林：每天吃咖哩是正確的嗎？

辻：咦？這個嘛……。先不說這個，你知道最近日本很重視「食育」嗎？

林：食育……？是說吃的教育嗎？

辻：對。剛剛說的「選食」是其中之一。除了考量營養去選擇之外，據說考量安全性去選擇食材也很重要。

林：我有看過新聞報導有關國外進口食材的問題。

辻：不只是進口貨，國產貨也有問題。比方說造假的肉等等……。

林：這麼說來，靠自己的眼睛來正確選擇自己要吃的食物這種能力非常重要囉。

辻：沒錯。還有啊，另一項重要的就是有關用餐的禮儀。

林：啊，比方說筷子的拿法，或是吃東西時

的禮貌嗎？

辻：對啊。 不是有「しつけ（教養）」這個
字嗎？小時候不好好學習的話就麻煩了。
「不要挑食」、或是「要吃光不可以剩
下」、或是「東西在嘴裏時不要說話」，
小時候常常被父母這樣唸。但現在想想，
被唸或許是件好事呢。

林：辻同學，你總是吃的很乾淨呢。我總是
看的很欽佩。

辻：所以說，像剛剛那樣食物剩下一堆的人，
有點難以置信啊。這也關係到環保問題
……。啊，真的是好可惜。

林：「好可惜」這個字以及這樣的感受如果
能推廣就好了。

辻：咦，已經吃完了啊？那麼說來，林同學
也總是吃的很乾淨呢。

林：因為都是和辻同學一起吃飯，好像在不
知不覺中也受了影響……。好了，不快點
吃的話，時間快到了喔。

第31課

I　請聽完CD會話後回答

問1　はい、あります。

問2　ちょっと見に行きたいと思って（一人
暮らしが少し寂しいから）

問3　よくバスで前を通りますから。

問4　クリニック　ホテル

問5　ねこ　うさぎ　ハムスター　闘魚

問6　簡単そうで、きれいで、値段も高く
ないですから。

II　請聽CD填入空格

① 暇人　　　　　　② 謝り
③ 一人暮らし　　　④ 付き合い
⑤ 寂しがり屋さん　⑥ 案内図
⑦ スパ　　　　　　⑧ 預けられ
⑨ 近所迷惑　　　　⑩ 迷っちゃう
⑪ コップ　　　　　⑫ 餌をやる
⑬ 付き合っ

會話中文翻譯

留學生辻同學外出時都是利用市內公車。某一
天，他隔著巴士的車窗發現了一家很大的寵物
店。他心想：得快點找林同學去看看……。

（下課後，教室裡。）

辻：林同學，今天社團休息，你現在閒閒沒
事做吧？

林：真沒禮貌。別隨便叫我閒人啊。

辻：啊？你有什麼事要做嗎？

林：哎，不，是沒有什麼事……。不過，我
也不是總是一直都很閒啊。

辻：啊，真抱歉。我道歉。那，現在我們去散步順便去寵物店好不好？

林：寵物店？辻同學你怎麼了？你想養什麼寵物嗎？

辻：嗯，我還不知道要不要養，但想去看看。

林：我知道了。開始一個人生活，會寂寞吧？

辻：哎，不，或許也有點吧……。不過，我本來也就喜歡動物……。

林：知道啦。會寂寞吧？別硬撐了。我陪你去寵物店。

辻：幹嘛隨便說我是怕寂寞的人……。

（在寵物店。）

林：哇，好大一間喔。辻同學，你怎麼知道這裡的？

辻：我常坐公車經過這家店前面啊。並不是因為寂寞才找的喔。

林：我知道啦。啊，你看這個。店裡的介紹圖。

辻：好驚人喔。以寵物專區為中心，還有寵物雜貨，飼料專區，美容院跟SPA……。2樓是……，診所和飯店！？

林：一定是飼主去旅行或幹嘛時可以寄放的。不過，還真是無所不有呢。

辻：那我們先去看狗狗吧。狗狗……啊，在那邊……。

林：咦，辻同學你要養狗？在你們公寓。不是禁止養嗎……。

辻：嗯，我最想養的就是狗啊。但在那邊沒辦法養吧。

林：對啊，不行吧。而且可能會對鄰居造成困擾……。或許還是放棄比較好吧。

辻：那，貓……也不能養吧……。啊，還是養兔子好了……。哇，好可愛！啊，這裡有黃金鼠。嗯，好難決定啊……。

林：我覺得兔子跟黃金鼠照顧起來都很辛苦喔。辻同學你有養過嗎？

辻：沒有，其實我是第一次養寵物。林同學你知道什麼比較好養嗎？

林：這樣子啊……第一次嗎……。那，適合新手的那個如何？

辻：啊？那個……是說魚嗎？而且還是養在杯子裡？

林：對。寫成「打鬥的魚」，叫做「鬥魚」。喏，你看這邊。

辻：「鬥魚」。一隻是要怎麼鬥啊？

林：不是啦。是兩隻放一起的話就會打鬥，所以只能一隻一隻的養。

辻：喔，好有趣喔。我是第一次看到。這個的話，看起來很容易養呢。

林：對啊，超簡單。應該只要餵魚餌就行了。

辻：那，今天就決定買「鬥魚」。漂亮而且價格也不貴。林同學，謝謝你的指點。不過幸好，今天有你陪我來。如果我自己來的話，可能就買了黃金獵犬……。

林：太可怕了！！

第32課

I 請聽完CD會話後回答

問1 イベントが好きですから。

問2 家で要らなくなったものです。

問3 家で不要になった中古品 手作り品

問4 すごい。尊敬します。

問5 バザー会場になる運動場で。

問6 今の学長が就任してからです。

問7 モーニングコールです。

II 請聽CD填入空格

① 実行委員
② 実行委員
③ アイデア
④ 掘り出し物
⑤ 出店
⑥ 提供品
⑦ 寄付
⑧ 値段付け
⑨ 提供し
⑩ 細かい
⑪ 不器用
⑫ テント
⑬ 回を重ねる
⑭ 地域
⑮ 好感度アップ

會話中文翻譯

林同學就讀的大學所舉行的一年一度大型活動「慈善義賣會」的日子終於要來了。喜歡活動的辻同學也來幫林同學忙。

（義賣會來臨前一個禮拜的某天，辻同學走進義賣會籌備室。）

辻：下個禮拜就是慈善義賣會了。

林：是啊。不過真不好意思呢，辻同學。你又不是執行委員還讓你每天幫忙。

辻：不會。我想你也知道，我非常喜歡活動……。而且，因為林同學是執行委員，我

不幫忙也說不過去。

林：謝謝。你真的幫了我大忙。你的點子，也是很棒的參考。

辻：沒有啦，日本也是常有義賣會或是「フリマ」這樣的活動……。

林：フリ……、フリ、マ？

辻：對，就是跳蚤市場。簡稱「フリマ」。你不知道嗎？假日時到處都在舉辦，聚集了很多人來挖寶。而且不論是誰都能擺攤，所以可以把家裡不需要的東西拿出來賣，非常有趣呢。

林：我知道跳蚤市場。也稱為「蚤の市」對吧。

辻：沒錯。你倒是會較難的單字嘛。林同學果然不是蓋的。

林：沒有啦，不是這樣。只是剛好知道而已。

辻：不過也收集了真多呢。這些全都是大家提供的東西嗎？

林：對啊，不只是學生還有大學附近的人也都有捐贈，真的是感謝之至。雖然很多是家中不需要的二手貨，但其中也有些手工作品，要標價很傷腦筋耶。

辻：哇，這個好棒！「中國結」。這個百貨公司也有在賣，不便宜呢。

林：是啊。那個很棒吧？聽說有人每年為了我們的義賣會做了很多提供給我們。我記得是叫做「チャイニーズノット」吧？

辻：沒錯就是這樣。真不愧是林同學，知道的真多。難道林同學你也會做嗎？

林：嗯，我有時會做。不過像這個結這麼精細的當然是還做不出來……。

辻：林同學你好厲害。真令人佩服。我手不

靈巧，所以這種應該是完全不行吧。

林：辻同學我教你。簡單的立刻就可以學會喔。如果你自己會做的話，等你回去日本後，是叫做「フリマ」嗎？說不定你就可以在跳蚤市場裡賣呢。

（義賣會前一天，在充作義賣會場的運動場上。）

林：好，今天的準備完成了。就剩下明天早上了。辻同學你早上都起不來所以就不要勉強了。

辻：不會。我明天會努力起床過來的。交給我吧。不過，帳篷數量還真多呢。我沒想到會是這麼盛大的義賣會。

林：是啊。隨著舉辦次數的增加，規模好像就越變越大了。

辻：我聽說一開始好像是不對外開放，只在校內舉辦……。

林：對啊。據說是現在的校長上任後才變成這樣的。因為有「希望加強與地方上的聯繫」這種想法，所以就變成這種形式……。

辻：這樣真不錯呢。嗯，我對校長刮目相看。內心的好感提昇了。

林：那麼，今天就到此為止。辻同學，明天就麻煩你了。

辻：好。那林同學，明天就麻煩你MORNING CALL了。可以嗎？

林：沒問題。OK。

第 33 課

Ｉ　請聽完CD會話後回答

問1　長蛇の列

問2　多くのお客さんが模擬店のほうへ行ったからです。

問3　食べ物を買う時に使うお金のかわりの券です。

問4　オアージェン（蚵仔煎）です。

問5　貧しい地域　孤児院　学校　診療所

問6　ライオン　キリン

Ⅱ　請聽CD填入空格

① お疲れ様　　　　　　② ありがたい
③ 徹夜組　　　　　　　④ 常連
⑤ 圧倒され　　　　　　⑥ 落ち着い
⑦ たまらない　　　　　⑧ リクエスト
⑨ 密接　　　　　　　　⑩ 販売し
⑪ 大好物　　　　　　　⑫ 責任
⑬ 過去最高　　　　　　⑭ 資料
⑮ ケニア　　　　　　　⑯ ケニア
⑰ 目的

會話中文翻譯

今天是林同學就讀的大學舉行一年一度的大型活動「慈善義賣」的日子。辻同學也從早就開始幫忙，但來的人也太多了……。

（義賣當天。兩人從一早就開始負責接待，趁著客人稍微減少的時候休息了一下。）

林：辻同學，辛苦了。哪，這是咖啡。你累了吧？

辻：是啊，有一點。雖然之前已經聽說過，

但人真的好多喔。

林：對啊，真是謝天謝地。因為義賣會要有客人才辦得了。

辻：入口的地方，在開門前就大排長龍呢。會不會有人熬夜排隊啊？

林：怎麼會。又不是發售新遊戲……。

辻：說的也是。不過這表示大家都非常期待呢。

林：對啊。老顧客為了挖寶，好像從一早就開始排隊。

辻：門一開，大家就一起衝了進來，讓我有點嚇到了。

林：是啊，不過這邊總算比較安靜了。現在換那邊人潮洶湧。

辻：啊，小吃攤那邊吧。不過，義賣會再加上小吃攤，對客人來說真是太過癮了。可以買想要的東西，又可以吃到想吃的食物。而且又便宜……。

林：小吃攤好像也是應當地居民的要求而開始的喔。

辻：嗯。感覺地方與大學的聯繫真的很密切呢。

林：啊，對了。辻同學這是餐券。

辻：餐券？啊，是以餐券替代現金的方式販賣嗎？

林：沒錯。那邊不是有餐券販賣處嗎？負責義賣的學生每個人可以分配到3張。

辻：真的嗎。真令人開心！我要不要去吃我最愛的蚵仔煎呢……！

（義賣隔天。兩人在義賣籌備室收拾善後。）

林：辻同學，昨天從早到晚真是辛苦你了。

辻：哪裡，林同學你才是吧，身為執行委員要負很多的責任，很辛苦吧。

林：嗯，是有一點啦。先不說那個，你看一下。這是昨天義賣跟小吃攤的總銷售金額。

辻：什麼！這麼多！！真是厲害耶。

林：聽說是過去的最高紀錄喔。這都是托辻同學還有各位的幫忙呢。

辻：銷售所得的錢是不是有說過要捐贈給哪兒？

林：是啊，好像會送給非洲一些貧窮地方的孤兒院及學校、診療所的樣子。呃，是哪兒啊？啊，有了有了。這個是到目前為止的資料。

辻：哦，是肯亞啊……。在我的印象中只有獅子啦、長頸鹿啦……。

林：趁著這次的機會，我想在捐款送過去時一起去肯亞，看看孤兒院還有診療所的情況。

辻：什麼？真好。我也想去！！長頸鹿、長頸鹿！

林：喂！目的不是這個吧。

第34課

I 請聽完CD會話後回答

問1 冬の終わり頃です。

問2 開門前から並んでいたのが、二人だけでしたから。

問3 動物が寝ていなかったからです。

問4 いいえ、めったにありません。

問5 辻さんが「愛情たっぷり」と言ったからです。

問6 ①手作り弁当を作ったこと。
②来週日本に帰ると言ったこと

II 請聽CD填入空格

① 少しずつ
② 何かしら
③ 開門前
④ 朝一
⑤ そう言われ
⑥ 思い立った
⑦ 思わせぶり
⑧ かわりない
⑨ 包み
⑩ ご馳走
⑪ 無言
⑫ チャンス
⑬ あらたまっ

會話中文翻譯

以交換留學生身份來台灣的大學唸書的辻同學，今天準備了自己親手做的便當約林同學來到動物園。好像有什麼重要的事情要說的樣子……。

（某個星期天，在動物園裡一面走……）

辻：啊，真是好天氣。有點春天的氣息了。

林：嗯，總覺得動物們看起來也很開心的樣子。

辻：對啊。果然早來是對的。

林：不過，碰頭的時間不會太早了嗎。開門前排隊的，只有我們呢。

辻：不不，動物園一定要一早就來。看見了吧，獅子也好，老虎也好，全都走來走去好像嫌地方太窄呢。只有早上才能看到那種樣子喔。

林：你這麼一說，雖然我來過好幾次，但動物們可能大多在睡覺。

辻：沒錯。牠們白天大部分都在睡覺。

林：不過你為什麼突然約我說「去動物園吧！」？辻同學你很少主動邀約我呢……。這樣看來，好像有什麼令人驚喜的事……。哪，沒錯吧？

辻：現在恕難奉告。

林：咦，什麼嘛。那種故弄玄虛的態度……。

辻：哎呀，有什麼關係。你之前不是說過一次「帶我去動物園！」嗎？

林：什麼？啊，那是說北海道的動物園吧！

辻：是這樣子嗎？哎喲，動物園都一樣啦。要不要去那邊坐一下？

（到了中午，兩個人開始要吃便當。）

林：咦？那一大包是什麼？

辻：鏘鏘！我做了便當來了。

林：哇，好棒！做了這麼多。而且，看起來很好吃！

辻：是什麼時候啊，之前你也親手做了便當給我吃不是嗎？所以我想說今天換我做來請你吃。很好吃喔，愛的飯糰。開玩笑的啦……。

林：…………。

辻：怎麼不說話啊。我可會尷尬呢。你說話

吧。

林：什麼？啊。拜託你別開玩笑了。什麼愛
　　不愛，我可從來沒想過。我可會難為情
　　……。那麼，這飯糰我就開動囉。好吃！

辻：林同學……。雖然我一直想要早點講，
　　但實在是沒有機會可以講……。

林：咦，是什麼啊？突然這麼一本正經。

辻：我……。

林：嗯，怎樣？

辻：下個星期天，我要回日本去了。

林：什麼？

第35課

I　請聽完CD會話後回答

問1　自分の部屋

問2　いいえ、伝えられませんでした。
　　　辻さんがさっさと入っていったから
　　　です。

問3　父が定年退職して、「帰って来い」
　　　と言われたからです。

問4　半年　一年　二年

問5　すごく緊張していました。　落ち着
　　　きなくキョロキョロしていました。

問6　（ずっと前から好きでした）（我愛
　　　妳）…

II　請聽CD填入空格

① とうとう　　　② 慌しく
③ さっさと　　　④ 気ままに
⑤ 許して　　　　⑥ 住み心地
⑦ 昨日　　　　　⑧ 懐かしい
⑨ 数え切れない　⑩ お互い様
⑪ よろしく　　　⑫ いつの間に
⑬ 書かなきゃ　　⑭ コリン

會話中文翻譯

以交換學生的身分來到台灣的大學的辻同學
今天結束留學生涯返回日本。一直和他在一
起的林同學，顯得非常寂寞。

（林同學在機場目送辻同學後，回到家裡）

林：唉，辻同學還是回去了，……。
　　自從辻同學來留學之後，感覺匆匆忙忙
　　地時間就過了……。

不過話說回來辻同學實在是太過分了。
最後一天的道別本來想在機場多講一些話
的，居然一下子就走進去了。
雖然很想表達我的心情，但還是沒能表
達……。

（林同學回想起幾個小時之前在機場目送辻
　同學的情景）

林：可是你決定回國真的是很突然呢。

辻：是啊，這一次留學沒有顧慮到父母的心
　　情，每天都過得很自由自在，不過我在這
　　裡留學的時候家父退休了，所以我心想要
　　是家父叫我回去就完了。

林：所以也就是說，你父親叫你回去？

辻：是啊，父親並不會因為我說「再讓我多
　　留一陣子」就答應我……。

林：原來是這樣啊……。

辻：不過其實一開始我只打算要待個半年最
　　多一年的，但因為住起來太舒適了，等到
　　我回過神來都已經待了兩年了。

林：是這樣啊…已經過了兩年了。感覺上好
　　像昨天才跟你第一次見面呢。

辻：啊，我也還記得喔，第一次見面那一
　　天。那時候你很緊張不是嗎？

林：哦，是嗎？你才是毛毛躁躁地東張西望
　　吧？

辻：是這樣嗎……？不過，真的很懷念呢……。
　　從那一天認識之後就一直受到林同學你的
　　照顧，真的很感謝。

林：我才應該這麼說。在很多方面都得到你
　　的幫忙，也受到你的指導。在我消沉煩惱
　　的時候得到的幫助更是數也數不清。謝謝

你。

辻：別這麼說，彼此彼此。沒有林同學的話
　　我的留學生活根本沒得談了，真的。

林：哎呀，你這樣說，我會很不好意思啦…。

辻：啊，時間差不多到了。我得要走了。林
　　同學，謝謝你囉。要保重喔。幫我向你母
　　親問好……。

（林同學回到現實）

林：怎麼可以這樣，真是……。咦？這是什
　　麼？裡面有一封信。是辻同學放進來的
　　嗎？什麼時候放進來的呢？我來看看寫些
　　什麼……。

（林同學看完信）

林：辻同學真是的，有話直接說嘛……。不
　　過，居然用寫信的，雖說這是辻同學一向
　　的作風。對了，我還得回信呢。用E-mail
　　應該可以吧……。

（林同學面對電腦）

E-mail：你的信我看到了。好高興，謝謝你。
　　其實我也一直抱著跟你一樣的心情。下一
　　次換我去你那邊留學，一定會去。要等我
　　喔。你留下來的鬥魚collin，我會好好幫
　　你養的。

作者：佐藤圭司

<學歷> 天理大學外語學院中文系　（日本）
　　　　東吳大學外語學院日本語文學系碩士
　　　　國立中山大學文學院中國文學系博士
<經歷> 永漢語文短期補習班
　　　　東吳大學推廣部
　　　　經濟部經建行政人員訓練班
　　　　中國文化大學
　　　　天理教語言學院日本語課程　（日本）
　　　　Tenrikyo Mission Center in Singapore Japanese Course（新加坡）
　　　　三信高級家事商業職業學校
　　　　國立高雄師範大學附屬中學
　　　　國立屏東商業技術學院
　　　　輔英科技大學
<現職> 文藻外語大學
　　　　國立高雄科技大學
　　　　高雄市立空中大學

中文翻譯：黃國彥

出生於台灣桃園。日本東京大學語言學系博士課程結業。專攻對比語言學、日本語學、翻譯學。曾任教於中國文化大學、輔仁大學、東吳大學，並負責監修《王育德全集》。2003年自東吳大學日語系退休，目前從事翻譯工作。

封面設計＆內文插圖：細川佳代

2005年於日本白泉社出版之少女漫畫雜誌『花與夢』發表出道作品之後，陸續於各雜誌上發表短篇漫畫，並活躍於插畫界。

國家圖書館出版品預行編目資料

聽!說!校園生活日語會話 / 佐藤圭司編著；黃國
彥譯. -- 初版. -- 臺北市：鴻儒堂, 民101.02

　　面；　公分

ISBN 978-986-6230-13-4(平裝附光碟片)

1.日語 2.會話

803.188　　　　　　　　100025188

日本語でニュースを聞いて 日本の「今」を知る！

快樂聽學新聞日語❸
聞いて学ぼう！ニュースの日本語❸

須永賢一　著／林彥伶　中譯

本書收錄日本「社會／政治經濟／科學
／文化／運動」等各種領域的新聞內容
，附mp3 CD，適合已有基礎日語程度的學
習者。利用本書可了解日本新聞的常用
語彙及時事用語、強化聽解能力，並可
作為理解日本現況的讀物。

快樂聽學新聞日語
快樂聽學新聞日語❷

加藤香織　著／林彥伶　中譯

全系列好評發售中！
皆附mp3 CD／每套售價350元

聽！說！校園生活日語會話

聞こう！キャンパス会話　話そう！キャンパスライフ

附mp3 CD一片／定價：400元

2012年（民101年）　2月初版一刷
2018年（民106年）　9月初版二刷

本出版社經行政院新聞局核准登記

登記證字號：局版臺業字1292號

著　　　者：佐　藤　圭　司
譯　　　者：黃　國　彥
封面設計
內文插圖：細　川　佳　代
發　行　所：鴻儒堂出版社
發　行　人：黃　成　業
地　　　址：台北市博愛路9號5樓之1
電　　　話：02-2311-3823
傳　　　真：02-2361-2334
郵　政　劃　撥：01553001
E－mail：hjt903@ms25.hinet.net

鴻儒堂出版社設有網頁，歡迎多加利用
網址：http://www.hjtbook.com.tw